MUERTE
DETRÁS DE
CÁMARAS

JOAQUÍN GUERRERO-CASASOLA

MUERTE DETRÁS DE CÁMARAS

Planeta

© 2022, Joaquín Guerrero-Casasola

Derechos reservados

© 2022, Editorial Planeta Mexicana, S.A. de C.V.
Bajo el sello editorial PLANETA M.R.
Avenida Presidente Masarik núm. 111,
Piso 2, Polanco V Sección, Miguel Hidalgo
C.P. 11560, Ciudad de México
www.planetadelibros.com.mx

Diseño de portada: Eduardo Ramón Trejo
Fotografía de Joaquín Guerrero-Casasola: Cortesía del autor

Primera edición en formato epub: agosto de 2022
ISBN: 978-607-07-9064-5

Primera edición impresa en México: agosto de 2022
ISBN: 978-607-07-9035-5

Impreso en los talleres de Litográfica Ingramex, S.A. de C.V.
Centeno núm. 162-1, colonia Granjas Esmeralda, Ciudad de México
Impreso y hecho en México – *Printed and made in Mexico*

1

—¿Cómo te lo explico? —le dije a Jiménez, mientras deteníamos el coche a la entrada de los Estudios San Ángel y el vigilante salía de la caseta—. Todos los actores o son jotos o son prepotentes, y las actrices, capaces de cortarte las pelotas cuando estás dormido, eso sí, con una dulce sonrisa, como la de Blanca Estela Pavón, o burlona, como la de Lilia Prado.

—Me gusta Lilia Prado —dijo Jiménez.

—A mí también —acepté—, aunque me corte las pelotas.

—¿Perdón? —repuso el vigilante.

—Nada, hablábamos…

Le mostré mi credencial de la Secreta, la miró por encima. Por su gesto supe que imaginaba a lo que veníamos. Alzó la pluma. Entramos, avanzamos unos setecientos metros y aparcamos debajo de unos eucaliptos, donde había tres coches más, dos Chevrolet y un Lincoln convertible.

Fuimos frente al Foro 8, donde había un guardia al que también le tuvimos que mostrar las credenciales. Escudriñó nuestros rostros antes de correr el portón y acompañarnos por aquel oscuro pasillo de piso de cemento, hasta lo que parecía ser un taller mecánico, pero que en realidad era mera escenografía. Del techo de láminas pendían reflectores potentes, iluminando el escenario. Colgados de paredes, intencionalmente sucias, se veían overoles, llantas y herramientas de mecánico sujetas de clavos. Había un Ford; tenía el cofre abierto y parte del motor destripado. Un hombre y una mujer nos miraron notablemente nerviosos, supuse que eran del personal del *staff*. Jiménez hizo las presentaciones.

—Ramiro Jiménez y Leonardo Fontana, policías.

—Agentes —dijo el del bigotillo fino con voz peculiarmente aflautada—, queremos salir de esto lo más pronto posible, se trata de un desafortunado accidente…

—No podemos asegurar que lo fuera —se apresuró a corregir la mujer. El del bigotillo la taladró con una mirada dura, pero a la vez apocada.

—Bueno, ¿dónde está el cadáver? —espeté, sabiendo que, según el reporte, por eso estábamos ahí.

Mi pregunta los turbó, como si me hubiera rascado las axilas frente a la reina de Inglaterra, pero no tuvieron más remedio que conducirnos con una mirada a la parte trasera del Ford. Jiménez y yo echamos un vistazo; un par de piernas femeninas sobresalían de la parte baja, evidentemente prensadas, pero que, tal vez por la contención de las medias de nylon, aún conservaban su color natural, lo que causaba la falsa impresión de que la mujer iba a levantarse en cualquier momento y decir que en realidad estaba actuando de muerta.

Me agaché para mirar debajo.

—¿Alguien tiene una lámpara?

Una mano me la dio y la apunté hacia abajo del coche. Sí, ahí estaba una rubia, definitivamente prensada a la altura del pecho; no podía apreciar su rostro, estaba de lado y el cabello le caía con cierta postrera elegancia. Me incorporé e hice las primeras preguntas.

—¿Por qué no ha llegado la ambulancia?

—Decidimos llamarlos a ustedes primero, para que lo autoricen —dijo bigote fino.

6

—Nosotros no tenemos por qué autorizar que le salven o no la vida a una persona.

—Bueno, agente Fontana, en realidad nos pusimos nerviosos. La chica no se movía, así que pensamos que ya no había necesidad de llamar a una ambulancia…

—¿Cómo sucedió?

—Estábamos rodando la escena; todo iba bien, hasta que Maite fue debajo del coche, dijo su parlamento y el gato se venció sobre su cuerpo. Un terrible accidente, agentes…

—Usted ha dicho que no les consta que haya sido un accidente —le dijo Jiménez a la mujer. Ella titubeó, mirando a bigote fino.

—No digo que no lo fuera, solo que no nos consta…

—¿Cuál era su parlamento?

—¿Perdón?

—Dicen que dijo su parlamento, ¿cuál era? —interrogó Jiménez con una leve sonrisa; todo eso del cine le gustaba horrores.

—«Ya verás la sorpresita que te vas a llevar, Guti», eso dijo Maite.

—¿Quién es Guti?

—El personaje principal.

—¿Y quién lo interpreta?

—Pedro Infante.

La expresión de Jiménez dibujó sorpresa total, beneplácito al por mayor.

—¿En serio? ¿Y está aquí él? ¿Podemos verlo?

—Para interrogarlo —tuve que llevar el entusiasmo de Jiménez al terreno de lo profesional.

—Miren, agentes —dijo bigote fino—, nosotros estamos para darles todas las explicaciones que necesiten. No es necesario molestar a los actores. La señorita es Teresa Garabito, maquillista, y yo, Erasmo Crisantes, jefe de producción.

—¿Ustedes estaban presentes cuando pasaron las cosas? —interrogué.

—Por supuesto.

—¿Quiénes más estaban aquí?

—Bueno —aclaró Crisantes—, esto es una producción; camarógrafo, asistentes, continuista, en fin, un mundanal de gente...

—¿Y Pedro Infante? —insistió Jiménez.

—No, él nunca salió a escena. Iba a entrar, pero pasó lo que pasó; se hizo un revuelo tremendo, el director paró la filmación y ordenó que llamáramos a la policía.

—¿Quién es el director?

—Rogelio González.

—¿Por qué no está aquí él?

—Nos dejó a cargo. Miren, agentes —suavizó Crisantes—, esperamos que entiendan; ¿cuándo podrían retirar el cadáver para seguir con la filmación? Sé que se puede oír mal, pero muchas familias dependen de esto. Hay gente que cobra por día. Prácticamente, ya tenemos un día perdido...

Miré las piernas de la muerta, no me pareció que fuera algo como para decir que sí, que ahora vendría alguien a empacarla y que ellos podían seguir haciendo cine.

—Lo que va a pasar ahora es que vamos a llamar al perito para que revise el lugar —expliqué.

—¿Revisar? —A bigote fino se le vino el mundo encima.

—Y a tomar fotos —apostilló Jiménez.

—¿Fotos? ¡Imposible! —Bigote fino comenzó a sudar, sacó el pañuelo del bolsillo y se lo pasó por la frente—. Esto debe mantenerse en total secrecía. Hay reputaciones de gente famosa y prestigiada que podrían quedar en tela de juicio. Ustedes me entienden. Los tabloides especulando...

—Yo no leo los tabloides —intenté seguir, pero Jiménez me interrumpió, señalando las piernas debajo del coche.

—¿Quién era la actriz? ¿En qué películas ha salido?

—Maite Ramos —dijo Teresa.

—No me suena…

—En realidad era una figurante, una extra, para que me entiendan. La llamaban para hacer doblaje o para hacer bola.

—¿Me dicen dónde está el teléfono? Es hora de llamar al perito.

—¡No, por favor, agente Fontana! —exclamó Crisantes—. Déjeme hablar con su jefe. Es necesario, le juro que es necesario. Él me va a comprender. Si esto se sabe puede haber un gran escándalo y se puede perder mucho dinero…

Suplicó tanto que salimos de ahí mientras Jiménez se quedaba en el foro con Teresa y la muerta. Crisantes me llevó a una oficina más allá del foro, donde hablé por teléfono con el inspector Quintana y luego le pasé la bocina a Crisantes.

—¿Inspector Quintana, Valente Quintana? Le habla Erasmo Crisantes, de los Estudios San Ángel…

Mientras hablaban miré aquel cuchitril. No era más que eso, quizá no me lo hubiera parecido tanto de no ser porque se supone que en ese lugar se fabricaban los sueños del celuloide, con todas esas bellas actrices y varoniles actores, de los cuales había carteles, luciendo sus grandes sonrisas o cómicos atuendos. Yo mismo había visto algunas de esas películas en este y aquel cine, mientras me llevaba a la boca un puñado de palomitas o un sorbo de Coca-Cola. La voz torturada de Erasmo Crisantes, tratando de convencer al inspector Quintana de mantener todo en secreto, hacía contrapunto con la pose de Cantinflas en *Ahí está el detalle,* con el rostro alegre de Jorge Negrete en *Allá en el Rancho Grande,* y con la mueca cómica de Tin Tan en *El rey del barrio.*

—Quiere hablar con usted —Crisantes me pasó la bocina con mano temblorosa.

—¿Inspector?

—Escucha, Fontana, el tipo está muy nervioso.

—Sí, eso veo…

—Tomen declaraciones de quien se pueda y asegúrate de que el Foro 8 quede precintado.

—¿No detenemos a nadie?

Mi pregunta hizo saltar los ojos de Crisantes.

—No, Fontana. Debo consultar…

—¿Consultar a quién?

No me respondió.

Cuando Crisantes y yo volvimos al foro se escuchaban las voces de Teresa y Jiménez; él le preguntaba que si de verdad consideraba que podía ser galán de cine, y no sé si la chica le daba por su lado, pero aseguraba que sí, que tenía ese algo de la gente famosa.

—Hay que precintar y nos vamos —le dije a Jiménez.

Como respuesta, dibujó la cara de un niño al que le decían que era hora de irse de la juguetería.

2

Media hora después, en un café de chinos, frente a la radiodifusora XEW, Jiménez y yo hablábamos de lo mucho que le costó a Crisantes decirnos dónde estaba el camerino de Pedro Infante. No fue sino con advertencias de lo que les podía pasar a él y a Teresa Garabito por obstruir la justicia si no nos dejaban hablar con él. Crisantes insistió en entrar primero, pero enseguida salió y nos dijo que Infante ya se había marchado. Entonces fuimos al andador y nos pareció verlo alejarse, o al menos Jiménez creyó reconocerlo:

—¡Pedro, Pedro Infante!

Aquella sombra corrió en la oscuridad. Después escuchamos el motor de un coche y, cuando llegamos adonde habíamos aparcado el nuestro, vimos alejarse el Lincoln convertible. Crisantes llegó detrás de nosotros y nos confirmó que sí, que ese auto era el del actor. Y ahora, en el café de chinos, Jiménez y yo pensábamos en eso, y por el modo en que lamentaba no haberlo alcanzado, dudé si era por no haber podido interrogarlo o por no haber podido pedirle un autógrafo.

—Carajo, Fontana —Jiménez hundió el bolillo en el café con leche—, cuando se lo cuente a mi mujer, no va a creerme.

—No le vas a contar nada, Quintana pidió que fuéramos discretos.

—Yo todo se lo cuento a mi mujer.

—Pues esto no, Jiménez.

—Ya verás cuando tengas mujer, Fontana, si no le cuentas todo te va a hacer la vida imposible. Si María fuera de la Secreta, sería peor que Cantarel —se refería a uno de nuestros colegas—. Pero no le haría falta tundirte, con el solo hecho de que María te pregunte a todas horas lo mismo terminas cantando...

El buen humor de Jiménez siempre resultaba refrescante, incluso sus cuitas te las contaba como si fueran el capítulo de una radionovela, que por triste que fuera tendría un final feliz. A veces me contaba que su mujer no se perdía ni un capítulo de *El derecho de nacer*, como si María perdiera su tiempo, lo curioso es que Jiménez se sabía los capítulos de memoria.

Cuando salimos del café, le recordé que no debía decirle nada a María; asintió y cruzó la calle a parar un libre. Desde ahí me hizo un ademán que de pronto no comprendí, hasta que lo asocié a los que hacía Pedro Infante en sus películas, y le sonreí, justo cuando aquel coche enfrenó de manera abrupta y un tipo se asomó por la ventanilla y descargó tres disparos en el pecho de Jiménez, que lo hicieron sacudirse y caer. Todo sucedió tan rápido que, cuando saqué el arma, el coche rechinaba las llantas y se alejaba velozmente. No supe si correr detrás de él, si disparar, si ir donde Jiménez o si tratar de tomar aire. La gente, que de momento se había paralizado asustada, ahora se acercaba a Jiménez, no por ver si estaba bien, sino por mera curiosidad. «Podías tragarte su morbo repugnante.» Entonces fui y los aparté, pidiendo que alguien llamara una ambulancia.

—¡Carajo! —Jiménez tosió sangre y me miró con lejanía—. ¡Cómo no pude pedirle un autógrafo!

El tiempo se tornó quebradizo, con trechos de desmemoria, de la calle a la ambulancia y de esta a la Cruz Roja. María y yo aguardábamos en el pasillo a que el médico nos dijera cómo había salido Jiménez de la operación. En Urgencias, acompañantes, enfermos y heridos te decían con sus gritos, exigencias o llantos que en un lugar así las cosas nunca pueden salir bien. Tampoco ayudaba mucho mi pesimismo habitual, ni el rostro de María, que parecía tan funesto como el de aquella gente que diez años atrás salía en los periódicos y en sus rostros se dibujaba lo que vivían en medio de la guerra, hambre, muerte y nazis arrasándolo todo.

Poco después apareció el inspector Quintana, le dijo a María que lo sentía y luego consiguió las palabras oportunas para dejarla sola y pedirme que fuéramos a hablar a la calle.

—¿Cómo fue, Fontana?

Le conté lo que vi.

—No hablo de eso. Me refiero al Foro 8.

Quintana era un hombre muy práctico, aun así se justificó.

—Llámame hijo de puta, pero de Jiménez se encargarán los médicos, nosotros debemos seguir con lo nuestro.

Le conté los pormenores, y luego de oírme habló como acostumbraba, dando un instructivo de cada paso a seguir. Él haría las maniobras necesarias para que pudiera interrogar a Infante y a quien hiciera falta. Igualmente vería cómo evitar que los periodistas se enteraran del caso. A Jiménez no volvió a mencionarlo, y eso como que me pareció injusto.

—Inspector, alguien tuvo que ver la matrícula del coche. Había bastantes personas por ahí, locales abiertos, mañana puedo interrogar a quien haga falta…

—No, Fontana, tú ocúpate del Foro 8, yo pongo a alguien a investigar lo de Jiménez.

—Dele el caso del Foro 8 a Pedraza o al Negrito Pelayo, y déjeme lo de Jiménez, ¿quiere?

—El Foro 8 es tuyo. ¿Qué pero le pones? Vas a conocer a gente famosa.

—Me parece que no serán muy cooperativos.

—Lo sé, y tendrás que irte con cuidado.

—¿Con cuidado con quién? Dígamelo ya, inspector. Es mejor saberlo.

—La farándula que tú conoces depende de otra farándula más grande, la política. Manéjate con cuidado y veme informando para que te oriente… Mira —señaló al médico que se acercaba a María—, viene con cara de que Jiménez salió bien de la operación… Foro 8, Fontana, tengo que irme ya, tengo cena con el regente de la ciudad…

Salió sin despedirse de María, quien, súbitamente, dejo caer la cara en el hombro del médico.

Una hora después, subía a mi apartamento sin mirar si podía ahorrarme los cuatro pisos por el elevador, tardaba más que el trolebús en llegar a San Juan de Letrán. Me aflojé la corbata, lancé el sombrero al perchero y comencé a desabotonarme la camisa, cuando escuché pasos, y giré.

—¡Mierda! ¡Qué susto me diste, Maya! —salté hacia atrás, tropezando con un sillón hasta que acabé sentado en él—. ¿Qué tienes en la cara?

—Diamantina. —Maya se tocó con cuidado las mejillas.

Achiqué los ojos, aquel rostro parecía el de un ser de otro planeta con todos esos puntitos brillantes y azules. Luego le miré los pies descalzos; movió los dedos como saludándome con ellos.

—¿Y para qué te pusiste eso? —le pregunté mientras buscaba el traje negro en el armario.

—Va a venir alguien y quiero parecerle enigmática.

—¿Ahora? Son casi las doce de la noche.

14

—Hora de las brujas.

—¿Has visto mi traje negro?

—Lo mandaste a la tintorería, Leonardo.

—Ese fue el gris. ¿Y quién va a venir?

—El vecino del cuatro.

—¿El viudo?

—Sí, quiere comunicarse con su mujer.

—¿Y no puede esperar a mañana, a una hora decente? ¿No será un pretexto para acostarse contigo?

Maya echó una buena carcajada. Intentó hacerme cosquillas en los costados; no estaba para eso y la repelí. Seguí buscando el traje; encontré los pantalones, estaban un poco arrugados…, no demasiado.

—¿Y para qué quiere comunicarse con su esposa?

—Para que le diga dónde dejó no sé qué papel importante.

—Ahora sí estás en aprietos —le advertí—. ¿Cómo vas a conseguir que el espíritu chocarrero de la señora se presente?

—A ver qué me invento.

—Eres una cínica, ¿lo sabías?

—No me lo dices cuando me pagan y te invito al cine o a tomar un trago.

El saco negro también estaba un poco arrugado, pero era de noche y, dadas las circunstancias, nadie me prestaría atención.

—Veo que tú también tienes algo que hacer, aunque sean las doce. ¿Cambiaste la hora y el día de tus citas misteriosas? ¿Ya no son los jueves a las cuatro?

—Ningún citas misteriosas, ya te he dicho que los jueves a las cuatro…

—Vas a jugar dominó al Salón Bach, lo curioso es que nunca te he visto entrar ahí… ¿Adónde vas ahora?

—A un velorio.

—Déjame adivinar de quién…

—Con eso no juegues, Maya, se trata de un amigo… Jiménez.

—Lo siento.

Cuando salí del departamento me crucé con el vecino del cuatro, se le veía tan sombrío que parecía estar a punto del diluvio. Desde que había muerto su esposa se comportaba como un huérfano. No miraba directo a los ojos. No es que antes fuera el alma de la fiesta, pero de ser cierto lo de la media naranja, él había perdido la suya y en ese momento era esa mitad descarnada y expuesta. No daban ganas de ser como él de vulnerable; en ese sentido, prefería mi forma de ser, mi coraza, como le llamaba Maya.

3

Fue incómodo, pero no sorprendente, que Quintana, en pleno panteón, con el ataúd bajando a la tierra y María llorando a lágrima viva, nos dijera a mí y a Benito Cantarel que éste tomaría el lugar de Jiménez para que trabajáramos en el caso del Foro 8.

Quintana se veía molesto, porque no acabábamos de largarnos a trabajar, pero no le quedó más remedio que contener sus ansias, en especial porque María no dejaba de aferrarse a mí diciendo el típico: «¡Dios, no somos nada!»

A eso de las dos de la tarde dejamos atrás el panteón Dolores y nos dirigimos a los Estudios San Ángel; Cantarel quiso expresar el pésame a su manera.

—No hubiera querido que fuera así, Fontana, pero ya ves, el hombre propone y el diablo dispone.

—¿No era de otra forma el dicho? El hombre propone y Dios dispone.

—¿Cómo lo sabes?

—¿Cómo sé qué?

—Que es Dios y no el diablo es el que dispone.

—Da igual, Cantarel.

—Entonces qué estás chingando.

Aproveché un alto para bajar la ventanilla y comprar un periódico, intentando con eso que pareciera algo que interrumpía la conversación. Arrojé el periódico al asiento trasero.

—¿No ibas a leerlo?

—Ahora estoy manejando.

Torció la boca, sus ojos parecían decirme que se había dado cuenta del truco.

No había mucho tránsito, así que llegamos enseguida a los Estudios y, al poco rato, estábamos cruzando el Foro 8. La escenografía seguía siendo la misma, solo faltaba el cadáver debajo del Ford. Su lugar estaba marcado con tiza. A unos metros encontramos a Teresa Garabito, Erasmo Crisantes y a otras personas, que se presentaron como González, el director de la película; Carola, continuista; Quique, asistente; José, camarógrafo, y Luis Alcoriza, escritor.

—Siento lo de su compañero, el señor Jiménez —me dijo Teresa—. Salió en el periódico…

Le di las gracias. Presenté a Benito Cantarel, que parecía incómodo entre aquella gente del espectáculo, y comencé a lanzar las preguntas. La primera: ¿por qué Pedro Infante no estaba ahí para interrogarlo?

—El señor Infante tuvo un compromiso en Los Ángeles —respondió un lacónico González.

—Es indispensable que hablemos con él.

—Mire, agente Fontana, eso no es posible; el señor Infante es un hombre muy ocupado, ya Teresa y Erasmo me explicaron que anoche insistieron en hablar con él solo porque Pedro estuvo aquí, pero realmente estaba en su camerino cuando sucedieron las cosas. Si lo desea, puedo hacerle llegar sus preguntas y él, que es muy cordial, enviará sus respuestas.

—Anoche entendí que la chica era una…

—Figurante —dijo Teresa.

18

—No sé nada de cine, ¿una figurante puede tener una escena con el actor principal?

—Maite estaba doblando a la actriz principal —aclaró González.

—¿Quién es esa actriz?

No parecía con ganas de responder.

—Necesitamos saberlo.

—Silvia Pinal.

La cara de Jiménez me pasó por la mente, seguro que se hubiera asombrado al oír ese nombre y habría querido hablar enseguida con ella.

—¿Por qué no hizo la escena? ¿Es eso normal?

—Muy normal, los actores tienen otros compromisos, hay escenas que son de relleno y buscamos a alguien que se les parezca…

—Volvamos a Maite, ¿alguien tiene idea de por qué la mataron? —espetó Cantarel.

—Pudo ser un accidente —reviró González.

—Lo que mi compañero quiere decir es que no podemos descartar que fuera asesinato. ¿Saben si la chica tenía problemas con alguien?

—Maite era de sangre ligera —dijo Teresa, y enseguida trató de enmendar lo de la sangre—, liviana, de bonito carácter, pues…

—Siempre traía dulcecitos o alguna cosilla para todos —apostilló la continuista.

—Es curioso que le tocara a ella estar debajo del coche y no a Silvia Pinal —aventuró Cantarel.

González se revolvió molesto en su silla.

—Si esa es su sospecha, agente, voy a tener que darle una respuesta muy cruda, pudo ser Juana, Pepita o Fulanita de tal a la que le habláramos para meterse debajo del coche; solo nos fijamos en que fuera rubia como Silvia, y que estuviera a la mano. Maite siempre estaba a la mano.

—Quizá lo del coche era para Silvia y no para Juana, Pepita o fulanita.

La amabilidad del café y las donas, y gestos entre cordiales y prudentes, se fueron al carajo, ahora nos miraban con frialdad y cierta distancia que me pareció que esa gente del espectáculo manejaba mejor que nadie.

—Por ahora no tenemos más preguntas —concluí.

—Yo sí —se apresuró Cantarel—. O bueno, no... solo quiero echar un vistazo.

Rodeó el coche, se agachó, miró debajo, luego se concentró en el gato roto.

—No se venció, se partió, lo cual es muy raro, están hechos para soportar no solo al coche sino a un elefante subido en el techo del coche. Me huele a que su teoría del accidente no cuaja, señor González, pero no se preocupe, usted es director de cine, no policía...

4

Discutimos bajo los eucaliptos; parecíamos un par de tórtolos peleando por tonterías. Pasaba la gente, así que echamos a andar hacia el bosque y él volvió a la carga.

—No vuelvas a tratarme como invisible delante de esa gentuza del cine...

—Mira, Cantarel, si la farándula te causa aversión no tienes por qué estar en el caso, pídele a Quintana que te ponga en otra cosa...

—No tengo por qué irle con mi cara de pendejo, solo entiende que no soy tu lacayo. No dije nada fuera de lugar.

—No, pero había que ser prudentes.

—Tú no eres muy inglés que digamos.

—Este caso es distinto.

—¿Por qué? ¿Por qué son artistas?

—Porque el inspector me pidió tacto.

—Yo tengo otro estilo.

—Tu estilo y el mío los paga el mismo patrón...

Los ladridos de un perro nos hicieron callar; era un chucho grande y feo que venía decididamente hacia nosotros.

—Tranquilo, cuate —le dijo Cantarel, inclinándose para recibirlo con caricias.

Mala idea, el perro le saltó encima con las patas en el pecho y lo derribó hacia atrás. Cantarel se tapó con un brazo y el chucho le pegó una mordida fuerte en la mano. No quitó los dientes; al contrario, apretó y gruñó.

—¡Saca la fusca y métele un tiro, Fontana!

No lo hice. Cantarel, con todo y perro colgando del brazo, logró zafárselo y corrimos entre los matorrales.

—¡Fideo! —gritó una voz y el perro se detuvo en el acto.

Un tipo flaco, de tez pálida y unos extraños ojos color arena, surgió a unos metros y se acercó latigueando la hierba crecida con una vara.

—¿Están bien? —nos preguntó.

—Yo no, pero lo voy a estar. —Cantarel se abrió el saco, dejando ver la culata de la pistola.

—Supongo que aquí tienen enfermería —le dije.

El tipo dijo que sí, pero que podía meterse en problemas. Si bien era el conserje, y el perro estaba adiestrado para ahuyentar a los desconocidos, sus jefes eran quisquillosos. Propuso que lo acompañáramos, él podría atender la herida de Cantarel.

Lo seguimos hasta una cabaña. El perro, detrás.

—¿Cómo es que se llama?

—Fideo.

—Fideo hijo de perra —apostilló Cantarel, ya menos hostil.

—Me refería a usted, ¿cuál es su nombre?

—Keaton…

Keaton abrió la puerta de la cabaña. El lugar era pequeño y muy en orden; una mesa, sillas, alacena, parrilla, ropa doblada en un mueble y las paredes con carteles de películas, faltaba más… No se diferenciaba de la oficinita a la que me había llevado Crisantes, a no ser por el orden y porque los carteles eran de películas del cine mudo extranjero. Charles Chaplin, Harold Lloyd, Rodolfo Valentino, ese tipo de actores.

—Mi tocayo —señaló Keaton en uno de los carteles al actor Buster Keaton—. En realidad, no me apellido Keaton, me lo puse en su honor. Lo conocí en persona… Yo me llamo León Cárdenas Harrison. Mi madre era del Paso, Texas. Mi papá de Chihuahua, así que mitad y mitad. —Sonrió luego de revelarnos aquella información, no pedida.

—¿Y qué hay del botiquín? —espetó Cantarel—. ¿O espero a que me dé la rabia?

Luego de curarlo, habilidosamente, el falso Keaton hirvió agua y preparó café de olla. Realmente se estaba bien ahí, el olor fresco y vigoroso de la resina de los árboles de afuera lo hacía a uno sentirse saludable.

—¿Son policías?

Asentimos.

—¿No será otra vez una bronca con Tin Tan por lo de la marihuana…? Perdón, me fui de la lengua…

—No, no es eso. Mera cuestión de rutina —pretexté—. ¿Así que usted conoce a Buster Keaton? Ya no actúa, ¿cierto?

—Todavía, pero ya no es lo mismo. ¿Vieron *Sunset Boulevard* hace dos años? No, esperen. Esa fue hace cinco. Sí. En el 50… Caray, cómo se pasa el tiempo. Actúa de sí mismo. La dirigió Billy Wilder. Keaton no es la estrella principal. Salen William Holden y Gloria Swanson. Aquí la llamaron *El ocaso de una vida* y, en España, *El crepúsculo de los dioses*. Lo de *El ocaso de una vida* le queda a Keaton. Resulta triste. Pobre, no le vino bien el cine sonoro. Sé que se ha tirado al alcohol. Dicen que filmará *La vuelta al mundo en 80 días*, ojalá esté en condiciones…

—Parece que sabe usted mucho de cine.

—¿Y cómo no?, también soy actor —dijo el falso Keaton, esbozando una sonrisa de dientes pequeños y ocres.

—Le entendí que era conserje —Cantarel lo bajó de la nube.

—No todos tenemos la suerte de vivir de lo que nos gusta, supongo que ustedes sí son de los afortunados.

—Yo no —refutó Cantarel—, trabajo por dinero.

—¿Y usted, agente?

—Ya le quitamos mucho su tiempo. Gracias por la curación y por el café. —Me puse de pie.

—Una disculpa por lo de Fideo.

—Solo que no se me vuelva a parar enfrente… ¿Oíste, pedazo de cabrón? —Cantarel le habló al perro y este le soltó un ladrido.

Cuando salimos de ahí y llegamos a la caseta, el vigilante nos dijo que nuestro jefe había dejado un recado telefónico, que fuéramos a la morgue.

En el camino, Cantarel me aseguró que volvería una noche y colgaría a Fideo de un árbol. Me reprochó no haberle disparado. El crimen perfecto siempre es el de quien no mete las manos. No creí que hablara en serio, pero esa mirada escrutadora me dijo que sí, que cada vez que sospechaba algo era absolutamente en serio.

El doctor Gámez nos llevó frente al cajón, deslizó hacia afuera la tapa de metal y nos mostró a Maite Ramos. Por fin veía su cara más allá del coche Ford que la aplastó. Tenía el pecho roto. Los ojos de sorpresa y la boca entreabierta. Su pelo rubio parecía intacto a toda desgracia, como el de esas muñecas de plástico inertes y hermosas.

—¿Algo especial? —interrogué a Gámez.

—Semen en la vagina.

Nos asombramos.

—Bueno —dijo Cantarel—, al menos tuvo su rato de contento. ¿Reciente?

—Sí, esa misma noche.

Gámez devolvió el cajón a su sitio. Salimos de ahí y el perito nos abordó. Dijo que había revisado el gato hidráulico, no se trataba precisamente de uno hidráulico sino de tijera, y que, en efecto, se había partido, pero además el perno estaba prácticamente inservible, se barría a la menor provocación. Nadie en su sano juicio lo habría usado. La pregunta entonces fue obvia: ¿quién lo había puesto ahí? Hablamos a los Estudios y nos dieron un nombre, el del utilero, Jaime Lima. No estaba en el trabajo, nos dieron la dirección de su casa en Tepito.

—Pensé que esa gente del cine ganaba puños de billetes —observó Cantarel, mientras cruzábamos y miraba el patio de la vecindad con su pavimiento roto y sus tendederos donde colgaban sábanas percudidas y unos calzones rotos y guangos.

Al vernos de traje, corbata, sombrero y camisas blancas, los vecinos se apartaron desconfiados, no así un tipo con el torso desnudo, con ese tipo de cuerpo que, de alguna forma, junta musculatura y gordura. Nos siguió con una mirada retadora hasta el fondo del patio, frente a la puerta de la última vivienda.

—¡Lima, abra! ¡Policías!…

—No hay nadie —aclaró una anciana, detrás de nosotros—. Se mudó tempranito —añadió limpiándose las manos mojadas y jabonosas en el delantal.

Nos asomamos a la ventana, no se veían muebles.

——¿Sabe a dónde se fue, señora? —interrogué.

—¿Son cobradores de Sears?

—¿Sears?

—De ahí le traían sus muebles, se las daba de fino.

Lo siguiente fue de manual, llegamos a Sears, donde una encargada nos confirmó que Lima compraba ahí sus muebles. Dijo que Lima pagaba todo de contado. Eso me dio una idea, le pedí que le hablara por teléfono y que le dijera que pasara a recoger su licuadora de regalo, por cumplidor. La señorita le marcó mientras mirábamos más allá los comedores y las salas. Maya siempre me pedía reemplazar la mesa cuadrada por una redonda, le parecía mejor esa forma para sus sesiones espíritas, o como diablos llamara a las chapuzas con las que embaucaba a los incautos.

—¿Señor Lima? Le hablamos de Sears, una buena noticia…

Le tapé la bocina con la mano y le dije:

—Explíquele que el regalo tiene una hora de vigencia…

Cantarel se apostó en un ángulo de la tienda, mirando unos libreros; yo me senté a hojear la revista *Siempre!*, en un sofá de exhibición. El artículo decía que, aunque las bombas nucleares habían sido arrojadas en las ciudades japonesas hace diez años, pasarían muchos más para limpiar los efectos de algo llamado radioactividad. «Linda humanidad», pensé.

Un estruendo me sacó de la revista, Cantarel acababa de tirar un elefante de vidrio. Dos dependientes se acercaron de inmediato y él comenzó a discutirles que estaba mal puesto. Por el otro extremo apareció un sujeto, que fue directo a la ventanilla. La dependienta le puso sobre la barra una licuadora.

—¡No sabe con quién se mete! —exclamó más allá Cantarel—. ¡Soy de la Secreta!

Como si fuera el diablo y hubiera escuchado que iban a rociar el lugar con agua bendita, Lima dejó la licuadora en su sitio y salió disparado hacia las escaleras.

—¡Alto, Lima! ¡Policía! —le grité, yendo tras él.

El tipo resultó una gacela, comenzó a saltar ágilmente sobre los sofás, las camas, las sillas, obligándonos a buscar atajos. Cantarel se detuvo, sacó el arma y apuntó siguiendo a Lima como se hace con un pato en la feria. Temí que fuera en serio lo de disparar y traté de bajarle el arma, pero el tiro rompió un espejo. Lima se detuvo y alzó las manos. Los clientes que estaban por ahí huyeron. Le echamos las esposas a Lima y fuimos hacia la escalera.

—¡Esperen! —dijo un dependiente—. ¿Quién va a pagar el espejo y el elefante?

—Manden la nota a Victoria 82 —respondí.

Poco después, interrogábamos a Lima en la delegación.

—Quiero un abogado.

—Simplemente vas a contestar lo que te preguntemos o te vamos a enchufar tus huevos mojados a la corriente. ¿Cómo ves? —Cantarel no se anduvo por las ramas.

Tomé la palabra, no porque quisiera jugar el papel de policía bueno, es que, involuntariamente, Lima me había puesto en ese lugar al buscar mi mirada defensora.

—No te va a pasar nada, Lima, solo responde con honestidad y te vas pronto de aquí.

—No tengo nada que esconder.

—¿Entonces por qué te mudaste de la vecindad de mierda? —cuestionó Cantarel—. ¿No te gusta vivir con los jodidos? ¿Te crees mucho porque trabajas en el cine? ¿Y por qué saliste corriendo del Sears? ¿No te gustó la licuadora?

—Tuve miedo, yo monté la escenografía donde murió la señorita Maite.

—Uy, la señorita Maite, seguro que te la querías tirar, y como no quiso…

—Déjalo hablar, Cantarel.

—No me calles, Fontana, ¡tengo derecho a preguntarle!

Lima nos miró sorprendido. Cantarel le pegó un zape.

—¡Responde, cara de culo! ¡Aquí! ¡Te estoy hablando yo!

—El gato estaba en mal estado. Y esa es mi responsabilidad…

—¡Claro que es tu responsabilidad, maricón! —otro zape—. Vas a confesar y te van a caer 20 años en Lecumberri. Pero si nos la pones difícil, 40, y con los huevos fritos.

—¡No sabía que estaba mal el gato! ¡Soy utilero! ¡Solo traigo las cosas y las pongo como puedo!

—¿O sea que si te toca ponerle balas a una pistola no te cercioras de que sean de salva?

—Señor, yo no sé distinguir unas balas de otras.

—Seguro tampoco distingues las chichis de tu mujer y las de tu perra —otro zape—. ¿Por qué no checaste? ¿Quién alzó el coche con el gato?

—¡Yo! ¡Pero pensé que el gato estaba bueno! ¡Me fie del señor Infante!

Cantarel y yo nos miramos.

—El señor Infante nos prestó el gato…

Le hice una seña a Cantarel para que saliéramos, y en el pasillo sacó sus conjeturas.

—El cabrón tiene fama de mujeriego. Maite se resistió. Le dolió que no le hiciera caso. ¿Cómo se le va a negar una mujer a Pedro Infante? Pero Maite ni con canciones ni con ojitos pizpiretos le hizo caso. El tipo no pudo tolerar que una simple…, ¿cómo le llaman?

—Figurante.

—Sí, figurante, lo despreciara…

—¿Ya terminaste?

Asintió.

—Infante nunca llegó a la escena, ella es figurante, y tú lo has dicho, es mujeriego, tiene una fila formada…

—Ya veo, Fontana, tú estás formado en la fila…

Lo miré desconcertado.

—Eres puto. Pedro Infante te gusta, lo defiendes como si fueras mujercito; confiésalo, te sientes la protagonista de sus canciones, de esa que dice, «pasaste a mi lado con gran indiferencia».

—Definitivo, le voy a pedir a Quintana que te quite del caso.

—¿Porque ya descubrí que eres marica y estás enamorado de Pedro Infante?

Me miró como si de verdad lo creyera, y como si de verdad pensara que el tipo asustado que teníamos en la sala de interrogatorios fuera a reiterar que confió en Pedro Infante y él solo había puesto un gato casi roto sin mirarlo bien. Yo no confiaba en Pedro Infante, cierto, pero eso no era extraño, porque nunca había confiado en nadie en toda mi puta vida, ni en mis padres, ni en eso que llaman humanidad; vamos, ni en mí mismo.

5

Era jueves, tres de la tarde. No dejaba de echarle vistazos a mi reloj, no lo suficientemente discretos como para que Maya no se diera cuenta y me mirara, dibujando una sonrisa suspicaz.

—¿No se te hace tarde? —me preguntó—. Es jueves, tu cita misteriosa de las cuatro.

Le respondí lo de siempre; no había ningún misterio en jugar al dominó.

Repasé el caso del Foro 8. Los interrogatorios, las reticencias de los participantes, más por una especie de sentirse gente del oropel que porque escondieran algo, según yo. El nombre de Pedro Infante, flotando en el aire, el gato roto y la declaración del utilero.

Tocaron a la puerta; yo iba de salida, abrí; era de nuevo el vecino del cuatro.

—Señor Rojas, buenas tardes.

—Buenas tardes —respondió este, con un tono de pedir perdón, por estar vivo.

Fue junto a Maya, que lo ayudó a quitarse el saco y le sonrió con dulzura. El que fuera más alta que él y que Rojas tuviera ese gesto medroso hacía parecer que buscaba los brazos protectores de mamá.

—¿Me da su sombrero? —le preguntó Maya, quitándoselo, sin esperar respuesta, exponiendo aquella calva brillante con cabello a los lados—. Siéntese, siéntese, señor Rojas; le tengo buenas noticias, su mujer me ha estado dando señales...

—¿Le dijo dónde dejó los papeles? —interrogó ansioso y tan crédulo como un Juan Diego ante la virgen.

—Ya casi...

El «ya casi» era la rutina de Maya. Maya la bruja. Maya la vidente. Maya la dadora de esperanzas. Maya la cabrona. Había estirado con Rojas ese «ya casi» por varios pagos de dinero por semana, quince días ya, para ser exactos.

Salí del edificio, paré un libre y le pedí que me llevara a San Juan de Letrán, esquina Ayuntamiento.

—¿Qué opina de la campaña? —me preguntó el chofer—; la de Salubridad, para erradicar el paludismo. ¿Sabe qué pienso yo?

—No, dígamelo.

—Es un truco de Ruiz Cortines. Nunca me ha dado confianza ese tipo, va por ahí de mustio. Dicen que le gusta jugar dominó. Hubiera preferido que nos gobernara otra persona, como el general Lázaro Cárdenas, él pero sin comunismo.

—Oiga, el dominó es entretenido.

—Ese no es el punto, amigo. ¿Sabe lo que va a hacer en realidad el gobierno con la dichosa cura del paludismo?

—No, dígamelo.

—Matar a la gente poniéndola idiota.

—¿Cómo es eso? Dé vuelta a la derecha, por favor.

—Claro, claro. —El hombre giró—. Mire, amigo, es muy sencillo, los idiotas no piensan. Ruiz Cortines nos quiere idiotas a todos. Van a rociar las casas con insecticidas potentes para matar al mosquito del paludismo; en realidad, se llama malaria. Culpa de los chinos. No sé por qué no los echamos a todos. Si fuera cierto que quieren acabar con el paludismo, primero tendrían que acabar con otros males que aquejan a la humanidad.

—¿Qué males?

—¡Qué pregunta! Los maricas, los masones y la gonorrea. Pero volviendo al punto... ¿Sabe por qué el góbierno quiere matar a tanta gente?

—No, dígamelo.

—Porque es pobre.

—Explíqueme eso.

—Los pobres estorban. Los americanos y los rusos tienen en la mira a México. Estamos en medio del comienzo de una Guerra Fría. Los pobres impiden que el país progrese. Ruiz Cortines necesita acabar con ellos para fajarse los pantalones ante los rusos y los americanos, ¿sabe para qué?

—No, ni idea.

—Para venderse al mejor postor. ¿Quieres que tus rusos pasen por aquí para invadir Estados Unidos? Venga el dinero. ¿Quieres que México no permita a los rusos pasar a tu territorio? Venga el dinero. Eso solo lo puede exigir un país donde no hay pobres. Los moscos son el pretexto para una vacuna letal. —Me guiñó un ojo por el espejo retrovisor.

Bajé en la esquina y le di al tipo un billete de cinco pesos.

—Guárdese el cambio y gracias por la información.

—De nada, estoy para servirle, y, ah, si tiene niños, que no se los vacunen...

Avancé unos pasos, lancé una mirada al edificio y contemplé los siniestros anuncios en sus ventanas. Enfermedades secretas. Venéreas. Tratamientos novedosos. Aquí vamos, me dije. Miré en todas direcciones, cerciorándome de no encontrar a ningún conocido. Me calé el sombrero sobre los ojos y crucé la puerta del edificio. Aquel olor a caño me recibió como cada jueves, lo mismo que la oscuridad a la que ya me había acostumbrado a lo largo de año y medio; al principio me palpitaba el corazón al avanzar por ese larguísimo y frío pasillo hasta el ascensor, donde los pálpitos volvían cuando este daba un tironcito antes de ponerse en marcha y subir a lo que yo consideraba el cadalso.

Esta vez, un tipo subió detrás de mí. No nos dimos las buenas tardes; ni él ni yo queríamos salir de nuestros respectivos anonimatos. Lo escuche toser flemoso, estornudar después.

—Lo siento —dijo por lo bajo.

Levanté discretamente los ojos y miré su cara reflejada en el espejo pañoso del ascensor. Fue incómodo estar respirando el mismo aire que él; se le notaban aquellas pápulas medio reventadas e infecciosas en el cuello y las mejillas. Era como si me hubiera metido en una jaula con 100 mosquitos trasmisores del paludismo. Me maldije por no haber ido por la escalera. Otras veces tenía esa precaución. Cuando paramos en el tercer piso y el hombre salió, respiré aliviado y lo maldije. La puerta volvió a cerrarse, fui hasta el quinto piso. Recorrí un largo pasillo, idéntico al de la planta baja, aunque un poco mejor iluminado, pues un par de ventanas laterales permitían la luz del exterior. Toqué en el 507.

El doctor Pardillos abrió enseguida, perfilada su cara por la penumbra.

—Leonardo, pase, pase…

El tufo a orines de gato me golpeó, como siempre; a ese olor sí que no acababa de acostumbrarme. Me gustaban los felinos, pero sus orines me ponían de malas. Ya una vez Pardillos lo había notado durante la consulta, y me dijo que los gatos mantenían a raya a los ratones. ¿Los oye?, ya están ahí, decía cuando se oían ruidos de rascar en el piso de madera hueca.

—Póngase cómodo, Leonardo…

Dejé mi sombrero en el perchero y me tumbé en el diván. El doctor fue a sentarse en el sillón individual, con la libreta y la pluma en sus manos largas. Crucé las mías como un muerto en el ataúd; esos primeros minutos siempre resultaban tensos. Las primeras veces me pareció que hablaba con un fantasma, pues el consultorio siempre estaba en penumbra, y el rostro de Pardillos era todo un misterio. Era flaco y anguloso, de pelo blanco y ensortijado, delgado y como de 1.80 m de estatura. Su apellido era castizo, pero bien podía pasar por extranjero, quizá alemán.

—Lo escucho, Leonardo…

—Tengo un caso nuevo, un posible crimen, o tal vez accidente fatal en los Estudios San Ángel, donde hacen las películas… Es curioso estar ahí, ¿sabe? Uno se imagina otra cosa…

—¿Otra cosa?

—Ya sabe, actrices bonitas por todos lados, gente famosa que te sonríe y es amable. Escenarios como de ensueño, un lugar donde la gente es feliz y se divierte y no se quiere ir de ahí, aunque todo sea mentira.

Escuché la pluma de Pardillos rascar el papel.

—Nada de eso sucede; si ves por ahí a alguien famoso, no te parece el de las películas; va en sus asuntos, con sus problemas, como cualquiera. Los foros son grandes, el viento corre frío en ellos, las luces lastiman la vista, los muebles y las cosas parecen como…, no sé definirlo…

—Inténtelo.

—Bueno, mire, si los muebles y las cosas de esos lugares tuvieran vida, serían como la gente hipócrita. ¿Cree que lo que digo tiene sentido?

—¿Lo cree usted?

—No lo sé, ya no sé lo que creo y lo que no.

Un destello iluminó el rostro de Pardillos por un segundo, acababa de prenderse un cigarro. El olor me golpeó la nariz.

—Lo que trato de decir es que los muebles también resultan falsos… ¿Quiere escuchar algo curioso, doctor? Estoy por conocer a Pedro Infante.

—¿En serio?

—Tengo que interrogarlo por lo que pasó en los Estudios. No he conseguido verlo, pero no creo que logre evadirse por mucho tiempo. Me pregunto si será tan simpático como en sus películas. No es que en realidad me importe, no como le hubiera importado a Jiménez.

—Jiménez, claro…

—La sesión pasada le conté de él.

—¿Cómo va con eso, Leonardo?

—¿Ir con qué?

—Con la muerte de Jiménez, su colega.

—Nada, así es la vida, cosas que pasan…

Otra vez a rascar el papel con la pluma. Quizá esperaba que se me quebrara la voz y me echara a llorar, yo mismo lo hubiese querido, pero no lo conseguía. Ni siquiera por Jiménez, al cual apreciaba sinceramente.

Hurgué en la oscuridad la reacción de Pardillos; no encontré otra cosa que la punta de su cigarro, iluminándose como un pedacito de lava.

—Como policías estamos expuestos a cualquier tipo de venganza. ¿No lo cree?

—¿Lo cree usted?

Odié a Pardillos, no acababa de acostumbrarme a que siempre que le hacía una pregunta me la devolviera, como una de esas cartas por falta de remitente. Alguna vez lo cuestioné al respecto, y me explicó que era yo quien debía llegar a mis propias respuestas.

—Me pusieron a Benito Cantarel en el caso del Foro 8. Es francamente insoportable. Ese sí que necesitaría de sus servicios, doctor, más que yo. A la vez que es apocado tiene un ego de Napoleón. Siempre que abre la boca mete la pata. Lo pone a uno fuera de quicio. Pero tal vez el equivocado soy yo… El que está mal, el que no sabe adaptarse. Si hubiera una pastilla de adaptación, me la tomaría y que el mundo entero sea como se le pegue la gana…

—Quizá no se trata de que ni usted ni Cantarel estén mal. ¿Ha contemplado alguna otra opción para lidiar con él?

—La pastilla que le digo…

Mi broma le hizo escupir una de sus ocasionales risillas, apenas audibles, como si no tuviera fuerza para reír y solo fuera capaz de emitir esos sopliditos cortos.

—No sé cómo pedirle al jefe que nos ponga en casos distintos.

—Incompatibilidad de caracteres, claro…

—¿Cómo es eso?

—A menudo pensamos que uno está en lo correcto y el otro equivocado, pero la mayoría de las veces se trata de que pensamos y sentimos distinto. Imagínese dos sustancias que no se pueden mezclar.

—¿El agua y el aceite?

—Correcto. ¿Y acaso el agua es la buena y el aceite el malo, o viceversa?

Seguro Cantarel era el aceite, viscoso, insoportable…

—Solo es un comentario al margen…

—De todos modos, muy bueno, doctor. ¿Pero qué hay del aspecto de Cantarel? Ni siquiera tolero su aspecto. Sé que está mal criticar la apariencia de las personas, pero no puedo creer que él no se dé cuenta de que su aspecto es su carta de presentación.

—¿Y cómo es la carta de presentación de Cantarel, según usted?

—Facciones toscas, nariz aguileña, frente corta. Dicen que los de frente corta son idiotas. En fin, eso pasa; pero sus ojos, más bien su forma de mirar, es prepotente, de burla anticipada. Nunca había visto una mirada así. Si te aborrece te lo dice con los ojos; si se burla de ti, también. Te dan ganas de golpearlo, y voy más allá; mándeme al manicomio, doctor, pero dan ganas de sacarle los ojos. ¿Sigue pensando que solo se trata de incompatibilidad de caracteres?

—¿Usted qué piensa?

—Que tengo algo mal en la cabeza.

—¿Eso le preocupa?

—Desde luego que sí, no quiero terminar en La Castañeda con una camisa de fuerza. Quizá me salva que tengo mi lado bueno y sé apreciar a la gente que vale la pena, como Jiménez. Siempre optimista, un poco ingenuo quizá. Pobre de María, su mujer. María estaba desconsolada en el panteón; todos lo estaban. El que menos se derrumbaba llorando o permanecía mudo de consternación. Jiménez era un tipo muy real, ¿sabe a lo que me refiero?

—No.

—Otra de mis locuras, pienso que hay gente real y gente irreal.

Volvió a rascar con la pluma el cuaderno.

—Los reales son los que se muestran tal como son, y los irreales juegan a ser otros.

—¿Un actor sería irreal?

—Vaya, pues sí. Es buen ejemplo. Me lo saca de la mente y lo pone en palabras. Con razón es usted psiquiatra… Por algo los actores convencen cuando actúan; quizá es que no actúan, sino que son así: falsos, como un billete de tres pesos; hipócritas, como una hiena que se acerca a un nido de pajaritos haciéndoles arrumacos…

Pardillos apagó lo agrio de su tabaco metiéndose un caramelo de café mentolado en la boca, y pude escuchar como lo chocaba entre sus muelas.

—¿Algo que quiera agregar? Estamos por terminar la sesión, Leonardo.

—Sí, algo más. Por favor, dejando un poquito a un lado su papel, ¿no considera que la gente real es la que se muestra tal como es?

—Mejor le voy a hacer una pregunta, Leonardo, pero no para que me la conteste sino para que la medite. Ha dicho hace un minuto que todos estaban consternados en el entierro de Jiménez —leyó su libreta—: «María estaba desconsolada en el panteón, todos lo estaban. El que menos se derrumbaba llorando o permanecía mudo de consternación». Esas fueron sus palabras exactas. Mi pregunta es… ¿Cómo estaba usted? ¿Mostró sus sentimientos? ¿Fue una persona real o irreal?

Me puse de pie, pensando que encima de todo tenía que pagarle la consulta cada vez que me tundía de esa manera. Me acompañó a la puerta.

—¡Lo siento! —exclamé al oír maullar a un gato cuando le pisé la cola.

Estreché la mano fría y algo cerosa de Pardillos; este abrió y me dijo:

—¿Le puedo pedir dos favores, Leonardo?

—Claro, doctor…

—El primero es que me diga si nota un tronido cuando el elevador baja. Yo lo escucho, pero no estoy seguro de que solo sea mi imaginación. Me temo que haya un problema con la máquina. El segundo se trata de usted, quisiera saber cuál es su carta de presentación.

—¿Mi carta de qué?

—Me ha dicho que la apariencia de las personas es su carta de presentación. Supongo que eso significa que también usted tiene una.

—Supongo que sí, pero esa carta la dicen los demás de uno. Soy incapaz de mirarme a mí mismo… ¿Cómo habría de hacerlo?

—¿Con una pastilla mágica? —Escupió su risilla extraña.

«Vaya, qué simpático», pensé, ya con ganas de irme; todavía había que cruzar el pasillo y subir al ascensor, entre posibles gonorrientos y sifilíticos.

—No hay pastillas mágicas —rematé.

—¿Qué tal un espejo?

Otra vez, me dejó pensando.

6

No tuvieron más remedio que permitirnos interrogar a Pedro Infante. Pero hubo condiciones. Él no vendría a Victoria 82 ni tampoco lo veríamos en los Estudios San Ángel. La cita sería en su casa de Mérida, Yucatán. El inspector Quintana nos hizo firmar, a petición de los productores, Matouk y Dancigers, y el director González, un documento de confidencialidad. Cualquier filtración a la prensa la pagaríamos perdiendo el empleo. No tuve objeciones; Cantarel, en cambio, protestó.

—No soy un boca floja, inspector, pero tampoco el único que está enterado del caso. ¿Qué tal que alguno de esos actores o jalacables se va de la lengua y vende la noticia; por ejemplo, el tal Crisantes, que tiene cara de marica perdido?

—Si no te gusta esto te puedo mandar al caso de los Domínguez.

Los Domínguez eran tres hermanos oaxaqueños que andaban por ahí ultimando a machetazos a prostitutas de la Merced. Ya tres agentes habían perdido la vida tratando de atraparlos. Deseé con toda mi alma que Cantarel aceptara el trabajo. Pero estampó su torpe firma y dejó caer bruscamente la pluma en el papel, como si acabara de hacer un favor.

—Inspector, más vale que lo diga ahora, pues el Foro 8 es lo que importa.

—¿Decir qué, Fontana?

—Cantarel y yo somos incompatibles, me refiero al carácter.

Ambos me miraron desconcertados.

—Somos como el agua y el aceite. Esto no quiere decir que el agua sea la mala y el aceite el bueno…

—¿De qué carajos estás hablando?

—Sí, ¿de qué? —secundó Cantarel.

—No trato de decir que yo sea el bueno y él el malo. Solo es eso, incompatibilidad de caracteres. Creo que no deberíamos de trabajar juntos, pero tan amigos como siempre…

—¿Amigos? Casi ni te conozco, cabrón.

Quintana lo contuvo con un ademán.

—Inspector, usted tiene la última palabra, solo quise ser sincero.

—Quisiste ser ojete, qué.

—Cantarel, ya —intervino el inspector—. Yo también voy a ser sincero. Sus problemas personales me importan una micrda. Arréglenlos como puedan. Y eso sí les digo, cualquier mínimo tropiezo en el caso del Foro 8 y no los voy a regañar.

—¿No? —interrogó Cantarel, cándidamente.

—¡No! Lo que haré es cesarlos. A ver si encuentran trabajo de polis de pueblo, vigilando que los peones levanten las cagadas de las vacas en las calles. ¿Estamos?

Mas tarde, un silencioso Cantarel y yo estábamos en un hangar del aeropuerto, esperando ser llamados a abordar el avión favorito de Pedro Infante, un Consolidated B-24 Liberator. Según el inspector, Infante había tenido esa deferencia con nosotros, hacer que fuéramos en ese avión.

—Una tregua, al menos lo que dura el caso —le propuse a Cantarel al verlo de jeta.

—Y a todo esto, ¿quién es el agua y quién el aceite? —bromeó, y ambos bajamos la guardia.

El piloto puso en marcha las hélices. Cantarel y yo íbamos en la parte trasera, y cuando el avión despegó en diagonal ascendente, mi colega se aferró al asiento y comenzó a dejar caer goterones de sudor.

—Se puede caer…

—Se puede, pero no se cae.

—A veces sí…

—Eso sí. —Me encendí un cigarro.

—No te había visto fumar —dijo, sujetándose de donde podía.

—Es por si es el último —bromeé, pero no le saqué una sonrisa.

Me tapé la cara con el sombrero, intentando evitar los rayos del sol que entraban por el costado de la ventanilla. Mientras conciliaba el sueño escuché a Cantarel conversar con el piloto; alzaban la voz, pues el ruido del motor era considerable. El piloto se llamaba Manuel Vidal, y parecía muy experimentado; le daba toda clase de explicaciones tranquilizadoras a Cantarel, de por qué el avión no podía caerse, pero se le coló decir que ya ese avión le había dado un par de sustitos a Pedro Infante, lo cual bastó para que Cantarel volviera a ponerse nervioso.

Desperté casi una hora después. Puf, puf, puf, ese era el ruido que comenzó a hacer el avión, como si el motor estuviera tosiendo.

—¿Qué pasa? —interrogó Cantarel.

Puf, puf, puf. Y más puf, puf, puf.

—¡Pregunté qué pasa!

—Tranquilo.

—¡Tranquilo mis huevos, Fontana! ¡Esto se cae!

De pronto, el puf, puf, puf, cesó, hubo un corto silencio y, antes de que Cantarel pudiera volver a la calma, el avión se fue a pique, acompañado de un ruido aullador, como el de esos aviones que combatieron en la guerra.

—¡Madre bendita! —Cantarel me abrazó con fuerza.

Francamente, también lo abracé, después de todo íbamos a morir. Cualquier rencilla careció de importancia, lo mismo si éramos agua y aceite. También se volvió nimiedad que un año y medio atrás no pude más con mis fantasmas y se me pasó por la cabeza tirarme de lo alto de la Torre Latinoamericana. ¿De qué valía no haberlo hecho, si el destino entraba en acción, si venía a decirme: «Recuerdas que querías que tu cabeza estallara en el pavimiento como una sandía? Eso es, reza, reza por los dos», me dije al oír a mi colega con su Padre Nuestro, acelerado, ese Padre Nuestro con un miedo casi envidiable, el que yo no sentía, y no por valiente sino por falta de amor a la vida. ¿Cuánto hace que nada me estremece? ¿Cuánto que no me conmueve la flor, la risa de un niño? Qué más da. Lo único que me preocupa es que exista un más allá y me lleve conmigo este agujero en el alma.

—¡Tengo un hijo, Fontana! ¡Ahí te lo encargo! —aulló Cantarel.

7

Acababa de cumplir 32 años cuando frustré aquel asalto del Banco de Londres. Yo no era más que el poli de la puerta, de lunes a viernes, de siete a cinco, a la espera de acumular años suficientes para mi pensión, el Seguro Social y, si me iba bien, encontrar en el camino una buena esposa, tener hijos y hacernos de una casa en una colonia de medio pelo. Antes había tenido un par de compromisos que naufragaron por los padres de ellas, que hicieron recapacitar a sus hijas diciéndoles que conmigo no tendrían futuro. No se los reprochaba. «Si al menos quisieras ser algo en la vida», me llegó a decir una de ellas, suspirando con tristeza. «¿Ser qué?», pensaba yo. «¿Algo como locutor de radio, prestamista, arquitecto o dentista? ¿Inventar armas para otra guerra mundial? ¿Pintar como Diego Rivera? ¿Cruzar el Atlántico como Lindbergh? Es mejor ubicarse que pretender.»

Estábamos por cerrar el banco cuando un sujeto vestido como un Jimmy Hoffa, acompañado de dos hombres, cruzó la puerta y fue directo a una ventanilla, donde puso un portafolio y dijo que quería depositar cien mil pesos, que contaran los billetes y se dieran prisa. Esther, la cajera, alzó la cara con evidentes ganas de decirle que se olvidara de la prisa, cuando su rostro se trasmutó en un gesto de respeto: «Enseguida, señor Velázquez».

El banco se volvió una tumba, ni un solo ruido, únicamente el de Esther contando billetes. Velázquez parecía indiferente, pero los hombres que lo acompañaban miraban en todas direcciones de una forma un tanto amenazante. «Muchacho», me dijo uno, «cierra esa puerta, ya no dejes entrar a nadie». Supuse que tenía que obedecerle; giré y la puerta se abrió de golpe; un tipo grandote me lanzó de un empujón unos cuantos metros atrás. Venía solo, pero bien acompañado por una de esas ametralladoras que uno ve en las películas de gánsteres. Al par de sujetos apenas les dio tiempo de sacar sus tristes pistolas cuando el grandote los roció de plomo. No se esperó a verlos caer, caminó directo hacia Velázquez. «¿Fidel, Fidel Velázquez?» Este asintió, sin mostrar ningún gesto en especial, parecía seguir esperando que todo saliera bien, que Esther terminara de contar el dinero para él poder largarse de ahí. «De parte de Lombardo Toledano», dijo el grandote, apuntándole a la cabeza.

Nadie me habría reprochado el haberme quedado quietecito en el suelo hasta que llegaran los periodistas a tomar fotos de los muertos y saliera en ocho columnas que habían asesinado a sangre fría a Fidel Velázquez, líder sindical, un loco que, según él, iba de parte de Lombardo Toledano. La noticia también diría que el policía de la puerta quedó fuera de combate con un simple empujón, acobardado e inútil. Eso no era tan malo, pensando en la pensión, la casa y la mujer… A menos que… me echaran del banco por no hacer algo y al carajo la casa y la mujer.

Eché mano a la calibre .38, apunté sin pensarlo demasiado; no tendría una segunda oportunidad, no ante una de esas armas que escupen 50 balas en cinco segundos. Tiré del gatillo y la cabeza del hombre estalló, por la parte trasera, salpicando la camisa blanca y limpia del señor Velázquez, quien apenas se inmutó. «¿Hay una puerta trasera?», preguntó cuando se dejó oír la torreta de una patrulla. El gerente, que se había escondido debajo de un escritorio, salió de ahí, cómicamente: «Claro, señor Velázquez, venga conmigo. Fue un placer atenderle».

Una semana más tarde, el gerente me dio un bono de 250 pesos, que deposité en su banco, claro está. Y otra semana después, un tipo fue a buscarme, de parte de Fidel Velázquez, para decirme que el señor me ofrecía una de dos, sumarme a sus guardaespaldas o una recomendación para entrar a la Policía Secreta. Miré la cara del tipo; tenía los ojos muertos, así que opté por lo segundo. Entonces conocí al inspector Valente Quintana.

Valente Quintana emigró de su natal Tamaulipas a Estados Unidos, donde estudió y se matriculó en la Detectives School of América, y trabajó para la policía estadounidense. Era un hombre metódico, no formado al azar como otros agentes y yo. Cuando volvió a México comenzó por ser policía de crucero, hasta labrar su leyenda, resolviendo casos, como el asalto al tren de Laredo del año 21, en el que recuperó un botín de cien mil pesos en oro y plata, o cuando se dio el primer atentado contra el presidente Álvaro Obregón.

Quintana tenía su propio despacho de detectives, justamente en San Juan de Letrán, frente al edificio donde veía a mi loquero. Pero seguía yendo a la jefatura y todos lo seguíamos llamando inspector. La primera impresión que tuvo de mí no fue ni mala ni buena. Más bien quería cumplir el encargo de darle sitio al recomendado de Velázquez, pero que no le estorbara. Habló con un colega suyo de apellido Treviño, que me puso en el caso de un tipo que estrangulaba y mataba mujeres por la zona de Tacuba. Me tocó ver, oír, callar y aprender. El estrangulador fue atrapado; su nombre saltó a los periódicos como Goyo Cárdenas, el chacal de Tacuba. Treviño me regresó con Quintana y una nota que decía: «El muchacho sabe ver, oír, callar y aprender».

8

La cama de nubes se abrió mostrándonos nuestra cruda realidad, nos precipitábamos desde lo alto del cielo hacia la tierra a una velocidad indiscutible. Vidal intentaba remontar el avión, que se bamboleaba de un lado y del otro y seguía su trayecto en picada.

—¡Métele el freno! —aullaba Cantarel, enloquecido.

Un golpe secó hizo tronar el ala izquierda; pegué la cara a la ventanilla para ver con qué habíamos golpeado y vi detrás lo más estrambótico posible, una antigua pirámide y trozos de alerón fracturándose en el aire. Hubo un segundo ruido como de latigazos de follaje. Aquello no podía durar mucho. Y así fue.

Oscuridad.

Repetidas veces abrí los ojos; lo que consideré mi sangre me hacía cerrarlos de nuevo. Estábamos quietos otra vez, anclados a la tierra. El sol me quemaba la cara. Fuera de eso, seguía con vida, igual que Cantarel y Vidal, magullados y confundidos. Lo siguiente fue descubrir que el avión se había quedado sin radio, sin brújula. Con una ala rota y averiado. Vidal se hizo de un mapa. Saltamos afuera. Cantarel cayó de rodillas y besó la tierra como si fuera el vientre de su madre. Vidal no le prestó atención, extendió el mapa en el suelo.

—Atrás había una pirámide —dije.

—Te la van a cobrar como nueva. —El Cantarel de siempre volvía a la carga.

—Estamos aquí —Vidal señaló el mapa—, entre Pisté y San Felipe Nuevo. Habrá que dividirnos; dos caminan al sur y otro al norte; si no encontramos ayuda, regresamos y esperamos aquí, no podemos ir más allá de dos kilómetros. Es selva. ¿Quién viene conmigo? ¿Tú? —me preguntó.

—¿Y chíngueme yo? —se quejó Cantarel.

—Vayan ustedes juntos —resolvió Vidal—; recuerden, no más de dos kilómetros. Caminen recto; cuidado dónde pisan, si hay pantano ya no sigan. Tampoco vayan muy cerca de los árboles. A los felinos les gustan estar en las ramas. No les den la espalda. Caminen hacia atrás, sin correr. Tampoco se fíen de los monos.

Cantarel y yo no hablamos por largo rato, supuse que nos estábamos reconciliando con la vida, haciéndole promesas íntimas, como agradecer el pan nuestro de cada día. Pero Cantarel no tardó en especular.

—Vas a decir que estoy loco, pero ¿quién usa ese puto avión todo el tiempo?

—Pedro Infante.

—¿Y quién es el que —hizo comillas con los dedos— casualmente presta cosas descompuestas?

—Pedro Infante.

—Así que…

—Cantarel, en serio…

—¿En serio qué?

Rebufé lanzando lejos la mirada, escuchando los ruidos para mí exóticos.

—¿Conoces a Cruz Carreño? ¿Trabajaste con él? —Me preguntó mi colega.

—Sí, lo conozco.

—Pues una vez resolvimos el caso de una pareja de ancianitos a los que mataron en la San Rafael. Tenían un perico. A Carreño se le ocurrió interrogarlo.

—¿Al perico?

—Sí, al perico. No estoy mintiendo. Salió en el periódico. El perico dijo el nombre del asesino. Lo repitió. Claro que el perico repetía cosas todo el tiempo, pero Carreño hizo averiguaciones. El tipo había huido. Le encontraron dinero y cosas de los viejos.

Hubiera podido pensar que Cantarel desvariaba por el accidente, pero conociendo a Carreño, no me extrañó.

—Con esto te quiero decir que todo es posible en esta vida; Pedro Infante puede ser tan asesino como cualquiera. Estuviste en el caso del Goyo Cárdenas, ¿cierto? ¿No era un tipo apocado, amable, inteligente y hasta bonachón? ¿O eso solo era lo que salía en los periódicos?

Recordé la vez que tuve enfrente al Goyo, y sí, tal cual, pero con una mirada rara, impredecible.

—Solo falta el móvil, Cantarel. ¿Por qué Pedro Infante iba a matar a una extra?

—Ya lo sabes, todas las mujeres se rinden a sus pies. Ella no quiso y le dejó caer el coche encima. ¿No te parece raro que nunca haya entrado a escena? ¿Que haya retobado tanto para dejarse interrogar?

No quise decirle que, aparte, huyó de mí y de Jiménez en el estacionamiento, pero de todos modos sus ideaciones me parecían producto de que el sol le estaba aguadando los sesos.

—Oye, Cantarel, ¿te das cuenta de algo? —Esta vez yo especulé.

—¿De qué?

—Pedro Infante pudo ir en el avión. Y ahora podría estar muerto. Gran conmoción, así murió Carlos Gardel...

Cantarel dudaba en prestarme atención, pero hacía su esfuerzo, igual que lo hacíamos ambos para seguir caminando a plomo de sol, entre la tosca hierba y los árboles que se apretaban, haciéndonos parecer que no habría camino más adelante. Recordé Acapulco y me dio risa; Acapulco me parecía selvático con sus cuantas palmeras y el calor y todo eso que te hace sentir lejos del concreto.

—… no faltaría quién se pregunte si el avión de Pedro se cayó por accidente o si alguien lo descompuso, gente como tú, Cantarel, suspicaz…

Dibujó una leve sonrisa aturdida y cuajada de sudor.

—… Y mientras la gente llora al ídolo de Guamúchil y se hacen preguntas, tú, Benito Cantarel, rompes la tristeza de todo México diciendo que Pedro Infante no fue más que un asesino.

Se detuvo de golpe; seguí caminando. Se llevó las manos a la boca como formando una bocina.

—¡Eres un hijo de puta, Fontana!

Cuando volvimos junto al avión, que ahí derrumbado daba pena, el sol se ocultaba detrás de una franja de montes chaparros, agónico, aún luminoso, como un perro con rabia que gruñe y echa espumarajos mientras lo matan. Vidal no estaba ahí y, secretamente, me sentí un poco huérfano. Cantarel no se guardó la idea de que tal vez lo había matado un jaguar o lo que demonios hubiera en ese sitio, orangutanes violadores, hienas seductoras, vampiros, ¿por qué no?

Contemplé la idea de juntar leña y hacer una fogata, eso ahuyentaría a los animales, pero no se la dije a Cantarel hasta que, definitivamente, oscureció. Juntábamos la leña como un par de niños abandonados, cuando aparecieron Vidal y un lugareño en un todoterreno.

9

Incluso el viaje en el todoterreno nos puso nerviosos. Cantarel no dejaba de sujetarse, como si el vehículo fuera a despegar y luego a caer en picada. Aquel paisano hablaba con Vidal, diciéndole que habíamos corrido con suerte de no caer en lo más hondo de la selva. Vidal le decía que la mejor suerte fue que al final el avión no cayó de punta, sino que corrió por todo lo largo, rompiéndose el tren de aterrizaje y deteniéndose antes de dar contra los árboles. Me llamaba la atención que, más que asustado, contaba las cosas como si el hecho fuera parte de su pasión por los aviones.

Después de un trayecto de casi dos horas, cruzamos la reja de la propiedad. Eran las siete de la noche. El agua de la piscina iluminada por dentro y la agradable fachada de dos pisos tuvo algo de tranquilizador. El hombre del todoterreno nos dijo que él se retiraba. Discretamente, Vidal nos pidió que le diéramos una compensación por haber acudido a nuestro rescate. Eché mano a la cartera y le di unos billetes, Vidal hizo lo propio. Y cuando fue el turno de Cantarel, abrazó al hombre y le dio las gracias. Cada vez me parecía más insoportable.

Una muchacha joven, de uniforme color rosa pálido, nos recibió en la puerta y nos condujo a lo largo del salón.

—Ahora viene el señor; ¿gustan un vasito de agua? —Se dispuso a llenar los vasos de una jarra en la que flotaban rodajas de limón y hielos.

Bebimos con avidez y, prácticamente, nos desplomamos en los sillones, sin fijarnos demasiado si los pringábamos de mugre, estábamos hechos polvo. Largué la mirada a la decoración, donde había fotos del actor y cantante; en todas se veía risueño, luciendo su galanura. No sé a los demás, pero el agua me supo a gloria, y ya mismo me apresuré a servirme un segundo y un tercero y un cuarto vaso.

Por la escalera aparecieron unos pies desde la segunda planta, luego el resto del cuerpo. Ahí estaba él, Pedro Infante. No parecía tan alto.

—¿Qué pasó, muchachos, ¿qué tal el viaje?

Nos miramos los unos a los otros; luego él estalló en sonoras carcajadas.

—Es broma, ya supe lo que les pasó.

«Este va a resultar otro Cantarel», pensé.

—Todavía tiene reparación, ¿verdad, Manuel?

Vidal puso cara de comprometido; Infante no lo dejó responder.

—Con un apretoncito de tuercas por acá, otro por allá, la carcachita sigue jalando. —Se sentó en el individual—. Itzel, un vasito de agua, ¿sí?

—Claro, señor.

—¿Ya conocieron a Itzel? Su nombre es maya. Ella es maya, maya mezclada.

La muchacha se sonrojó y sonrió mientras le servía el agua.

—Les decía del avión. Anduvo en las Europas —hizo un ademán como ametrallando—. ¡Ta ta ta!, tirando metrallas y bombas a los alemanes… ¿Ya cenaron?

Negamos con la cabeza.

—No se agüiten, ya pasó el susto. Itzelita, ponnos unos panuchos y sopita de lima, y dile a la señora que baje a cenar, para que conozca a los muchachos.

—Pedrito —dijo Vidal—, ese avión está pa' la basura, siempre va a dar problemas.

—Y siempre va a tener arreglo.

—Señor Infante —tomé la palabra—, perdóneme si le doy la impresión de que no agradezco su hospitalidad, pero mi compañero y yo estamos aquí para hacerle unas preguntas sobre lo que pasó en el Foro 8 la noche del 8 de junio. —Miré a Cantarel, para cerciorarme de que al hablar en plural supiera que le había dado su sitio y no comenzara a poner cara de resentimiento, pero él comenzaba a cabecear, no era para menos.

—Sí, caray, una desgracia —dijo Infante—. Pobre Maite, apenas estaba empezando su carrera, tenía mucho futuro…

—Yo tengo entendido otra cosa —despertó Cantarel—, nos dijeron que nada más la llamaban de puro relleno.

Me apresuré a desviar el punto.

—Señor Infante…

—Pedro, quítele el señor.

—¿Qué tan bien conocía a Maite?

—Muy poco, de algunas películas. Hola y adiós.

Había llegado el momento de tocar las cuestiones ríspidas.

—Esa noche, un compañero y yo tratamos de interrogarlo, salimos detrás de usted y nos dio la impresión de que se echaba a correr.

—Ah, sí —Infante sonrió—; no fue por ustedes, es que cuando salgo siempre hay por ahí un reportero. Pensé que de eso se trataba.

—Le gritamos que éramos policías…

—Sinceramente, no escuché.

—¿Es verdad que prestó algunas de las herramientas que había en la escenografía?

—Sí, estábamos en mi casa con Alcoriza, el escritor, los muchachos utileros y no sé quién más. Salió al tema conseguir cosas para el taller. En la casa de ustedes tengo de todo...

—El gato de tijera que se barrió y aplastó a Maite estaba totalmente inservible.

Por primera vez Infante esbozó un gesto serio y respondió en ese mismo tono.

—Las cosas se gastan, agente. Es como el avión, uno se fía, remonta el vuelo y, cuando menos lo piensa, el motor tose gasolina, hasta que se detiene por completo y cae en picada. Es el destino...

—¿Quiere decir que a Maite la mató el destino? —interrogó Cantarel—, porque al destino es difícil meterlo en la cárcel...

Corrió un áspero silencio que, por suerte, se cortó enseguida, cuando escuchamos pasos bajar por la escalera.

—¡Ratona, ven para acá! ¡Tenemos visitas!

La mujer se acercó, nos tendió la mano y una sonrisa aclaratoria.

—Siempre le digo que no me llame así delante de los desconocidos, al menos hasta que haya confianza...

Infante se echó a reír por su comentario y la abrazó y zarandeó por la cintura. La muchacha era bonita, de ojos risueños y cabello negro y fuerte.

Poco después estábamos a la mesa; Infante comía como si fuera el fin del mundo y quisiera retacarse más allá de la saciedad. No supe dónde le cabía panucho tras panucho; parodiando una de sus canciones. La mujer nos miraba, como haciéndose conjeturas de qué clase de tipos seríamos. No disimulaba demasiado su curiosidad. Cantarel miraba a Infante con suspicacia. Vidal se mantenía silencioso, notablemente tranquilo, parecía que lo del accidente le había sucedido a otra persona. Dada la hospitalidad, fue incómodo retomar el interrogatorio. Le pedí a Infante que relatara cómo había sido para él lo del Foro 8.

—Estaba en mi camerino, preparándome para salir a escena. La cosa era entrar silbando, limpiarme las manos con una estopa y descubrir a Mané debajo del coche.

—Dirá Maite —corrigió Cantarel.

—Mané, el personaje. La veo debajo del coche, le tiro agua en las piernas, sale retorciéndose y me rio a todo pulmón…

—No entendí el chiste…

—El chiste es que…

—Pedro —le interrumpí, sacándolo del apuro de hacer que a Cantarel le funcionara el sentido común—, tengo entendido de que Mané es Silvia Pinal.

—Sí, la Silvia.

—¿Cree que alguien quisiera hacerle daño?

—¿Daño a Silvia?

—No lo sé, alguien que pensara que ella iba a hacer esa escena y esperaba que el coche la aplastara.

Esta vez Infante y su mujer intercambiaron miradas en las que noté sincera sorpresa y desconcierto.

—Me sorprende lo que me dice, agente. ¿Daño a Silvia…? Caray, no sé… ¿Por qué habrían de querer hacerle daño a Silvia Pinal?

—Tal vez es problemática —opinó Cantarel—, una payasa engreída como todas las actrices.

—Oiga, yo soy actriz —susurró, incómoda, la muchacha.

—Bueno, no digo que usted, pero casi todas.

—Agentes —dijo Infante—, francamente no creo poder ayudarlos mucho. Yo estaba en mi camerino, y cuando fue a buscarme el asistente, ya no era para salir a escena, sino para contarme la desgracia. No podía hacer nada. Me di un baño y me vestí para irme a mi casa. Al otro día le mandé flores a la mamacita de Maite, y mis condolencias. ¿No sé si tengan más preguntas?

—Por ahora ninguna.

—¿Puedo hacer una llamada telefónica? —preguntó Cantarel.

—Claro, agente… Itzel, lleva al señor al teléfono. ¿Les gustaron los panuchos? Irma los preparó. —Sacudió a la mujer por el cuello, con una mano, un tanto brusco.

—No le crea, los compramos hechos.

—¿Cómo se llama la película?

—Perdóneme, agente, pero no le puedo dar detalles. Es cosa de los productores, no mía.

—Bueno —dije, y me limpié con la servilleta—. Le agradecemos su tiempo; es hora de irnos. Si hay forma de pedir un taxi al aeropuerto, se lo agradeceríamos.

—A la central camionera —dijo Cantarel—, que venía de regreso de hacer su llamada—, yo no me vuelvo a subir a un avión.

—Quédense —ofreció Pedro Infante—. No está bien que se vayan así, luego de que lo que les pasó fue por mi culpa, no debí ofrecerles ese avión…

—No queremos darle molestias.

—¡Nombre, qué molestias, muchachos! Váyanse mañana por la tarde; disfruten la alberca y el desayuno por la mañana, ¿cuál es la prisa? ¿Verdad, Ratona?

—Verdad.

Terminó por convencernos. Itzel nos llevó a la habitación de huéspedes. Tenía dos camas individuales. Ahora tocaba otra ración de Cantarel. Fui a sentarme en una silla junto al balcón, desde donde se veía la alberca y entraba el aire tibio de la noche.

—Ya sé lo que vas a decir; yo también lo noté. La voz le cambió cuando dijo lo del avión. Prácticamente, describió cómo dejó de funcionar. Pero ya lo escuchaste, a él mismo le pasó una vez… Lo del tono de voz, eso sí me desconcertó tanto como a ti, Cantarel. Nunca le había escuchado ese tono tan fatídico. Y cuando digo nunca, me refiero a sus películas, porque incluso en aquellas donde tiene un personaje dramático no habla de esa manera…

Cantarel guardó silencio; giré y lo miré tendido en la cama con la boca abierta; un segundo después comenzó a roncar. Lancé la mirada al jardín. Me pregunté a quién le habría hablado por teléfono Cantarel, quizá a su mujer. No fue una llamada larga, así que no debió de contarle del accidente, tal vez solo quiso escuchar su voz, la de su hijo. A mí no me había pasado por la cabeza hablarle a Maya. Estuve a punto de morir, pero no pensaba en ella. Quise pensar que era porque no teníamos deudas, incluso más bien, según yo, podía estar tranquilo de que había sido una buena influencia en su vida; la saqué de aquel tugurio de mala muerte donde leía el Tarot a los borrachos y de vez en cuando le robaba la billetera a los que querían pasarse de listos. Nos convertimos en lo que los americanos llaman *roomies*, compañeros que comparten casa y gastos. Pronto dejó de verme como el héroe rescatador, igual yo dejé de verla como a Cenicienta en problemas. No éramos más que dos seres defectuosos; uno pesimista, otra cínica, alegre y un poco descuidada con la limpieza, no de su persona, de la casa. Nunca ponía nada en su sitio. Lo cierto es que no imaginaba ese lugar sin ella, sin sus ropas de gitana, sin el ruido de sus cartas de Tarot al barajarlas entre sus manos finas, sin su ridícula bola de cristal, sin sus diademas y diamantinas, sin que dos o tres tardes por semana hiciera pasar a los desesperados, a esos a los que timaba y ayudaba con el embuste de hablar con sus muertos y a los que daba consejos. Maya era como el doctor Pardillos, psicóloga a su manera. Maya, cabrona, cabrona embustera de ojos azules.

El ruido de un chapuzón me sacó de mis pensamientos. Infante e Irma se habían lanzado a la piscina. Comenzaron a juguetear y a reír. Vieron que los miraba; me sonrieron, pero siguieron en lo suyo. «Qué bonito vive la gente bonita», pensé. Quizá esta es la felicidad. Fama y fortuna. Mi problema no es mi vacío, el que no pueda llorar; mi problema es que no tengo todo esto, una casa bonita, una alberca bonita, una voz bonita para cantar, una simpatía para actuar, una mujer bonita como Irma Dorantes a la que llamar «mi Ratona». Y panuchos, pilas de panuchos como en pirámides. Ni un hambre insaciable para comerlos.

10

Esperábamos que el inspector Quintana mostrara cierta preocupación por nuestro accidente. Era mucho pedirle, solo dijo cinco palabras, «Qué bueno que estén bien», y pasó a los hechos.

—Pedro Infante está furioso.

Sus dedos comenzaron a tamborilear en el escritorio. Detrás de él vi el calendario de Cigarrera La Moderna, con la fecha marcada en el día que había empezado lo del Foro 8: el 8 de junio de 1956. Seguro que su mente obsesiva iría contando los días y nos los cobraría en resultados. Y no era juego, ya antes había hecho despedir agentes. Su palabra contaba como un kilo de oro, aunque ya no tuviera un cargo oficial en la Policía Secreta. Nadie quería a alguien por el cual Quintana no diera un peso.

—Ah, cabrón —dijo con asombro, Cantarel— ¿Y por qué se enojó el señorito Infante? No hace falta que me lo diga, inspector; le caló que, mientras aquí mi colega estaba endiosado con él y su vieja, yo le hablé para que autorizara que confiscaran el avioncito, para revisar cuál fue la causa de la falla…

—Mandó decir que es un atropello. Le dije que lo hacíamos por su bien. Pero nos mandó al carajo.

—¿Mandó decir? ¿Qué no tiene lengua? Esos famosos se creen que no son mortales, que no tienen que molestarse por nada…

—Como sea, mientras está listo el peritaje les conseguí que puedan hablar con Silvia Pinal en el Frontón México. Los espera en una hora.

—Chingao, no da tiempo ni de cagar.

—Cantarel —el inspector adoptó un tono serio y pausado—, te lo voy a decir una sola vez; constantemente dices vulgaridades o cosas fuera de lugar; te las he pasado por una sola razón, que te dieras cuenta tú mismo de que nadie se ríe, nadie te secunda, nadie pone cara de que eres divertido. No digo que no seas hombre y sueltes una que otra de pelado robacarteras, pero rayas en lo insoportable; no, no rayas, traspasas la línea. No hay uno solo de mis agentes que no se comporte con buenos modales, podrán ser todos unos hijos de puta en sus vidas privadas o, de pronto, a la hora de tratar con los delincuentes hundirles la cara en la mierda, pero nunca pierden el estilo. No vas a ser el primero en romper esa regla, aquí no caben los mamarrachos. ¿Te quedó claro?

Cantarel enrojeció y asintió.

—¡Dilo con el hocico, cabrón! —Quintana golpeó el escritorio.

—Queda claro; pido perdón por mis maneras; no soy un hombre estudiado, voy a corregirme, pero, por favor, pido que también se valore lo que hago bien. Allá, en la casa de Pedro Infante, yo fui el que tuvo la idea de reportar el avión. Casi pierdo la vida; por cierto, me zurré…, perdón, casi me da un infarto cuando el avión iba de aquí para allá sin control, creí que iba a estallar en el aire cuando le pegamos un aletazo a la pirámide de Teotihuacán.

—De Chichen Itzá —corregí.

—Esa es otra, inspector, este siempre me anda corrigiendo, achicando, queriéndose llevar el crédito. ¿A él no le va a decir nada?

—Largo de aquí, los dos.

Silvia Pinal nos esperaba en la cafetería del Frontón México, a un lado del jardín. Usaba lentes oscuros y bebía una limonada. En cuanto hicimos las presentaciones, nos recordó que había acordado con el inspector que solo podría darnos diez minutos. Le dije que seríamos breves y le pregunté si conocía a la víctima; dijo que no la recordaba del todo. Maite, Ethel, Grisel, así se llamaban varias rubias que llamaban a doblarla. De cualquier forma, lamentó su muerte.

—Dígame algo, señorita Pinal, ¿cabe la posibilidad de que fuera usted quien iba a hacer esa escena y de última hora la hizo Maite?

—No, para nada.

—Pensamos que tal vez a quien querían hacerle daño era a usted, no a Maite Ramos —lanzó Cantarel.

Pinal empalideció. No objeté la técnica de mi compañero.

—¿A mí? ¿Pero por qué? ¡¿Quién?!

—Quizá usted pueda respondernos eso…

Se quitó las gafas, sus ojos se movieron de un lado a otro, como buscando candidatos.

—¿Debería cuidarme? ¿Debo comprar un arma? ¿Contratar un guardaespaldas?

—Tranquilícese, señorita Pinal.

—¿Qué me tranquilice después de lo que acaban de decirme? Una pistola, sí, voy a comprar una pistola. A tomar clases de tiro. Si alguien quiere lastimarme, ¡lo reviento!

—Veremos que alguien la cuide, solo le pedimos que si de pronto le pasa por la cabeza un nombre, nos lo diga. —Le di mi tarjeta. Cantarel se apresuró a sacar la suya y también se la dio.

Terminamos en menos de los diez minutos acordados. Al inquietarla, la habíamos puesto a trabajar. De cualquier forma, consideré que el calendario del inspector y de Cigarrera La Moderna, marcando los días inexorablemente, tampoco sería eterno. Quintana podía ser incisivo, joderte minuto a minuto, pero también era un tipo práctico, así que, luego de un par de semanas, si no había algo concreto, pasaría a otro caso.

Cantarel y yo salimos del Frontón México, se vanaglorió de haber hecho que la Pinal se quitara las gafas oscuras y nos prestara atención.

—Además no está tan buena ni es la gran actriz—se mofó.

—A mí me parece que sí.

—Está más sabrosa Rosita Quintana.

Miré mi reloj.

—Te veo más tarde.

—¿Adónde vas? Vamos a comer juntos, colega.

Le dije que tenía un compromiso y me fui solo a Tortas Armando, ya era demasiada buena voluntad. El problema es que encontré comiendo a Cantinflas. Tal parece que el mundillo de la farándula me perseguiría por un tiempo. No lo dejaban empacar su torta en paz, a cada rato se acercaban para pedirle autógrafos o para imitar alguna de sus frases inentendibles. De alguna forma, les tenía paciencia; no así el tipo que estaba con él, que los miraba molesto y les cortaba la intromisión en cuanto podía; supuse que sería algún productor, gente del espectáculo, de esas que se mueven detrás de cámaras. Me compadecí de Cantinflas; me dije: «Leonardo, tienes suerte de no ser famoso, de poder comer en paz sin que nadie te joda»; pero tal vez era el consuelo que me daba por ser un reverendo don nadie. En realidad, Cantinflas me molestaba, o más bien la gente que le pedía autógrafos como si fuera un dios. Dudé de que esa gente, si de pronto muriera y estuviera frente a Dios, le pidieran un autógrafo; luego entonces ese tipo era para ellos más que dios. Ahí está el detalle, oiga usted…

Al cruzar la puerta, encontré a Maya con el vecino del cuatro, le tomaba las manos y él tenía la cabeza baja. Iba a darles las buenas tardes, pero Maya me advirtió con una mirada que guardara silencio. Al parecer el pobre diablo y ella estaban en un momento clave.

—Se acabó el suplicio, señor Rojas. Su esposa ya me dijo dónde dejó los papeles.

—¿De verdad? —interrogó aquel con la voz triturada—. ¿Dónde?

Maya le murmuró algo al oído, él puso cara de sorpresa.

—¿Y por qué ahí?

—No sé, pero, vaya y búsquelos, señor Rojas. Sin duda ahí los va a encontrar…

El hombrecillo se puso de pie, rápidamente, volvió a tomar las manos de Maya y se las besó con devoción; estiró una sonrisa temblorosa y fue hacia la puerta.

—¿No olvida algo? —interrogó ella.

—¡Ah, sí! —Rojas regresó, sacó de lo hondo de uno de sus bolsillos del pantalón un fajo de billetes enrollado con una liga y lo dejó en la mesa. Luego pasó junto a mí, dándome las buenas tardes, ya más amable, y salió de prisa.

—¿Qué fue eso? —interrogué.

Maya fue a la cocina, comenzó a cortar papas en una tabla. Puse aceite en la sartén. Ella echó los trozos de patatas a freír; saqué un paquete de huevos, los rompí y los batí mientras ella movía las patatas en la lumbre. Éramos un buen equipo en ese tipo de cosas donde las palabras salen sobrando. Quizá de la famosa magia era la única en la que yo creía.

—Quiero ver cómo sales de esta —le advertí.

—¿De cuál?

De pronto, un largo quejido, seguido de llanto, se dejó oír en la ventana que daba al cubo de la escalera. Maya me pasó el escurridor y puse en él las papas. Tocaron a la puerta. Me desplacé y abrí. Ahí estaba Rojas, esta vez con una bolsa de plástico mojada en sus manos. Maya se acercó detrás de mí. El vecino, con cara de haber presenciado algo sobrenatural, abrió la bolsa de plástico y sacó de ella unos documentos y se los mostró a Maya.

—Qué alegría —dijo ella con mucha naturalidad.

—Por favor —le suplico Rojas—, dígale que siga en la gloria del Señor, y que me perdone el par de veces que le pegué, y mis… mis borracheras y… aquel lío de faldas, y lo del hipódromo, y… ¡y Dios la bendiga a usted!

No dijo más, dio la media vuelta y se fue.

—¡Se quema! —dijo Maya, recordando lo que teníamos en la sartén.

Fuimos rápido, todo estaba bien. Nos sentamos a comer la tortilla de patatas. Me contó que ya para morir la mujer de Rojas le había dado a ella las escrituras, temerosa de que el marido rematara la propiedad por unos cuantos pesos. A Maya solo le tocó esperar para entrar a su casa y poner las escrituras bien selladas en la caja del retrete; mientras tanto, cada sesión para «hablar con la difunta» le costó a Rojas 25 pesos; los últimos 350 habían sido porque, por fin, el fantasma de su mujer «reveló» dónde estaban las dichosas escrituras.

—Te vas a ir al Infierno.

—¿Y quién no?

—Yo no.

—Tú has matado gente.

—En defensa propia.

—Como sea, nadie es bueno. Lo único que pasa es que algunos somos un poco malos, otros mucho y otros horrendamente malos. En el Cielo solo caben Dios y los ángeles. No hay lugar para los humanos; nos toca ir al Infierno, pero no te preocupes, el Infierno no es como lo pintan.

—¿Entonces cómo es?

—Es un lugar al que llaman planeta Tierra.

Me pareció convincente su teoría, eso explicaba las dos guerras mundiales, el hambre y hasta la polio y la sífilis. Y de paso el que la felicidad fuera un espejismo, algo que la gente se dice por un tiempo hasta que la vejez y la enfermedad o los problemas le caen encima.

—¿Adónde me vas a invitar? —dije mirando el buen fajo de billetes.

—¿Lo ves? No eres bueno, Leonardo Fontana, ya estás sacando ventaja de las lágrimas del señor Rojas.

—Eran lágrimas de felicidad.

—Cabrón.

Fuimos al Roble, daban una de Infante, *La vida no vale nada*. Sala a reventar. Primero pasaron *Tele Revista*. La Academia de Ciencias y Artes daba el Ariel a Silvia Pinal. Me la imaginé sacando la pistola y descargándola sobre los invitados. ¡Los reviento! La anciana Prudencia Grifell casi se va de bruces cuando se acercó a la mesa del jurado a que le entregaran su galardón. El español Luis Buñuel también se llevó el suyo. Tenía ojos como de sapo, cada uno mirando en distinta dirección. Y ahí estaba la noticia de la campaña contra la polio, los adultos debían donar sangre para procesarla y extraer la globulina gama, y luego inyectarla en los niños e inmunizarlos. La música, estridentemente dramática, y las imágenes de los médicos en el laboratorio provocaban más bien inquietud; recordé al taxista y su teoría de que Ruiz Cortines quería matar a los pobres. La gente comenzó a chiflar y a gritar, «¡Cácaro! ¡Cácaro!», para que se acabara el noticiero.

En cuanto empezaron los créditos iniciales, Maya me tomó una mano enlazando mis dedos. Siempre lo hacía en el cine.

La comprendía, éramos almas gemelas en la necesidad de aparentar que, igual que los demás, teníamos amor en nuestra vida. Quizá algo había de cierto: esos momentos con Maya, la función, los cafés de chinos de los viernes; leche cayendo en el vaso de vidrio y mezclándose con el café, las tardes en que nos refugiábamos de la lluvia bajó un tejado a media calle y olía a tierra mojada, y luego caminábamos por las calles ya desiertas; las épocas en que nos daba por ir a beber martinis a los cabarets, el Casa Blanca, el Bombay; el que en realidad a ninguno de los dos nos gustara bailar sino mirar a la gente soltándose en la pista; uno que otro domingo en la Alameda, o en casa, oyendo la radio, inventando cómo sería el mundo en el año 2000, nos hacía la pareja perfecta. Solo faltaba amor, y eso era triste y bueno, porque no sufrías, pero estabas vacío.

Pobre Pedro Infante, como se le partía el alma en la escena de la cantina; era un hombre roto, mirando ebrio la botella de tequila (seguramente agua) mientras lanzaba su voz entre sedosa y oscura, diciendo «la vida comienza siempre llorando y así llorando se acaba». «No llores, Pachita, la vida sí vale», oí la voz melosa de un muchacho que le hacía arrumacos a la novia. Pero Pachita lloraba con pujiditos, mirando en pantalla al galán que nunca podría tener, mientras su novio trompudo y dientón la estrujaba como si la muchacha pudiera escapársele para meterse en la pantalla. Eso pasa con los ídolos, se les ama y se les envidia, se les encumbra y se les patea cuando están caídos. Ahí está el detalle, oiga usted.

A Maya no le gustaba Infante como hombre, muchas veces me dijo. Le parecía simpático pero tosco; lo suyo, según ella, eran más del estilo espigado y de modales finos como James Stewart o Emilio Tuero (Emilio Cuero, decía Maya). Para todo hay gustos, le decía yo. A mí me gusta la que les gusta a todos, Lilia Prado, pero Audrey Hepburn también tiene su encanto. «Ninguna de las dos se fijaría en ti, Leonardo, no porque no seas guapo sino porque eres un equis.» Yo le reviraba lo mismo, pero pensaba más bien que sí, que cualquier hombre se fijaría en Maya, que lo único que la echaba a perder era que no se sabía bonita y jugaba con el misterio de serlo, como las divas, como todas esas actrices que se labraban una imagen.

Maya me apretó la mano cuando Lilia Prado apareció en pantalla, como marcando territorio. Aunque no hubiera amor estábamos ahí juntos. Lilia —faltaba más— estaba encaprichada por Pedro Infante, pero era la querida del padre, a él le tenía sorbido el seso con sus encantos. Infante la despreciaba. Me pareció poco creíble. La mujer era el demonio, y el demonio, cuando es mujer, siempre se sale con la suya; se necesita ser un san Martín de Porres para decirle que no a Lilia Prado. Intenté recordar mujeres parecidas pero reales. A mí mente llegaron las pesquisas y cateos en este y aquel lupanar en busca de opio, ropa de contrabando; siempre había una fachada antes de acceder al sitio, una fachada de mesas, trago y mujeres. Esas mujeres eran las Lilia Prado de los lupanares, quizá alguna se le parecía un poco, pero no aspiraban a un Pedro Infante, acaso al viejo padre, y aunque le tuvieran sorbido el seso con sus encantos, ella difícilmente le destruiría la vida; eran ellos, viejos, jóvenes, proxenetas, embaucadores, estudiantes, abogados, médicos e ingenieros, quienes les destruían la vida a ellas. Esas Lilia Prado no hacían que dos hombres se mataran por ella como en la película, más bien terminaban con la piel marchita, deformes, cocidas por el trago, pintando lo que ya no era una boca deseable sino una sonrisa grotesca, muriendo de sífilis en el hospital público o en el manicomio de La Castañeda. Nada de eso iba a sucederle a Lilia Prado; ella estaba ahí vestida como una cualquiera al lado del mar, pero no era ninguna cualquiera. Pedro, pobre Pedro, cómo te desprecia tu padre, carajo, pero al final se van juntos, y Lilia queda ahí, arrumbada.

—¡Véngache conmigo, mamita, yo sí la quiero! —gritó un tipo parándose de su butaca.

Todos nos echamos a reír.

Se encendieron las luces, muchos se limpiaban las lágrimas, también Maya. «Vaya ridículos», pensé. «¿A qué idiota se le ocurre llorar en un cine?»

11

El inspector Quintana y el perito nos esperaban a Cantarel y a mí en la oficina con aquellas fotos del avión.

—Sabotaje —dijo el perito, señalando unos cables cortados que se incrustaban en una pieza mecánica.

—Vidal dijo que el avión ya es basura, quizá los desperfectos vienen de antes, de cuando la guerra, porque resulta que la nave estuvo en combate...

Oí rebufar a Cantarel con mis explicaciones, pero se contuvo de opinar, al parecer el regaño del inspector había surtido efecto.

—Puede ser —aceptó el perito—, pero aun así los cables fueron cortados.

—¿Por los nazis? —interrogué.

Cantarel escupió una carcajada y se disculpó.

—No creo que hubiera aguantado diez años. No, no fueron los nazis. El cobre de los cables está muy limpio, se trata de algo reciente.

—Infante dijo que ya había tenido un percance con el avión.

—Perdón —intervino Cantarel—, ahora sí, perdón que abra mi boca, pero creo que aquí el experto ya dio su veredicto. ¿Para qué le estamos buscando chichis a las culebras? La palabra *sabotaje* a mí me quedó clara.

—Siendo así —opinó el inspector—, alguien quiso matar a Pedro Infante en un avionazo.

—¿A Pedro Infante? ¡Él a nosotros! —exclamó Cantarel, indignado.

—Baja la voz y no digas sandeces…

—Pero, inspector, los que nos accidentamos en el avión fuimos nosotros…

—Fontana, comunícate con la producción y pregunta si hay alguna escena en el guion donde el que debía estar debajo del coche fuera Infante. Y tú, Cantarel, asómate a la oficina del doctor Quiroz y dile que venga, que lo necesitamos aquí…

Elvira, la secretaria del inspector, trajo café y una caja de Luckies que le encargó el perito. Yo hice la llamada desde el teléfono del escritorio; colgué y le dije a Quintana que sí, que había escenas en las que Infante se metía debajo del coche, pero no la que se grabó esa tarde, así que quedaba descartado que quisieran hacerle daño a Infante, al menos durante el rodaje. Cantarel entró con Quiroz a la oficina. El perito se puso a fumar sus Luckies y pronto estuvimos bajo la niebla del tabaco.

Alfonso Quiroz Cuarón era una eminencia, una leyenda, tanto como el inspector. A los 15 años había visto asesinar a su padre en una oficina de ferrocarriles; en lugar de hundirse se interesó por la mente criminal. Entre sus logros como criminólogo pintó de cuerpo completo la personalidad de León Mercader, el comunista que había matado a otro comunista, León Trotski, en la casa de Coyoacán, donde vivía Trotski, refugiado y patrocinado por Diego Rivera y la señora Kahlo. También describió, puntillosamente, la personalidad de Goyo Cárdenas y de Enrico Sampietro, este último un tipo carismático que falsificaba billetes de 50 pesos, y al que Quiroz descubrió porque usó la misma técnica que utilizaba cuando falsificaba dólares en Cuba. En suma, Quiroz Cuarón era experto en descifrar la mente criminal.

Una vez que Quintana le dio los pormenores del caso, Quiroz miró las fotos y tomó la palabra.

—Es hombre, no muy alto, de 1.60 m; con ciertos estudios, meticuloso y resentido, de manos precisas. Cuadrado de personalidad, del estilo de esto es bueno y esto es malo. No tolera nada fuera de su lugar.

Miré de reojo a Cantarel, se parecía mucho a esa descripción, pero no en la estatura. Las caras del inspector y el perito se parecían a las de los clientes de Maya cuando les decía cosas del más allá.

—Para cortar este tipo de cables se requiere conocimiento de aviones, así que no se trata de un ignorante improvisado. Lo meticuloso se aprecia en que se requiere un cálculo para saber en qué momento actuar. Es decir, pasar inadvertido, llevar herramientas, ponerse quizá un overol de mecánico, prever la forma de treparse y abrir la tapa del avión. Conocer la bitácora de vuelo, lo que quiere decir que conoce a la víctima. Queda claro que es alguien de su entorno. Observen los cortes en ambos cables, parece que los hubiera medido con una regla, están a la misma altura, justo a la mitad. Pudo haberlos hecho en cualquier parte y sería lo mismo, no para él. Es obsesivo. Son cables gruesos, pero no presentan mordiscos. Los partió de un solo tajo, así que tiene buena fuerza en las manos. Y es resentido, porque su víctima no iba a ser cualquier persona, sino alguien famoso.

—¿Y si de una vez nos da la dirección de su casa? —soltó Cantarel.

Se rio solo. Lo ignoramos.

—¿Y por qué piensa que es bajo de estatura? —preguntó el inspector.

—Eso ya me lo inventé —dijo Quiroz, y él sí nos sacó una sonrisa.

—Nada de esto sale de aquí —advirtió Quintana.

—¿No prevenimos a Infante? —interrogué.

—No, no lo prevenimos, hasta el momento la víctima sigue siendo Maite Ramos.

—Uy, la figurante —ironizó Cantarel—, ora sí no le tocó a Pedrito ser la estrella de la película…

Desde hacía unos minutos, el perito se había mantenido distante de la conversación, fumando sus Luckies; en cierto momento entreabrió la puerta, para que se despejara el humo. Parecía muy pensativo. El inspector lo notó y le preguntó si quería aportar algo. Este no respondió. Volteó a mirarnos con la cara perlada de sudor y los ojos disparatados; luego, simplemente se desplomó en el suelo.

«La vida es un fiasco, un truco, un juguete vistoso pero barato», me dije mientras iba por la calle con una bolsa de pan y una botella de leche, que apretaba haciendo malabares para que no se estrellara en la banqueta y el vidrio saltara por todas partes. La luz moría detrás de la Torre Latinoamericana; comenzaban a oírse esos ruidos postreros de cuando la gente vuelve a su casa, luego de partirse el lomo en sus trabajos, o de fingir que se les partía. Los últimos organilleros tocaban la tonadilla de algún tango de rompe y rasga.

Cuando los paramédicos entraron al despacho, Quiroz, que ya había examinado al perito, les dijo: «hora de la muerte, las siete con quince de la noche». El infarto había sido consecuencia de la obstrucción paulatina de las arterias coronarias por placas de colesterol, lo cual de manera anticipada se podía ver en las pupilas y en las uñas del occiso, según Quiroz. Los paramédicos lo miraron con reticencia, pero más tarde la autopsia confirmó lo dicho por nuestra eminencia. Como sea, ese hombre que acababa de poner todas sus facultades mentales en esclarecer lo del avión, estaba hecho un fiambre. La vida lo había sacado de la jugada, inesperadamente.

Llegué a casa, Maya hablaba con otro de sus incautos, un tipo fornido, casi una caja fuerte. Haciéndola de Quiroz determiné que se pasaba el día entero en el gimnasio y se dedicaba a la lucha libre. Igual conocía luchadores del momento. El Santo, Black Shadow, el Cavernario Galindo. Di las buenas noches y fui a la cocina. Abrí la botella de leche, me serví un vaso, mordisqueé un bísquet. Escuché a Maya decirle al caja fuerte que esa gente que le debía dinero se lo pagaría en cosa de dos semanas; ella haría su parte, magia blanca, la llamó, espíritus de luz que hablarían con los deudores, convenciéndolos, espiritualmente, de hacer lo correcto, porque de nada vale la avaricia cuando se está en el más allá y se abren las puertas del Infierno. «¿No que la Tierra es el Infierno?» Entonces escuché la voz del hombre, ligera, sedosa, un poco de jovencito. «Eunuco», pensé. «Es un luchador eunuco». Le recordó a Maya que los hombres que le debían eran tres hermanos, dueños de un bar. El bar Sotavento, ahí se les podía encontrar. «Y ahí irán los espíritus a hablar con ellos», añadió Maya, y al imaginarlos, etéreos y bebiendo tequila, me dio risa y escupí un chorro de leche.

Los oí ponerse de pie, entonces salí y los miré junto a la puerta. El tipo se rascó una ceja, le faltaban tres dedos de esa mano, el del corazón, el anular y el meñique. «Los perdió cuando niño, en la máquina de una tortillería», pensé.

—Me dijo que en dos semanas me dan mi dinero, ¿verdad?

—Sí, Nibaldo, en dos semanas…

Nibaldo se fue al carajo.

—Déjame adivinar: luchador, eunuco y perdió los dedos en una tortillería.

—¿De qué hablas?

—De tu nuevo cliente.

—Es prestamista, les prestó una buena suma a los hermanos Bracamonte para que la invirtieran en su negocio, y ahora ellos le dan largas para pagarle.

—¿Y cómo van a hacer tus buenos espíritus para que el eunuco recupere su dinero?

—Deja de llamarlo así; pensé que tú podías ayudarme.

Me causo gracia, pero la escuché. Me recordó que ella había fichado en el Sotavento, y que el trío de hermanos eran precisamente los Bracamonte; a todo mundo le debían, a nadie pagaban si no consideraban que hubiera una buena razón, como que el cobrador fuera un gánster respetado como Al Capone, o un agente... de la Secreta.

—¿Qué gano yo? —pregunté.

—Mi gratitud.

—¿Eso significa que te encargarás de lavar mi ropa una semana y de recoger mis trajes a la tintorería?

—Acepto lo de la tintorería.

Torcí la boca.

—De acuerdo, una semana —cedió.

—Por cierto, ¿has visto mi traje negro?

—¿Otro velorio?

—Sí.

—¿También lo mataron?

—No, este se mató solito.

—¿Suicidio?

—Infarto.

—Eso no es suicidio.

—Sí, cuando el corazón nos traiciona.

—Estás muy intenso, Leonardo. Y te lo creería, pero con ese vaso de leche en la mano, más bien me causas ternura...

12

El doctor Pardillos me había pedido que lo aguardara unos minutos, estaba atendiendo una urgencia en la habitación de junto. Un paciente que, al parecer, tenía una crisis de ansiedad le había pedido verlo fuera de su cita. No tuve objeción, incluso me gustó la idea de quedarme solo y husmear en aquel cuarto en penumbra. No me atreví a caminar, pues los tablones eran viejos y rechinaban demasiado, así que solo lo recorrí con la mirada. El sillón de Pardillos era de cuero viejo y había perdido forma de tanto que se habían sentado en él. A un lado estaba aquel burocito redondo donde Pardillos ponía su libreta y la pluma. Más allá, estaba un escritorio gris, junto a la ventana de cortinas oscuras color guinda, o quizá negras, apenas entreabiertas. Daban a San Juan de Letrán. Opuesto al escritorio se alzaba un librero retacado de tomos gruesos, supuse que de psiquiatría, y un portarretrato con la foto de Sigmund Freud, fumando un puro y mirando con cara de que la vida es tan rancia como el tabaco que tiene en la boca. No encontré nada que me dijera que Pardillos tenía una familia, nada que restara hierros a ese sitio tan sobrio, a no ser el reloj en una pared que, con su tic-tac, marcaba las horas, y de tanto en tanto dejaba oír un cómico cucú, cucú. «Este doctor está cucú», pensé. Quizá sea un vampiro, no soporta la luz.

Poco después, entró, se disculpó por la tardanza, miró el reloj. Tomó asiento y se hizo de la libreta y la pluma.

—¿Cómo ha estado, Leonardo?

—Hice mi tarea. Estuve revisando mi «carta de presentación», doctor.

—Cuénteme.

—No encontré gran cosa. Mi apariencia no es ni mala ni buena. Pero me di cuenta de algo, que yo también me criticaría como critico a los demás. Diría que mis ojos son un poco saltones, que me falta carne en las mejillas, cosas así. No lo sé, intentaré no fijarme tanto en las apariencias. Y en cuanto al punto de si me porté como gente real o irreal en el cementerio, cuando lo de Jiménez, definitivamente lo segundo. Irreal. Todo mundo sacó su tristeza, real o falsa, menos yo. Pero qué le cuento. Eso me trajo aquí desde el principio. Confieso que soy un insensible.

—¿Es usted católico, Leonardo?

Me desconcertó su pregunta, me pregunté si se trataba de una trampa.

—Como todos, de vez en cuando. ¿Por qué?

—Usó la palabra *confesar*. Dijo: «Confieso que soy insensible...»

—Fue la palabra que se me vino a la cabeza, de niño me confesaba una vez a la semana, me parecía horrible robarle los centavos a mi madre del delantal, burlarme de otros niños, romper los juguetes viejos para que me compraran nuevos; pecados veniales, como les llaman, pero que no me dejaban dormir, imaginando que el cura me mandaría al Infierno. En cambio, un día, cuando tenía treinta y tantos y maté a un hombre en un banco y fui a contárselo al cura, no sentí nada. Más bien el cura tuvo que esforzarse para hacerme sentir culpable y perdonado por Dios, no como los curas de la infancia, que con su solo silencio me estremecían...

—¿Entonces por qué se lo contó?

—Porque me pareció correcto. ¿O para qué están los curas?

Ras, ras, ras, la pluma de Pardillos comenzó a rascar la libreta.

—Oiga, por si acaso, no piense mal de mí, yo era policía bancario.

—Ya sabe que no estoy aquí para juzgarlo.

—Lo sé, pero ¿quiere que le diga a cuántos hombres he matado?

—¿Usted quiere decírmelo?

—Lo que quiero es que usted me lo pregunte.

—De acuerdo, ¿a cuántos hombres ha matado?

—No, doctor, mejor un día que salga de usted, nada forzado.

—Comprendo… ¿Recuerda la tarea que le encargué para mí?

—Claro, doctor, lo del elevador. Es cierto, hace un ruido extraño cuando baja.

—¿En qué piso?

—En este mismo.

—Muchas gracias, lo reportaré al encargado.

—Me alegra haberlo ayudado, quiero decir, aquí el que me ayuda es usted, así que espero que esa nimiedad le sirva de algo.

—No es nimiedad; las máquinas de hoy en día son armas de dos filos. Nos hacen cómoda la vida, pero también representan un riesgo.

—Ya que lo menciona…

Le conté el accidente en el avión de Pedro Infante, lo cual me llevó a contarle también del doctor Quiroz, y le pregunté si concordaba con él en que la personalidad del tipo que cortó los cables del avión podía corresponderse con la dicha por Quiroz. Me pareció que lo apabullé con ese enredo y me disculpé.

—No lo sé, Leonardo, yo no vi esas fotos, pero he oído cosas buenas del doctor Quiroz y no tengo por qué dudar de sus apreciaciones. Por otro lado, si me lo permite, supongo que ese caso está en pañales. Me habla de una actriz muerta, de un posible atentado contra Pedro Infante; estos podrían ser hechos sin ninguna relación entre sí. Por último, una lógica tenaz evidencia que las premisas se corresponden con la definición que ha dado Quiroz Cuarón del sospechoso; meticuloso, resentido y todo eso, pero me temo que no es tan fácil resumir la personalidad de nadie, de pronto podría ser más bien una mujer y no un hombre, e incluso haber encargado a un mecánico que descompusiera el avión de Pedro Infante. ¿Me entiende?

—Vaya, es cierto...

Pensé que por fin había cortado una flor del jardín de Pardillos, raramente se iba de la lengua. Igual me pasó por la cabeza que había dejado ver cierta envidia hacia Quiroz; luego entonces, Maya tenía razón, nadie es completamente bueno.

—¿Sabe algo, doctor?, me gustaría que me asesorara en el caso del Foro 8...

—Me honra, pero aquí el que importa es usted, no su caso.

—Me atrapó —bromeé, pero Pardillos nada se tomaba a broma.

—¿En qué sentido lo atrapé?

—En querer desviar la atención y que lo importante sea la vida de los demás, sus muertes violentas, los siniestros, las incógnitas. Todo menos yo...

—¿Por qué prefiere tal cosa?

—Porque no me soporto. Lo malo es que lo de afuera tampoco es mejor que yo. —Comencé a sentirme mal, hundido, extraviado—. ¿Sabe algo? El otro día fui al cine con Maya; le he hablado de Maya. Fuimos al cine a ver *La vida no vale nada*. Yo no dejaba de pensar que la gente que está en la pantalla existe y no existe a la vez. Son reales, claro, vaya que lo son. Pedro Infante no es inventado, ya me cercioré de eso porque hasta estuve en su casa, cené con él y su mujer. Lo vi tragar panuchos como niño golosinas. Pero al mismo tiempo es irreal en la pantalla grande; uno no puede saltar ahí y darle un puñetazo o un apretón de manos, ¿cierto? En fin, no sé a dónde quiero llegar con esto…

—Es interesante, siga.

—Mientras veía la película sujetaba la mano de Maya, y casi no la sentía, no sentía su piel, su tacto, era como tocar el brazo de madera de la butaca, un objeto más. No es justo sentir a las personas como cosas. ¿O sí? Entonces, me fui sintiendo tan irreal como esos actores en la pantalla, mucho más irreal porque el público estaba emocionado con lo que les sucedía, aunque no fueran de carne y hueso; incluso yo sentía deseo por Lilia Prado, ganas de ir más allá de su escote, más que seguir tocando la mano suave, tibia y real de Maya. Yo era un don nadie en el cine, igual que todos. Un don nadie hipnotizado por una mujer de celuloide; entonces, sí que me dieron ganas de saltar al otro lado de la pantalla y besar a Lilia Prado y luego extinguirme cuando la pantalla se fuera a oscuro y pusieran la palabra *Fin*.

Ras, ras, ras.

13

Esta vez sucedió en una residencia de la calle de Risco, en el Pedregal de San Ángel. Cruzamos el jardín, donde había gente de la producción; fui al salón de la casa y me detuve al verlo encuadrado por la cámara de cine, lámparas y cables. Seguí de largo hasta la cocina, donde encontré a la mujer, medio cuerpo contra en la tarja, hundida en ella, de pie y con las piernas un poco flexionadas. Alguna ley física evitaba que acabara de desplomarse, quizá su peso recaía en sus brazos que se sujetaban del mueble de la cocina. Por uno de sus codos goteaba sangre hasta el piso, la cual bajaba desde su oreja izquierda. Un fotógrafo encuadraba distintos ángulos y disparaba su cámara. Volví al jardín. Cantarel miraba a todos con cara de sospechosos. Se nos acercó un tipo de gesto involuntariamente feliz, a pesar de estar contrariado, presentándose como Óscar Dancigers, uno de los productores. Le preguntamos qué había pasado.

—Rodábamos en el salón, escuchamos un gritó en la cocina; cortamos escena, fuimos y la encontramos…

—¿Quién es la actriz? —pregunté.

—¿Actriz? No, es maquillista.

Un presentimiento pasó por mi cabeza, y pregunté:

—¿Teresa Garabito?

Dancigers asintió.

Como tenía la cabeza metida en la tarja, no la había reconocido enseguida. Recordé que me había dado el pésame por lo de Jiménez, y de nuevo pensé que, si nosotros nos tomamos en serio la vida, la vida nos ve como payasos.

El fotógrafo salió de la casa y luego del jardín, dirigiéndose a su automóvil.

—Por favor —dijo Dancigers—, recuérdele que las fotos no se publican, que todo esto es confidencial. El inspector Quintana me lo aseguró.

—Desde luego… ¿Qué hacía Teresa en la cocina?

—No lo sé, tomando algo, supongo. No todos tienen que estar en el plató cuando se filma…

Lancé una mirada y descubrí a Erasmo Crisantes, sentado en una cantera, cabizbajo, con gesto lloroso; más allá, los del *staff* parecían consternados, y en otro ángulo reconocí a algunos actores y actrices, cuyos nombres no me sabía o no precisaba, a no ser el de aquella señora que fumaba nerviosamente. Sara García.

Dejé que Cantarel siguiera fastidiando a Dancigers y fui donde Crisantes; este levantó la cara y me miró.

—Agente Fontana…

—¿Cómo está?

—Yo bien, todos aquí bien, ella bien —largó una mirada iracunda hacia Sara García.

—¿Por qué dice eso?

—«Mi café, pedí mi café, ¿a qué hora me van a traer mi café?» —remedó con una voz que pretendía imitar a una anciana—. No dejaba de fastidiar con eso, específicamente, a la pobre de Teresa…

—¿Era obligación de Teresa lo del café?

—¡No, pero esta gente cree que solo hay que tronar los dedos para que cualquiera les sirva! ¡Actrices, agente Fontana, actrices!... Teresa terminó por ir a la cocina; nunca volvió a salir de ahí. Bueno, lo hará, pero con los pies por delante...

Asentí y fui donde Sara García.

—¿Señora García? —interrogué como si no fuera obvio. La había visto en películas, carteles y hasta en un paquete de sopa.

—Ahora no, jovencito...

—¿Disculpe?

—Autógrafos.

—No, señora, no se trata de eso, soy el agente Leonardo Fontana —dije con ganas de sonreír por lo de jovencito, a mis casi cuarenta.

—Ah, perdón, es que los imprudentes no faltan —explicó con esa voz un poco soplada de quien no tiene dientes.

—Me dicen que usted le pidió a Teresa que fuera a la cocina.

Sara García miró a Crisantes, intercambiando recelo y rechazo.

—No sabía que las víboras fueran chismosas..., aparte de morder... No, no la mandé a la cocina; le pedí un café, que es diferente... No le dije: «Ve a la cocina y tráeme un café». Hay un carrito al pie de la escalera; si ella fue a buscarlo a la cocina fue su decisión, no mía.

—¿Conocía de algo a Teresa?

—Del trabajo, de las películas. ¿De qué más?

—¿Cómo era la relación?

—¿Qué relación? ¿Qué está insinuando?

—¿Perdón?

—A ver, agente, ¿esto es un interrogatorio?, porque si es así déjeme hablarle a mi abogado y que él me diga si estoy obligada a responderle.

—Señora García, solo son algunas preguntas. Estamos tratando de saber qué le pasó a Teresa Garabito.

—¿Y cree que yo se lo puedo decir? Perdóneme, agente Fuensanta, o como se llame, pero me siento muy perturbada. Me está esperando el chofer, me voy a casa. Tengo jaqueca, que pase buen día...

Dio la media vuelta, pasó junto a Crisantes.

—Marica chismoso.

—Vieja prepotente.

—¡Estúpido cabrón!

—¡Jódase!

—¡Jódete tú!

Se llevaban fuerte.

Volví a la cocina, el perito tomaba notas en su libreta, moviendo la boca de un lado a otro, como si le estorbara el bigote.

—¿Algo especial, Méndez, aparte de que está muerta de pie?

Levantó la mirada de la libreta y, mirando a la joven, dijo:

—El sueño de todo libertador, morir de pie... Sí, algunas cosas, Fontana, mira las uñas de su mano derecha...

Acerqué la cara y las observé.

—Parece polvo, cal...

—Cocaína, algunos la usan.

—¿No es un vicio caro?

—Un vicio nunca es caro para quien lo consume, Fontana.

—¿Cuánto ganará una maquillista?

—Lo que sea, el vicio jala...

—¿Y la sangre en el oído?

—Posiblemente un disparo.

—¿Algo más?

—Nada de momento...

—Ese Dancigers me dijo algo —apareció Cantarel—. ¿Adivinen quién se marchó enseguida? Nuestro Pedrito Infante, igual que en el Foro 8. Claro, el señor tiene cosas más importantes que quedarse a mirar el cadáver de Teresa. Por ejemplo, dar autógrafos a sus admiradoras. —Sacó del bolsillo del saco una foto y nos la mostró. Era Pedro Infante con una dedicatoria de su puño y letra, o al menos eso parecía: «Mi querida Maite, aquí tienes mi foto, para que no me olvides».

—¿Dónde la conseguiste?

—Buscando.

—Quizá solo quiso hacerla sentir especial.

—No empieces a minimizar las cosas, Fontana; nadie le dedica una foto a una mujer que conoce de «hola y adiós.»

—¿Cómo la conseguiste? —insistí.

—En el bolso de Maite, lo dejaron en la morgue. El inspector me pidió que pasara ahí antes de venir.

Dejamos atrás Risco, el cadáver de Teresa Garabito debía esperar su turno, y nos dirigimos a un modesto edificio de la colonia Roma, a la casa de Maite Lorca. Su madre, una costurera, vestida de luto, nos recibió e hizo pasar a un saloncito, donde casi todo lo acaparaba una máquina de coser Singer y montañas de ropa por zurcir. Nos ofreció café y galletas; fue incómodo decirle que sí, la pobre arrastró su humanidad hasta la cocina, regresó con las tazas y el azucarero en una charola, y las galletitas colocadas alrededor de la charola, que puso en la mesa para luego mirarnos con desazón.

—No fue un accidente, ¿verdad?

—No lo sabemos todavía, señora. ¿Por qué cree eso?

—Porque me lo dice el corazón.

¿Qué refutarle? Una madre sabe de esas cosas, una madre y aquella radio a la que lancé una mirada, donde seguro la señora escuchaba en las radionovelas a madrecitas abnegadas y buenas como ella sufrir hasta la ignominia.

—Encontramos esto en las pertenencias de su hija. —Cantarel le dio la foto autografiada de Pedro Infante.

—Sí, es Pedrito —sonrió enternecida—. Qué guapo, ¿verdad?

—Señora, me parece que la dedicatoria es muy personal. ¿Su hija y el señor Infante se conocían bien?

—Muy bien; la trajo aquí varias veces, nunca me quiso aceptar la invitación de que se quedara a comer, pero eso sí, era amable, simpático y muy caballeroso. Esa máquina de coser me la regaló él, la que tenía antes ya se descomponía mucho.

—¿Infante pretendía a su hija? —espetó Cantarel.

La mujer volvió a mirar la foto y dejó traslucir una sonrisa de ensoñación.

—La verdad es que yo pensaba que sí, hasta una vez la trajo un poco más noche de la cuenta; mi difunto marido se hubiera puesto furioso, pero yo no me ando con cuentos, miren cómo vivo y dónde. Así que, si Pedro Infante pretendía a mi hija, ni modo de preguntarle que con qué intenciones...

Nos miramos sorprendidos y ella remató:

—Algunas actrices se han hecho famosas con golpes de suerte, ¿cierto?

Cuando salimos de ahí, Cantarel no esperó para darme su opinión.

—Una Singer por las nalgas de la niña.

Echamos a andar hasta el Parque México, nos detuvimos a que un chico nos lustrara los zapatos. A cierta distancia algunos niños de uniforme pasaban, con sus mochilas de cuero en la espalda. Miré mi reloj, eran las 11:25, así que debían estar en la escuela.

—¡Ey! —les grité, cuando pasaron a unos metros—. ¿Por qué no están en la escuela?

—¿Y a usted qué, ruquito? —dijo el mayor.

Saqué mi placa y me anuncié.

—¡Policía Secreta!

Los chamacos se miraron entre ellos y pegaron la carrera. Cantarel y yo nos reímos.

Quité los pies del cajón, fue el turno de Cantarel.

—Bueno, tú eres el genio, Fontana, ¿por dónde seguimos?

—Tenemos que volver a hablar con Pedro Infante.

—Si está en Mérida, yo no voy. Unos pinches panuchos no valen el riesgo de matarse en un avionazo.

14

El inspector puso un tache más en el calendario de Cigarrera La Moderna, y así hizo uno y otro día: 8, 9, 10, 11, 12, 13, 14, 15, 16 y 17 de ese junio de 1956. Pretextos o razones no le faltaron a Infante para no ser interrogado de nuevo, entre otros una gira por Perú y Colombia. Eso sí, a mediados de mes nos hizo llegar por correo sus respuestas, asegurando que el día de lo de Teresa estaba en una de las recámaras de la casa. Negó conocerla, solo de «hola y adiós», como con Maite. Eso sí, preguntaba cuándo devolveríamos su avión favorito al hangar, para ir a Mérida con su «Ratona».

Una tarde, Cantarel y yo fuimos a Sears a pagar el espejo y el elefante de vidrio. La policía puso una parte, la otro fue de nuestro bolsillo, no quise pelearle a Cantarel que no era mi obligación. El caso es que en el ascensor comenzó a respirar agitadamente, en tres segundos tuvo la misma cara del perito cuando le dio el infarto y pasó a mejor vida. Eso temí. Esta vez ni siquiera le dio tiempo de encargarme a su hijo. Una ambulancia lo sacó del Sears, donde se agolpaban los curiosos. Esos que, como cuando balearon a Jiménez, miraban con morbo lo que en realidad les importaba un bledo.

Le diagnosticaron un terminajo que tenía que ver con el trauma del accidente que tuvimos en el avión de Infante.

«Maldigo ese avión», me dijo cuando lo visité en el hospital, «¡que se caiga, pero ya para siempre! ¡Malditos aviones, malditos todos!», se echó a llorar. Le pregunté qué le habían recetado. «Solo calmantes». Estuve tentado a recomendarle a mi loquero, pero no me atreví. A partir de ese día cargaba con su frasquito de píldoras y de vez en cuando se echaba una a la boca, sobre todo en sitios altos. No toleraba ir en coche a más de 60 por hora.

Tuve dos sesiones más con Pardillos, de lo más áridas. De pronto ya no tenía nada que contarle, pero seguía sintiendo que arrastraba la vida. Mi porquería de vida, esa donde lo importante era recordar a Maite aplastada bajo un coche en los Estudios San Ángel, y a Teresa Garabito, muerta de pie. Comencé a pensar que Pardillos me estaba esquilmando la plata, como Maya a sus incautos, como un estafador y su palero en San Juan de Letrán, jugando a «dónde quedó la bolita». Pero me daba miedo renunciar a la terapia e intentarlo de nuevo… Sí, intentar el suicidio.

Lo anoté en un diario, que luego rompí:

29 de junio

He matado personas. Creo que se lo merecían, pero cuando era niño y me hablaban de Dios, nunca me dijeron que había excepciones a la regla, así que tal vez no se lo merecían. Hace no mucho, millones de seres humanos murieron en una guerra. Le oí decir a un militar que si matas en una guerra tienes justificación. Tal vez yo, que soy policía, también la tengo, pero no logró asimilarlo. Me viene a la cabeza cuando trabajaba paseando turistas en un yate, *La india bonita*, en Acapulco, donde todo parecía estar en su sitio, incluso la pobreza.

¡Qué pobreza!, si teníamos el mar, la libertad, las risas de las muchachas costeñas, tan doradas de sol, tan blancas de dientes, tan crespas de cabellera. De vez en cuando los turistas eran generosos, o llegaba Tin Tan y tiraba dinero al aire; para los chiquillos eso era una fiesta, la felicidad existía entonces. En fin, ya no te quito tu tiempo, querido diario, compré un boleto para el mirador de la Torre Latinoamericana…

Esos mismos días en los que, sobre el calendario de Cigarrera La Moderna, volaba el tiempo. El tipo que parecía luchador, de nombre Nibaldo, aparecía con un regalito para Maya: una caja de chocolates de Sanborns, alguna flor, lo cual me hacía pensar que se estaba enamorando de ella. ¿Por qué no? Maya tenía una belleza exótica y sabía escuchar penas ajenas. Decían que se parecía a esa pintora, Nahui Olin. Pero, considerando que le gustaban los tipos espigados y elegantes como James Stewart o Emilio Tuero, Nibaldo tenía pocas oportunidades.

Aquellas sesiones Maya las empleó en leerle el porvenir a Eunuco Caja Fuerte, inocularle la idea de que lograr la meta no sería pronto, necesitaría tres limpias, a 30 pesos cada una, pues no solo los Bracamonte eran su problema, sino que alguien le había echado la salazón a su negocio de prestamista; nunca falta gente inconforme que, una vez que la sacas del apuro con un dinerillo, considera que te pagó de más y quiere arruinarte. «Y usted, usted, Nibaldo, usted es un buen hombre que presta un servicio a la comunidad, préstamos al módico 67 por ciento de intereses…»

La mayoría terminaba por aburrirse y dejaba de buscarla. De hecho, me causaban asombro los constantes, los que se abrazaban a ella como a un clavo ardiente. «A mí que me hagan pendejo, pero que me dejen contento.»

Eso sí, Maya no dejaba de repetirme que yo había quedado de ir a sacudir a los Bracamonte para que le pagaran a Nibaldo lo que le debían, pero con el caso del Foro 8 no tenía tiempo. Tampoco ganas de vérmelas con ellos. «Eres un embustero», protestaba Maya, pues había cumplido su parte de limpiar el apartamento una vez a la semana y de llevar mi ropa a la tintorería. Yo le respondía lo de «ladrón que roba a ladrón, tiene cien años de perdón». Entonces me lanzaba lo que tuviera a la mano, un plato, un cojín, a veces también una sonrisa, la sonrisa de alguien que te puede perdonar cientos de veces porque te quiere con todo y tus defectos.

Volviendo a Pardillos, terminé por preguntarle cuándo me daría de alta, es decir cuando estaría yo curado. Su respuesta me hizo hervir la sangre. «¿Cuándo cree usted?» Esa técnica suya de contestar con preguntas mis preguntas ya me había tocado las pelotas, así que le pedí una fecha concreta, añadiendo que necesitaba saber cuándo estaría curado de la cabeza y del alma. No puedo asegurarlo, pero tuve la impresión de que Pardillos sonreía en la oscuridad. Me dijo algo que me dejó con una sensación de estar a punto de precipitarme a la nada, peor que cuando iba a matarme en el avión de Pedro Infante. «Usted, Leonardo, es el que decide; siempre ha sido así desde el principio, se queda o se va, siempre será su decisión, de nadie más.» Le respondí que iba a considerarlo; se lo dije casi como la amenaza de un chico a su padre. Lo peor de todo es que, desde que el tipo me contó que en el ascensor había un ruido extraño, lo escuchaba cada vez más preciso, más fuerte, más siniestro y tenaz, en especial porque aquel edificio, en la esquina de Ayuntamiento y San Juan de Letrán, era un lugar lúgubre, desalmado a más no poder. La mayoría de las veces encontraba sus pasillos desiertos, y si encontraba gente, ya sabemos la caterva. Tenía, pues, dos opciones, ir por el ascensor y escuchar el ruido, o por la escalera y chocar con algún sujeto que dejara escapar una pestecilla a muerto en vida.

Aquel día que salí contrariado por la respuesta de Pardillos sobre mi libertad —sí, de eso se trataba, de mi libertad—, escuché una canción de Agustín Lara saliendo de alguno de los departamentos. Odiaba a Lara, odiaba su voz temblorosa, sus letras de que todo es una miseria, un algo marchito como flores viejas y pestilentes en un jarrón, el amor, las mujeres, el destino, la vida, todo se pudre. En el pasillo, choqué con un sujeto; este levantó la cabeza y, con la nariz comida por su enfermedad, me dijo gangoso: «Usted disculpe». No le respondí, pero ya en la calle, masculé: «¡Váyase al Infierno, hijo de puta! ¡Y también ese loquero de mierda!»

15

Quintana nos dio malas noticias, la gente de la película se había acercado a un bufete de abogados; nos daban un plazo de tres días para resolver lo de Maite y Teresa o iban a impedir que nos acercáramos a los actores. Decían que podíamos dañar su imagen pública, su reputación. También contrataron una empresa de seguridad privada que los cuidaría durante las filmaciones. La Secreta servíamos para maldita la cosa.

—No pueden hacernos a un lado, así como así —protestó Cantarel.

—En México todo se puede —dijo Quintana—, sabiendo tocar las puertas correctas.

—Pues están metiendo la cabeza en la tierra como las avestruces, al rato les matan a otra mujer; esos de seguridad privada no tienen el mismo entrenamiento que un policía de carrera. Dígales que al menos nos dejen estar en las filmaciones, garantíceles que, en cuanto encontremos al culpable, le partimos la..., lo ponemos a la sombra...

—Gracias por el consejo, Cantarel —ironizó Quintana—, pero ya no confían en nosotros, y yo estoy a punto de no confiar en ustedes. No tienen una sola pista, ¡nada! Y no me vengan con que Infante tiene cola que le pisen.

—Mintió al decir que no conocía a Maite Lorca —esta vez respaldé a Cantarel.

Quintana me lanzó una mirada lacerante; abrió un cajón, sacó una carpeta y la estampó en el escritorio.

—El parte forense de Teresa Garabito.

Le eché un vistazo, alcé la mirada sobre Quintana.

—Un desarmador en el oído, meter y sacar, directo al cerebro. Concuerda con lo que dijo Quiroz, fuerza y precisión.

—Parece que le gustan las herramientas —opinó Cantarel—; desarmadores, gatos de tijera y descomponer motores de avión, quizá sea mecánico.

—Es alguien que tiene acceso a los Estudios San Ángel y a la casa donde filman la película —di mi versión—. Todo mundo lo conoce, se codea con ellos, pasa inadvertido.

—Tú también pasas inadvertido. —Cantarel me dio una palmada en el hombro.

Era inevitable, sus bromas caían como la mierda.

—Voy a conseguir una lista de los que trabajan en la película —ofreció el inspector—; ustedes se encargan del resto, pongan especial atención a quienes se dediquen a cuestiones mecánicas. Metan sus nombres en la base de datos. ¡Carajo! —explotó como de la nada—. Ya estoy haciendo su trabajo. —Tronó los dedos seguidamente, para que saliéramos de su despacho.

Mientras el inspector conseguía la lista, fuimos al departamento de Teresa Garabito en los multifamiliares Juárez. Su compañera de piso nos reveló algo que ya presentíamos, Teresa tampoco había sido alguien de «hola y adiós» para Pedro Infante.

—¡Qué va! —dijo alegremente—; venía por ella un chofer de parte de Pedrito; la regresaba como en tres días. Pedrito se la llevaba en su avión a alguna playa, le daba su buena paseadita, sus regalos caros, y después no la volvía a buscar en semanas o meses...

—¿Cuántas veces la buscó? —pregunté.

—No sé, nueve o diez. «Ya dile que te ponga casa aparte», le llegué a bromear, y se molestó. Pero tampoco le gustaba mucho cuando le decía que me lo presentara; yo también tengo mis encantos, ¿saben? —La chica movió los hombros.

—A mí no me miré, no soy soltero —reveló Cantarel, en su clásica incapacidad de tomarse algo a broma, para gastarlas todas él.

—Ni soltero ni Pedro Infante —se desquitó la muchacha.

Le pedimos revisar la habitación de Teresa. Era un cuarto prácticamente dedicado al actor, sus fotografías estaban por todas partes, incluso en la cama, contra la almohada, había un muñeco de él hecho de tela. Al ver nuestra sorpresa, la amiga de Teresa nos sonrió complacida y volvió a agitar los hombros. Cantarel revisó las fotos, yo abrí cajones y les eché un vistazo.

—Esa era su ropa interior —dijo un tanto incómoda la chica.

—Dígame algo...

—Me llamo Raquel.

—Raquel... —Cogí una caja de cigarrillos del cajón—. ¿Teresa tenía vicios aparte de fumar?

—Para nada. Y lo de los cigarrillos no es vicio, ¿no ha oído lo que dicen los médicos y la publicidad? El cigarro calma los nervios, son buenos para no engordar. Ojalá me gustara fumar...

—El forense encontró cocaína en la sangre de Teresa —espeté.

La joven se turbó.

—Agentes, no vayan tan lejos. La del medio artístico era ella, yo soy una modesta telefonista...

—¿Cree que la droga se la proporcionaba el señor Infante?

—¿¡Pedro!? ¡No! Teresa decía que es un hombre muy sano; no bebe, hace ejercicio, no se desvela nunca. Fuma, sí, pero ya quedamos que el cigarro no es vicio...

—¿Puedo quedarme esto? —pregunté agenciándome de lo que parecía un diario.

—Claro, agente, lo que quieran... Oigan, no sabía lo de la droga, en serio. Ya le dije que yo ni siquiera fumo, solo una copita de vez en cuando... por si me quiere invitar...

En cuanto salimos del edificio nos interceptó el Negrito Pelayo, diciéndonos que el inspector lo había enviado a buscarnos. Nos pidió que lo siguiéramos en su coche. No dijo más. Cantarel y yo nos miramos desconcertados. Nos pusimos en marcha dejando atrás los multifamiliares. Cantarel me pidió que no fuera tan deprisa y se echó un par de calmantes a la boca. No pude complacerlo, pues perderíamos de vista a Pelayo, que iba delante de nosotros. Media hora más tarde, pasamos a un costado del manicomio de La Castañeda; bromeé con Cantarel al decirle que tal vez ahí nos llevaba el Negrito, pero no conseguí bajarle los nervios, se llevó otro par de píldoras a la boca. El paisaje arbolado que se esparcía sin límites a los costados de la carretera debió de traerle a la memoria el del accidente en Yucatán. Unos veinte minutos después, el rumbo comenzó a parecerme conocido.

Nos detuvimos frente a la casa de Risco.

El jardín estaba atestado de gente de seguridad privada, nos miraron con desprecio y desconfianza, lo mismo que nosotros a ellos. Tuvimos que pasar por la humillación de identificarnos cuando el que estaba a cargo nos lo pidió. Esta vez el cadáver estaba tendido a mitad del salón, de nuevo una mujer joven, bonita y delgada. Usaba uniforme de doncella. Desperdigada a su lado había una charola, tazas y platos. La causa de la muerte era visible, un clavo de buen tamaño le atravesaba la frente, sus ojos bizcos lo miraban. El fotógrafo ya había hecho su trabajo y guardaba su cámara en la petaca. El perito trazaba con un hilo el trayecto del proyectil; por lo incrustado del clavo de eso se trataba, un proyectil disparado con una pistola de clavos. Desde luego tuvo que ser disparado a distancia, hubiera sido difícil en plena escena clavarle el clavo en la frente a la joven.

Me llamó la atención la ausencia de actores y de personal del *staff*, prácticamente estábamos solos, vigilados por esos guardias de seguridad.

—¿Dónde están todos? —pregunté.

—Repartidos en las habitaciones —dijo el perito—. No nos han dejado hablar con ellos, un asistente nos dio el parte, no admitió preguntas y se marchó.

—¿Y cuál es el parte?

—Filmaban —el perito señaló la cámara montada en el tripie—. La doncella entraba por aquella puerta, llegaba hasta aquí y ponía la charola en la mesa. El patrón, es decir el actor, no hacía caso, tenía el periódico abierto en las manos y decía «¡Qué barbaridad, qué barbaridad… cómo está el mundo…!» Justo en ese momento, se escuchó una especie de zumbido, y la que hacía de doncella se desplomó con la frente atravesada por el clavo.

—Qué barbaridad —repitió Cantarel.

—¿Qué actor era? —pregunté.

—Ortiz de Pinedo.

—¿Quiénes más están en la casa?

—El cámara, los utileros, la señora Pinal y Pedro Infante, todos por ahí escondidos en las habitaciones…

—¿Dónde están las habitaciones?

El perito miró la escalera, los de seguridad tomaron posición de que podían saltarme encima si me dirigía en la dirección equivocada.

—¿Figurante o actriz? —interrogó Cantarel, mirando a la muerta.

—Figurante —aseveró el perito.

Le di un codazo a Cantarel y salimos al jardín.

—¿Qué pasa? ¿Vamos a dejar que estos changos limiten nuestro trabajo?

—Demasiados changos —dije mirando de reojo a dos en la puerta, a otros dos en las esquinas frontales de la casa y uno más en la azotea—. Ven, vamos a echar una meada…

Cantarel me siguió, igual que las miradas de los guardias. Fuimos hasta un conjunto de piedras apiladas por ahí, me saqué el instrumento y me puse a orinar contra las piedras. Los guardias perdieron interés en nosotros.

—Y luego el inspector dice que el vulgar soy yo —dijo Cantarel.

—¿Ya no miran?

——Obvio que nadie quiere verte el pito.

Terminé y lancé la mirada a la planta alta, luego alrededor, por si había algo de qué echar mano para trepar; no lo había.

—No parece muy alto, ayúdame.

Cantarel tomó posición, pegué un salto poniendo mi pie en sus manos enlazadas y alcancé la cornisa. Me incliné a darle una mano. Fue difícil alzarlo, tuvimos que hacer varias maniobras hasta conseguirlo. Una vez arriba nos desplazamos por un balcón largo y entramos por una puerta. El vestíbulo tenía varias habitaciones. Un guardia de seguridad pasó frente a nosotros, solo tenía que girar y mirarnos. Nos quedamos quietos. Siguió de largo, abrió una puerta, entro y cerró. Nos desplazamos, abrí una puerta al azar; ahí estaban Infante y Pinedo, conversaban con papeles en las manos, contestándose uno al otro. Me pareció que repasaban sus diálogos.

—¿Qué hacen aquí? —interrogó una voz ofuscada, dejándome caer una mano dura en un hombro por detrás. Era un guardia de seguridad.

Cantarel apartó al guardia de un empujón, éste se fue hacia él, pero lo evité enlazándole un pie con el mío y haciéndolo caer. El ruido trajo a otro par de guardias, con sus pistolas listas para dar la batalla. Pinedo, asustado, intentó cerrar la puerta, pero lo atajé mostrándole mi placa. Los guardias nos rodearon, entonces, se acercó Infante.

—No pasa nada, muchachos, los señores son mis amigos —dijo esto mirándonos a Cantarel y a mí con cierta frialdad y enfado.

Igual que Fideo, cuando el tipo de la casita lo llamó, los guardias regresaron las pistolas a su lugar. Infante hizo un ademán para que entráramos. Quiso cerrar la puerta, pero uno de los guardias le pidió que, por favor, la dejara entreabierta, mirándonos con desconfianza.

—¿Qué pasó, muchachos? —interrogó Infante, señalando el sofá—. Mira, Óscar, no te asustes, estos señores son policías. Leonardo y Benito, de los apellidos no recuerdo cuál es Cantarel y cuál Fontana.

—Abajo hay una señorita con un clavo en la frente —dijo Cantarel—. ¿Ustedes cómo están?

—¿Una forma de distraerse es ensayar sus parlamentos? —secundé a mi colega.

—Son los purititos nervios —dijo Infante.

—Definitivamente —apostilló Pinedo.

—Dicen que usted estaba en escena —le dije a Pinedo.

—No me lo recuerde, fue espantoso, terrible. Miraba el periódico en el sofá, escuché el zumbido y también el…; tengo buen oído… Oí el ruido rápido pero escalofriante del clavo en el hueso. —Pinedo se llevó una mano a la cara y la movió con pesar. Infante lo miró compasivo.

—¿Quién era la actriz?

—Lolita Castaño, una muchachita muy tierna, muy querida, muy candorosa; «tío don Óscar», me decía, y siempre me pedía consejos de actuación. Se los daba, pero no era como que la pobre tuviera mucho rango, eso sí, hacia caritas que llenaban la escena...

—¿Y usted la conocía? —interrogué a Infante.

—No mucho...

—De «hola y adiós», ¿verdad? —ironizó Cantarel.

—¿Cómo?

—La mamá de Maite lo manda saludar y le da las gracias por la máquina de coser, y la amiga de Teresa nos contó que se llevaba a pasear a su amiga a Campeche...

Infante nos miró sorprendido.

—¿Qué mierdas hacen aquí? —Dancigers apareció en la puerta—. ¡Hicimos un convenio, se van a ganar una demanda si no se largan ahora mismo!

—Señor Dancigers, estamos haciendo nuestro trabajo.

—Y no muy bien, ya tenemos tres muertas. A ustedes les hace falta ir a tomar un cursillo a Moscú, con la policía comunista, sé de lo que hablo...

Alguien nos había dicho que Dancigers era ruso, así que no se lo discutí.

—Tocayo —le dijo Pinedo—, no te alteres, lo que importa es que el crimen de esas muchachas no se quede así.

—Tengo entendido que la escena quedó filmada, así que vamos a necesitar verla en la jefatura.

—¡Eso sí que no! —exclamó Dancigers—. Es material confidencial.

—Pues o es por las buenas o es por las malas —advirtió Cantarel—, a ustedes les importa su película, a nosotros los crímenes...

—Nos importan las dos cosas —se defendió Dancigers—, pero tienen que entender que la película no puede salir a la luz por muchas razones...

—¿Cómo cuáles?

—¿Cómo cuáles? Como que se puede filtrar a la prensa y se puede vender la trama sin una estrategia publicitaria, o se puede enterar la competencia y hacer algo parecido, anticiparse en las salas de cine. Este es un negocio serio, aunque les parezca que solo es divertido. Hay mucho trabajo detrás de cámara...

—El cine es cosa seria, pero también el crimen —sentencié—. Vamos a hacer de todo para que nos dejen ver esa escena, y si eso significa que su película salga a la luz antes de tiempo, que así sea, asumimos las consecuencias.

—Sí, mucho a la chingada —apostilló Cantarel, envalentonado por mis palabras.

Al cruzar la reja de la propiedad, me celebró que por fin tuviera huevos y menos tacto con esa gentuza pagada de sí misma. Dos guardias de seguridad nos alcanzaron, uno de ellos era el que hice caer.

—Ustedes —nos señaló—, ¿cuál se avienta el tiro?

Hice el ademán de quitarme el saco.

—Déjame a mí, hermano; el doctor me dijo que tengo que sacar el estrés. —Cantarel se quitó el saco y me lo arrojó.

16

Esta vez el inspector nos respaldó y esa misma noche pudimos ver la escena en una sala de la jefatura de Victoria 82, a eso de las 10 de la noche.

—Ahora sí, saquen las palomitas —Cantarel se sobó las manos.

Estábamos él, Quintana y, por supuesto, un Dancigers vigilante. También estaban Pinedo, que tuvo la cortesía de asistir, y el camarógrafo que había filmado. Este colocó la cinta en el proyector y lo echó a andar. Sobre la pared se proyectó la claqueta, como le llaman a esa tabla en la que está escrito el nombre de la película, la toma, la fecha y ese tipo de información. El camarógrafo se apresuró a desenchufar el proyector antes de que viéramos esa información.

—¿Por qué hace eso? —le reprochó el inspector—, póngalo de nuevo.

El camarógrafo miró a Dancigers, quien le preguntó por qué no había cortado la claqueta, y aquel no supo qué decir. Quintana lo tranquilizó, había pasado tan rápido que no habíamos visto nada. Dancigers nos miró con recelo, y por su propia cuenta recorrió la cinta a otro punto. Entonces volvieron a enchufar el proyector y comenzó la escena.

«Señor, su café». Pinedo no miraba a la muchacha; permanecía en el sofá hojeando el periódico. «Su café se le enfría al señor», insistía la chica. Entonces él suspiraba y hacía una mueca muy suya, «Ay, Quetita, Quetita», sacudía la sábana de papel, «cómo está el mundo». «De cabeza, igual que su periódico», decía la muchacha.

Cantarel se echó a reír, Pinedo se lo agradeció con un gesto.

—Pare, pare ahí —ordenó el inspector al camarógrafo—. Retroceda un poco… ¿Lo notan? La muchacha se da cuenta de lo que viene…

El inspector tenía razón, Lolita dejaba escapar un imperceptible gesto de sorpresa.

—Está mirando a su asesino —dijo el inspector.

Volvió a correr la película. Vino el zumbido y el clavo incrustándose en la frente de Lola Castaño. Pinedo se levantó como resorte del sillón. Pinedo, el que estaba con nosotros, rompió a llorar incontrolable al revivir ese momento. El inspector tuvo que pedirle una taza de té. Pinedo lamentó el haber salido corriendo en vez de quedarse a ayudar a Lola; luego, pidió que, por favor, lo dejáramos marchar. No estaba entero.

—Ya estarán contentos —nos reprochó Dancigers en cuanto Pinedo salió derrumbado por la puerta—; nunca va a quitarse esto de la cabeza…

Ignorándolo, el inspector dijo:

—Lola casi miró a cámara, quiere decir que el asesino estaba detrás de usted… —señaló al camarógrafo.

—¿No me escucharon? —repeló Dancigers—. ¡Acabo de decirles que hicieron pasar un momento horriblemente innecesario a Ortiz de Pinedo! Si ya están contentos, qué bueno. ¡Paco, recoge todo, nos vamos!

—La cinta no sale de aquí, el perito tiene que analizarla.

Dancigers alcanzó el teléfono del escritorio, discó los números y comenzó a hablar con un abogado; parecía que aquel no le daba una respuesta favorable. Al final no tuvo más remedio que colgar.

—Mañana a mediodía vengo por la cinta —dijo derrotado pero furibundo. Luego, se desplazó al proyector, haciendo a un lado al camarógrafo; quitó la cinta y sin más le pegó una dentada a una parte y la arrancó. Supuse que quitaba la parte de la claqueta.

Eso sí que era amor al cine.

El diario de Teresa tenía picardía...

14 de febrero de 1954

Hoy contemplé la idea de robar un frasco de barbitúricos del camerino de Miroslava y acabar con mi existencia. Es 14 de febrero y me pega mucho la soledad. Veo a los novios felices tomados de las manos, caminando por La Alameda o Chapultepec, deteniéndose a comprar dulces de algodón, riéndose todos tontos y enamorados cuando el caramelo se les pega en la boca. ¿Y yo? ¿Yo qué tengo? Me dicen que juventud a mis 17, pero juventud no es amor. ¿O sí?

Estuve a punto de robar los barbitúricos, pero me sorprendió el señor Buñuel; entró al camerino buscando a Miroslava. No tocó la puerta. Nunca toca la puerta. No sé si así es la gente en España, bruscos como él. Nunca dice «mande usted» ni «por favorcito», pero a la vez es un señor divertido. Dicen que está loco. Puede que sí. Cuando filmamos *Los olvidados* pensé que le iban a aplicar el 33, por decir cosas tan feas de México. Yo la verdad no entiendo sus películas, pero tampoco es que como maquillista las tenga que entender. ¿O sí?

Qué bonito cutis tiene Miroslava, ¡es tan bonita! Si fuera hombre me enamoraría de ella. A veces, cuando la maquillo,

109

me dan ganas de darle un beso. Pero ¿cómo se puede ser tan bonita y estar triste? Siempre la veo triste. En eso nos parecemos mucho. Ella dice que soy bonita, y me pongo roja. No, qué pena. No soy bonita. ¿O sí?

Ensayo de un crimen, así se llama la película del señor Buñuel. No entiendo cómo es que puede hacer algo chistoso con ese tema. Menos cuando yo también me quiero matar.

Mientras yo me dedicaba a leer el diario de Teresa, Cantarel debía cotejar la lista del *staff* con nuestra base de datos. Le llevaría horas, quizá días, ficha por ficha, cotejar nombre por nombre, días que en realidad no teníamos. Escuché timbrar el teléfono, Maya se paró a contestarlo, dejando por unos momentos a su cliente con la mirada clavada en las cartas del Tarot: doña Virtudes, una mujer que siempre venía con un nuevo moretón en la cara, y quería que Maya le sacara a su marido «el diablo de la tomadera».

—Es para ti, Leonardo...

Fui a coger la bocina; se trataba de algo grave. Tomé el sombrero y salí de prisa.

Cuando crucé la puerta del despacho, encontré al inspector, a Cantarel, al Negrito Pelayo y a la secretaria con cara de que habría una nueva guerra mundial, y que esta vez México estaba incluido. El teléfono sobre el escritorio pegó un timbrazo. Quintana alzó la mano para que se guardara silencio, dejó correr dos timbrazos, puso el altavoz y respondió.

—Inspector Quintana —dijo una voz deformada por un filtro—, ya hice mis cuentas. El precio por devolverle su peliculita va a ser de 170 mil pesitos. Usted dirá que nomás es una escena, pero ya sabemos que si se la paso a la prensa puede ser un inconveniente para el señor Dancigers...

—¿Cómo sabe eso?

—No me tantee, inspector, solo tengo buenos oídos. ¿Cuánto tiempo quiere para juntar mi dinero? Ah, que hoy mismo tiene que devolver la cinta, ¿verdad? Así que le cuelgo para que lo medite. No se tarde.

Lo más vergonzoso es que habían robado la cinta del almacén de la propia jefatura. Y ahora ya no solo estábamos en el lío de dar resultados sobre las muertas sino dar la cara a Dancigers y a sus leguleyos.

—¡El hazmerreír nacional e internacional! —fueron las palabras que uso Dancigers cuatro horas después, en las que no hubo forma de reunir el dinero que pedía el misterioso ladrón. Es más, ni siquiera los 80 mil a los que redujo su petición. Dijo que marcaría al día siguiente, si es que seguíamos trabajando ahí... Dancigers estaba en el despacho, furibundo y desencajado, junto con uno de sus abogados, que más bien tenía la facha solemne de un empleado de funeraria.

—¡Si esa cinta llega a los periódicos o a la competencia, ya no solo les va a caer una demanda, sino que yo mismo voy a divulgar lo incompetente que es la policía mexicana!

Quintana no era un hombre que se dejara intimidar, habló pausadamente.

—Entiendo su disgusto...

—¿Disgusto? ¡Estoy furioso!

—Entiendo su furia, pero usted lo ha dicho, la prensa, los competidores, nada de eso ha sucedido; mientras tanto vamos a recuperar la cinta, no lo dude...

Cuando Dancigers salió, bufando y azotando la puerta, el inspector nos contó que ya había echado a la calle al guardia del almacén y encargado averiguar quién podía haber robado esa cinta, incluyendo al propio guardia. No cabía duda de que se trataba de alguien de adentro, la voz lo había confirmado con sus dichos. Por absurdo que parezca, el Negrito tuvo que interrogarnos a Cantarel, a mí y al propio inspector sobre dónde habíamos estado luego de que la cinta quedó en la jefatura.

—Éramos pocos y parió la abuela —dijo Cantarel.

El inspector le cobró la frase. Y de pasó a mí. Nos hizo firmar nuestras renuncias a la corporación. Las guardó en un cajón del escritorio y dijo que las haría efectivas en 72 horas si no dábamos resultados.

17

Fui a La Blanca a seguir leyendo el diario de Teresa, mientras Cantarel volvía a la base de datos y el Negrito se encargaba de recuperar la cinta. Por fin encontré una referencia directa a Pedro Infante; habían tenido relaciones románticas, según ella, y se decía consciente de ser una más de los «entretenimientos» del cantante, pero lo escrito el 14 de febrero subió de tono:

> Ya basta de juegos, le advertí. O me cumples como hombre o te atienes a las consecuencias, te armo un escándalo, que todos sepan que robaste mi virginidad. Así que te me divorcias de tu esposa y dejas a Irma. No estoy jugando, Pedrito…

Ya no era la muchacha romántica que se conmovía con los enamorados comiendo algodones de azúcar en Chapultepec. Hice una pausa para pedir una milanesa con papas y un refresco, y meditar sobre la amenaza. ¿Sería posible que Infante se la quitara de encima clavándole un desarmador? ¿Una situación similar quedó resuelta cuando el coche aplastó a Maite Lorca en el Foro 8? No sería la primera vez que nos enfrentábamos a casos disparatados, como lo que contó Cantarel de cuando Carreño hizo confesar al perico.

Decidí seguir leyendo en una oficina de la jefatura, pero encontré un buen revuelo ahí. Según el Negrito Pelayo, Cantarel acababa de resolver el caso del Foro 8. Tenía en una sala al asesino de Maite, Teresa y Lola. Bajé rápidamente y, a unos metros de la puerta, comencé a escuchar aquellos alaridos.

Un sujeto se sacudía como poseso amarrado a una silla, con los pies metidos en un balde de agua, donde Cantarel hundía un par de cables que iban a la caja de luz. Estaba en mangas de camisa y sudaba como si llevara un buen rato en esa faena. Al verme, sacó los cables del agua y me dijo sonriente:

—Se los quise poner en los huevos, pero los tiene muy chiquitos…

Volvió a hundir los cables y el sujeto a sacudirse.

—Deja eso ya. ¿Quién es el tipo?

—Espera, me desconcentras, le estoy dando su treinta por treinta. Treinta segundos de toques y treinta de descanso…

Cuando terminó la ración, el tipo dejó caer la cara en el pecho y comenzó a quejarse ya sin fuerza.

—Se llama Fidencio, como el niño milagroso.

—¿Y de dónde salió Fidencio?

—Es utilero, estuvo cuando lo del Foro 8 y en la casa de Risco. Espera, ya pasaron los 30 segundos —Volvió a meter los cables en el agua y el tipo se sacudió desmayado—. ¡Carajo! No va a aguantar; lo malo es que no me traje jeringas con epinefrina para ponerlo al tiro… —De nuevo los cables fuera del agua—. Fidencio Rojas me saltó en la base de datos. ¿Sabes qué hizo hace once años? Cortarle los frenos al coche de un político que se mató en la carretera México-Cuernavaca. ¿Y qué crees que estudió nuestro amigo Fide? Técnico en mecánica aérea…

Fidencio comenzó a mover la cabeza.

—Sí, padre, ya voy —le dijo Cantarel y volvió a hundir los cables.

Esperé a que terminara y le pregunté si esas conjeturas eran las únicas que tenía para estarle friendo el cuerpo al hombre. Contemplé el desastre; el pantalón y los calzones de Fidencio a los tobillos, él desmayado por completo, olor a quemado, agua desperdigada, colillas de cigarro por el suelo. Pero Cantarel parecía ajeno, tranquilo. Fue a sentarse a un rincón y a servirse un vaso de agua.

—¿Cómo vas con el diario de Teresa Garabito?

—¿Para qué me lo preguntas? ¿No se supone que Fidencio es el asesino? ¿Cómo lo atrapaste?

—Vino por su propio pie cuando lo citamos.

—¿Y eso no te hace pensar que podría ser inocente?

—Uy, sí. Mira su cara, su cabeza, sus manos, acuérdate de lo que nos decían en el curso de genética y criminología Lombrosiano. Manos de mono, frente chica, cejas muy juntas, indígena de cerro, asesino seguro.

Un asistente asomó por la puerta y nos dijo que el inspector nos quería ver en su despacho. Cantarel se limpió con un trapo el sudor de la cara; se lo arrojó a Fidencio y le cayó en la cabeza. Ahí lo dejamos desmayado, con los calzones en los tobillos y los pies en el balde de agua.

El inspector ya escuchaba de nuevo la voz filtrada del ladrón de la escena:

—Diez mil pesos, una ganga, no me diga que la Secreta no puede conseguir mugrosos diez mil pesos...

—Si son mugrosos, ¿para qué los quiere? —preguntó y compartió una sonrisa conmigo, el Negrito y Cantarel; este se revisaba los nudillos, al parecer también le había atizado unos golpes a Fidencio, quizá en el vientre, porque no le noté golpes en la cara.

—Escuche, inspector, no estoy para contarlo ni usted para saberlo, pero me quedé sin trabajo, mi mujer y mi suegra lavan ajeno, tenemos un hijo con polio...

Vaya, el ladrón comenzó a conmoverme.

—Uno se las tiene que arreglar para llevar un pan a casa. Le estoy hablando con el corazón en la mano, inspector, no soy alguien que haga este tipo de cosas, me veo obligado. Mire, le voy a contar algo, el otro día que salí de la oficina, ya de noche, me topé con un tipo en la calle de López...

—Eso es aquí cerca —nos dijo el inspector, tapando la bocina.

—El caso es que choqué con él sin querer, le pedí disculpas, pero se me puso girito. Usted sabe..., digo, la gente sabe que soy un hombre de pocas pulgas. Nos hicimos de palabras. Traía pistola, la quiso sacar, pero yo saqué primero el puñal y lo piqué, apenas poquito.

—Es Gutiérrez —dije—, siempre trae puñal. «Adiós mi vida», dice en la hoja...

—... lo malo es que resultó achichincle de político. Le tengo que pagar la mitad de mis quincenas o me chinga. ¿Entiende, inspector? ¡Me chinga! ¡Ya el otro día tuve que agarrar dinero de las medicinas de mi hijo para dárselas a ese hijo de puta! ¡Carajo, mi niño tiene la polio! —Rompió a llorar.

Dejamos el teléfono descolgado para que Gutiérrez siguiera desahogando sus miserias y bajamos al área del telégrafo; abrimos la puerta y ahí estaba él, hablando con la bocina del teléfono pegada entre la oreja y la boca, ya babeada de tanto llorar. Al vernos, bajó despacito la bocina, sacó el puñal del cinturón y se lo llevó al cuello, pero Quintana fue rápido y le tomó la mano.

—Tranquilo, Gutiérrez, todo tiene solución.

—¿Me lo promete?

—Sí, ¿dónde está la película?

Gutiérrez abrió un cajón; ahí estaba aquel trozo de celuloide intacto.

Aprendí que Quintana también sabía mentir; mandó a la calle a Gutiérrez de una patada en el culo. Adiós trabajo. Nos enteramos que a la semana el «Adiós mi vida» se hundió en las entrañas de su vientre.

No se habló más del percance de la cinta; en cuanto se le hizo llegar a Dancigers se tranquilizaron las aguas. No nos dio las gracias, claro está, pero dejó de estorbarnos por un rato. En cuanto a Fidencio, estuve seguro de que Quintana pensaba lo que yo, que se trataba de una cortina de humo levantada por Cantarel, pero no lo detuvo, lo dejó seguir en esa línea, su advertencia ya había quedado clara, teníamos menos de tres días para dar resultados, allá Cantarel si los desperdiciaba. Allá yo si el diario de Teresa terminaba siendo como leer el *Pepín* y el *Chamaco* y luego terminar sin empleo, como Gutiérrez. Adiós mi vida. Claro que no todo mundo se hunde el «Adiós mi vida». Mi padre ayudó a construir el ferrocarril y luego le dieron igual su patada en el trasero. Pero todavía con las manos encallecidas y rengo y acabado ponía cara de orgullo cuando escuchaba pasar la máquina de hierro por Buenavista.

18

Seamos sinceros, Maya tenía razón, la Tierra es el Infierno, más bien el Distrito Federal, al menos por esa noche. Una granizada de Dios padre cayó en toda la ciudad, tremendas pelotas golpeaban las ventanas de la jefatura. No faltaron vidrios rotos, inundación en los sótanos, apagones intermitentes. El diario de Teresa volvió a la aridez; es curioso cómo a veces lo único que nos importa de los demás es cuando sufren. Ya no encontré líneas así, ninguna frase de morir de amor, no más amenazas a Pedro Infante.

No podía seguir en la jefatura, imaginando las torturas a las que Cantarel sometía a Fidencio. Dejé de leer y tomé mi sombrero. Una secretaria me dijo que estaba loco si pretendía irme con la lluvia; se apiadó y me prestó su paraguas, el cual se hizo pedazos en lo que llegué a la esquina de López; el viento terminó por arrebatármelo y llevárselo como un paisano en fuga a su novia de pueblo. Fui a refugiarme bajo la marquesina del Palacio Chino; casi no había nadie en la entrada, supuse que estaban todos en la función, bien protegidos de la granizada que se convirtió en tremebundo aguacero. Daban *Ensayo de un crimen*, eso decía la marquesina; recordé que Teresa Garabito la mencionaba en su diario. Pensé en Miroslava, en su triste suicidio con barbitúricos, un mes atrás. Yo también la habría besado de ser maquillista, y de no serlo también. Hubiera sido un triángulo amoroso difícil entre ella y Lilia Prado, dos bellezas muy diferentes. Podía entrar a mitad de la función, pero no sabía estar en el cine sin Maya. Hay lugares donde estar sin la persona exacta se vuelve sacrilegio.

Me acerqué al puesto de dulces, compré una cajetilla de Goal, unos fósforos, un paquete de Lagrimitas y una tira de cacahuates garapiñados. Encendí el cigarro e intercalé las fumadas con los cacahuates. Tuve cierta película frente a mí; la gente pasaba de prisa, con sus paraguas, agachando la cabeza como si eso pudiera ayudar; algunos hombres aplastaban el sombrero en su cabeza para que el viento no se lo llevara, otros sujetaban las manos de sus damas para ayudarlas a evitar los charcos. Por supuesto no faltaba el que se quitaba la gabardina para protegerla. Charcos por todas partes, pequeños, medianos, enormes, con sus burbujas navegando hacia las alcantarillas. Redondas burbujas llena de aire, de vacío, cristalinas y a punto de romperse, navegando en lluvia, en agua sucia. Todo tan bello y triste. «No vengas ahora, vacío», le dije a ese ente desconocido que habitaba en mí. «Al menos déjame comer mis Lagrimitas.» Abrí el paquete. Eso eran, lagrimitas cuya suave coraza de cristal de azúcar se rompía en la boca.

—¡Patrón, lo llevo! —El ruletero frenó a la entrada del Palacio Chino, alzando la banderilla, ya muy dispuesto a ponerla en ceros y empezar a cobrar.

Se lo agradecí con un ademán de sombrero y me negué. Se puso en marcha haciendo que los neumáticos abrieran un abanico de agua que mojó a más de tres. «¿Cuánto durará la tormenta?», me pregunté, la de afuera y la de adentro. La que limpia las calles por unas horas; la mía, sobre todo la mía, que llega aunque salga el sol. Lo cierto es que la lluvia arreciaba, y bajo ella, atroz, pasaba el tamalero con su bote humeante, y lo mismo el afilador de cuchillos y la golfa de la esquina y el cilindrero, todos pasaban lo mismo por ahí; en algún local se dejaba oír la voz de Pedro Infante con su *Carta a Eufemia*, y entonces, medio oyéndolo, entendí que, asesino o no, se volvía indispensable con esa voz sedosa y graciosa y a la vez simpática para seguir viviendo en ese infierno llamado Distrito Federal.

La tormenta duró media hora más, y en su lugar comenzó una ligera llovizna. Un extraño vapor comenzó a emerger de las banquetas negras. No tan extraño, porque tenía que ver con que, antes de llover, esas banquetas habían estado calientes; densas nubes blanquecinas emergían del suelo. De pronto no vi más que neblina, figuras surgiendo bajo la sucia luz del alumbrado, como esos espíritus que, según Maya, deambulaban en el limbo, figuras que, cuando se acercaban, cobraban forma humana; mujeres, hombres abrigados, enguantados, sombreros y gabardinas largas, pero también indigentes cuyo único abrigo era abrazarse a sí mismos. «Maldito Lara, tenías que joder con tu decrépita voz», pensé al pasar junto al café La Esperanza, de donde salía una de sus canciones. «Ahora no, ahora no, por favor; estoy harto de tus reclamos, de tus mujeres traidoras, de que no seas feliz, de que cuando lo eres también parece que no.» De pronto escuché un choque estrujante, el ruido a fierros en medio de la neblina y de la lluvia.

—¿Qué pasó? —interrogué a un muchacho que venía.

—Dos coches, mi jefe, se dieron de trompa.

Llegué al cruce de Independencia y Artículo 123, donde encontré dos autos besándose las trompas hechas acordeones, y el humo de los motores saliendo de los cofres. Ya estaban ahí los curiosos con esas miradas tan parecidas a las de los heroinómanos a punto de meterse la droga, miradas brillantes, casi lujuriosas. Me acerqué a la ventanilla de uno de los coches. En el asiento trasero había tres chiquillos peinaditos, de pantaloncitos cortos y chalecos de rombos, con la cabeza de lado, una tocando el hombro del otro. El que estaba cerca de la ventanilla no me miraba, pero parecía que sí.

—¿Qué hace? ¿Está loco? —me reprochó alguien cuando comencé a tirar de la manija de la puerta.

—Es que se movió —seguí tirando.

—Están muertos, ¡deje ya! —comenzaron las voces.

Pero yo seguí tirando de la manija, tanto que los padres, que venían en el asiento delantero se bambolearon muertos, lo cual, a juzgar por las voces, pareció indignante, horrendo de mi parte. La cosa se iba a poner violenta, porque comencé a dar codazos y a sentir otros, hasta que el hilillo de sangre saliendo de la boca del niño decidió la realidad.

«Pinche loco», escuché a mis espaldas, mientras la neblina se iba al cielo.

—¿Y mi paraguas? —me preguntó la secretaria cuando regresé a la jefatura.

—Me lo arrebató la lluvia, pero te lo repongo mañana.

—¿No te ibas ya a tu casa?

—Iba, pero con la lluvia se desquició la ciudad.

Fui a asomarme a la sala de interrogatorios; ya no había nadie, pero los cables seguían conectados a la caja de luz, sueltos, junto al balde de agua.

Fui a la oficina del inspector. Ahí estaban Cantarel, Pelayo y Quintana, con cara de consternación. Miré un papel en el escritorio. La mirada del inspector me pidió leerla. Era la confesión de Fidencio, aseguraba haber matado a Maite Lorca, a Teresa Garabito y a Lolita Castaño; motivos: ninguna hizo caso a sus pretensiones amorosas. Siendo utilero, siempre tuvo acceso a las filmaciones. En cuanto a lo del avión de Pedro Infante, lo estropeó porque el actor se había llevado a la cama a esas mujeres inalcanzables para él.

Di la media vuelta, y esta vez me fui directo a casa, ya no llovía más.

19

El encarcelamiento de Fidencio trajo un buen respiro a la producción y al elenco de la película. Quintana rompió nuestras renuncias; tampoco es que hubiera aplausos, la única recompensa fue seguir cobrando la quincena. Pedro Infante nos envió algunos extraños regalos. Una silla de montar para el inspector, un traje de buzo para mí y unos guantes de box para Cantarel. «A caballo regalado, no se le miran los dientes», dijo este, y enseguida se puso los guantes, comenzando a chancear con todos en la jefatura.

Compré pintura y comencé por el salón mientras Maya atendía a sus clientes, entre ellos a Nibaldo, el prestamista, y a Virtudes, la mujer que el marido golpeaba. La pobre llegó con muletas; el esposo la había tirado por las escaleras y, no conforme, bajó a patearla. Nibaldo ya no venía con chocolates de Sanborns; cada vez estaba más exigente con los resultados. «Este es de los que están por aburrirse de los buenos espíritus», pensaba yo, brocha en mano, aunque quizá no lo haga sin decirle a Maya sus verdades. Aparte de pintar el apartamento, acudí a mi sesión con el loquero.

—¿Alguna vez se ha peleado a puño limpio, doctor?

—De niño, en la escuela…

—¡Qué bien! Digo, no que peleara, sino que me conteste, ahora sí me sorprendió, doc. Recuerdo la vez que crucé puños con alguien. Daniel se llamaba, fue en la primaria; la realidad es que no queríamos pelear, pero era obligado. No había forma de eludirlo. Sufrí horas en clase, pensando que llegaría la famosa hora de la salida. «Nos vemos a la salida», te decían cerrando el puño. No sé por qué hablo de mí si le estaba contando la pelea de Cantarel con un tipo de seguridad privada. Creo haberle dicho que Cantarel estuvo conmigo cuando íbamos a matarnos en el avión de Pedro Infante, ¿cierto?

—Sí, me lo contó.

—Le diagnosticaron un trauma; toma pastillas, no tolera la velocidad ni la altura.

—Es comprensible.

—¿De verdad? Ya veo. No quisiera estar en sus zapatos, la pasa mal, se pone como loco, mejor dicho, como niño; parece tan frágil cuando le dan esas crisis… Daniel era un niño aplicado, no muy inteligente, pero nunca faltaba con sus tareas… Qué difícil fue cuando nos dirigimos al parque a darnos de puñetazos, seguidos por diez o doce chamacos esperando ver sangre… ¿Le digo la verdad?

—¿Qué verdad?

—Me acobardé en el último momento. «No voy a hacerlo», dije, «no quiero pelear». Tuve miedo, doctor. De maricón no me bajaron. Muchos días fui el marica de la clase. El joto Leonardo Fontana. Daniel parecía aliviado; me veía como si le hubiera quitado de encima la carga de maricón y se burlaba de mí tanto como los demás. Nunca he besado a un hombre, doctor, ni pensado en él en términos sexuales; no sé si eso baste para no ser maricón, o ya cuenta el hecho de no querer agarrarse a puñetazos. No sé cómo, pero todo eso llegó a oídos de un maestro; un día me dijo a solas, con una voz muy paternal,

«Leo, necesitas partirle la madre a los hombres o nunca serás uno de ellos...»

Ras, ras, la pluma en el papel.

—Cantarel le dio una buena paliza, lo machacó; entonces se le montó encima y le atizó hasta que le vio la cara bañada en sangre... Una tarde en el recreo, doctor, no lo soporté más, le pegué un empujón a Daniel. Esta vez fue él quien no quiso pelear, pero me importó un bledo; le pegué una buena en los testículos. Rompió a llorar. ¿Sabe algo? Un hombre y un niño llorando se parecen mucho...

—¿Cómo se siente al contarme esto? —interrogó Pardillos, luego de que mi silencio duró varios segundos.

—¿Sentir?

—Sí, sentir.

Me tomé otros cuantos segundos para contestar.

—No sé lo que siento, pero sí lo que pienso.

—¿Y qué piensa?

—Que no sé qué lugar es mejor, si el de Daniel o el mío, si el de Cantarel o el del tipo de seguridad. No hay forma de ganar, doctor; ganar es algo que nunca sucede. Siempre acabas golpeado de alguna manera... Dígame algo en lo que se pueda ganar...

—¿La lotería?

Me eché a reír.

—Sí, doctor, hasta que el dinero nos estropea la vida...

—Visto así...

—¿Puedo cambiar de tema?

—Es su sesión.

—Ya atrapamos al que mató a las mujeres en el caso del Foro 8.

—Felicidades.

—No me felicite, no atrapamos al de verdad...

—¿Cómo así?

—Siempre sucede, uno inventa una forma de triunfo. Es momentáneo, claro, porque la derrota siempre está a la vuelta de la equina.

—Pensé que la policía siempre daba con el asesino. Entonces, Leonardo, ¿usted es de los que creen que sí existe el crimen perfecto, la posibilidad de no ser atrapado?

—Claro que sí, doctor, claro que existe el crimen perfecto. Aunque más bien lo perfecto no es tanto el crimen como la imposibilidad de dar con el asesino. Hay miles de razones para no atraparlo, por ejemplo que se largue lejos, que se muera, que la propia justicia no esté interesada en encontrarlo, en fin, todo eso…

Esta vez Pardillos fue quien se quedó callado, la mayor parte del tiempo lo estaba, pero de alguna forma pude percibir que su mente cavilaba en mis palabras…

—Entiendo —susurró.

—Pedro Infante me regaló un traje de buzo —espeté.

—¿Cómo?

—Usted me ha dicho que las cosas que hacemos a veces simbolizan algo más profundo, así que se me ocurrió que Infante me dio ese regalo como si en realidad quisiera darme un mensaje, ¿no le parece?

—Habría que preguntárselo a él.

—Al inspector le regaló una silla de montar, a Cantarel unos guantes de box. Pedro Infante no sabía nada de la pelea que le acabo de contar, y al inspector me parece que le dio la silla de montar porque es el jefe, el que monta el caballo o algo así, pero lo del traje de buzo, no logro descifrarlo. ¿Usted qué piensa?

—Que ese Infante es un hombre generoso.

—Me desconcierta que usted no le vea tres pies al gato.

—¿Por qué?

—Porque trabaja con la mente, anota cosas en esa libreta todo el tiempo;, estoy seguro de que tiene ahí un montón de terminajos de mi conducta, que soy un estuche de monerías.

—¿Le preocupa eso?

—Claro que sí, no quiero estar demasiado loco.

—¿Y qué si lo está?

—Doctor, por favor, no me venga con esas. Estoy aquí para curarme, no para aceptar mi enfermedad. Pero dígame, en serio, ¿no le parece que detrás de los regalos de Pedro Infante hay algo más?

—Leonardo, en realidad la vida es simple. La gente hacemos cosas, nos suceden cosas, de eso se trata la vida. Lo mejor es no obcecarse en impedir que sucedan ni cuestionarse por qué suceden. ¿Y sabe por qué?

Moví la cabeza negando.

—Porque de eso no se trata la vida.

No comprendí el acertijo. Terminó la sesión, me acompañó a la puerta y, antes de abrirla, me dijo:

—¿De casualidad ha seguido escuchando el ruido en el ascensor?

Asentí.

—¿En el mismo piso?

—No, ahora que lo dice, se escucha uno más abajo.

—Qué tenga un buen día…

20

Me sentí aliviado cuando el inspector me asignó un nuevo caso, el de un fumadero de opio donde habían asesinado a algunas prostitutas; era triste, pero al menos no habría falso oropel, reticencias de cineasta ni caprichos de divas. Y lo mejor es que no tendría que trabajar más con Benito Cantarel; le habían asignado el caso de un tipo que andaba vendiendo monumentos históricos a turistas incautos. Ya dos americanos se disputaban la «legítima» propiedad del Castillo de Chapultepec.

—Toma asiento, Fontana —me dijo el inspector, por fin amable. Echó mano de unas fotos y me las mostró. Eran las prostitutas muertas. Les eché un vistazo. Figurantes, prostitutas, amas de casa, estén donde estén, hagan lo que hagan, casi siempre las alcanza la mano del hombre. Aquellos tajos en sus cuerpos por aquí y por allá, la violación, la saña, requerían la violencia propia de mi género.

—Hay una muchacha, Mei, tiene 17, sobrevivió a la agresión, un milagro o una broma cruel, porque quedó desfigurada. Perdió tres dedos al esquivar el cuchillo; le es difícil describir al atacante; a veces lo pinta de una forma, a veces de otra. Rompe a llorar con solo hacer memoria. Luego de violarla en el fumadero, el tipo la esperó a que saliera de noche, la raptó y la

131

tuvo en un cuartucho encadenada; abusaba de ella cinco o seis veces al día; le quitó la cadena porque la vio débil; apenas le daba de comer un mazacote viscoso que ella no logra definir; le pareció el momento de usar el cuchillo. Mei sacó fuerzas de flaqueza y se defendió hasta donde pudo; el tipo la creyó muerta y la fue a arrojar al tiradero de basura de Nonoalco... Ella es nuestro único punto de partida. No tenemos más...

—¿Sigue en el fumadero?

—No, una chica desfigurada no da buen aspecto al negocio.

—¿Dónde la encuentro, entonces?

—En el manicomio de La Castañeda.

Timbró el teléfono. Quintana respondió, mientras yo devolvía las fotos a su sitio y hacía planes mentales; el primero, ir al manicomio.

—Olvídate del caso, Fontana. —El inspector colgó el teléfono.

—¿Qué sucede?

—Foro 8.

El asesino había vuelto a sus orígenes; su nueva víctima colgaba de un largo cable de luz en lo alto del foro, a unos quince metros; nuevamente una mujer, en sus veinte. Como las veces anteriores, no había una sola alma cerca, solo Crisantes, para evitar, en la medida de lo posible, que se «importunara» a los actores. Crisantes se rascó la sien y procedió a explicar, echando miraditas furtivas a la muchacha, como si pudiera caer y darnos un susto.

—La escena trata de Betina; viene a quejarse porque su coche quedó mal. Guti le da una explicación muy a lo Cantinflas. No más.

—¿Guti es Pedro Infante?

—Sí, agente, Guti es Pedro Infante.

—¿Estaba él en escena?

—No. Betina lo buscaba por todo el taller; luego, Pedro debía entrar por aquel extremo. Ella le decía, «Óigame, qué porquería de trabajo le hicieron a mi coche», y él respondía: «También buenas tardes para usted, señorita...»

—¿Cuánto tiempo faltaba para que Pedro entrara a escena?

—Treinta, cuarenta segundos.

—¿Y por qué no entró?

—¿No le queda claro? —Crisantes miró el cuerpo colgado de la joven.

—¿Algo más?

—Esta vez yo estaba junto al camarógrafo; vimos que alguien escapaba por aquel travesaño. Posiblemente hombre, no estoy seguro, pasó muy rápido. Chocó con aquella viga, casi se cae, se pescó de la viga, trepo de nuevo y se largó.

—Mucha agilidad...

—Definitivamente...

—Necesito hablar con Pedro Infante.

—Créame que no es cosa mía impedírselo...

—Ayúdeme a ahorrar pasos, Crisantes, ¿qué tipo de relación llevaban Infante y Betina?

—¿Relación?

—Sí, relación, y no me salga con lo de solo «hola y adiós», esa película ya está muy vista. Aquí todo mundo tiene una actitud hipócrita, les importan una mierda las muertas, lo que de verdad les preocupa es su propio pellejo y, sobre todo, su fama...

—No me hable así, agente, yo no soy de esa manera.

—Por eso es que puedo ir al grano con usted.

—Está bien —rebufó Crisantes—. Ya sabe, dicen que a Pedro no se le va una viva... Perdón, perdón por la expresión, no quise decir una con vida, quise decir que...

—Entendí la expresión, no se afane…

—A veces él y Betina pasaban más tiempo de la cuenta metidos en el camerino…

Intenté colarme en los camerinos, pero esta vez los guardias de seguridad estuvieron más alertas y no tuve más remedio que salir de ahí; luego, en un andador, pensé que si me internaba en el bosque podía volver a espaldas del foro y encontrar alguna puerta. A unos metros, descubrí una tumba todavía con la tierra suelta y una cruz de palos; el epitafio decía: «Fideo, el mejor amigo del hombre».

Fui a tocar la puerta de la cabaña; un tristón Keaton quitó el cerrojo y abrió.

—Agente Fontana…

—Encontré una tumba allá atrás…

Asintió, bajando la comisura de los labios.

—¿Gusta un café? Acabo de hacerlo…

Poco después nos sentamos en la mesa; de nuevo me sentí cómodo junto a la ventana, respirando el olor fresco y vigoroso de la resina de los árboles. Keaton me contó que Fideo había enloquecido, ya no solo mordía a los desconocidos; terminó por atacarlo a él varias veces; me mostró cicatrices en las piernas, la última herida fue en su mano, que estaba vendada.

—Lo tuve que sacrificar —dijo desconsolado.

Le di el pésame y procedí a sacarle jugo a la visita.

—Se habrá enterado de ciertas cosas que han sucedido en el Foro 8…

—No sé si deba hablar de eso, agente.

—Entiendo, la dichosa discrecionalidad.

—Sí, son quisquillosos con eso. —Despejó la mesa y sirvió las tazas de café.

—Tiene muy ordenado aquí, Keaton.

—Procuro hacerlo; no tengo mujer que me haga las cosas. ¿Azúcar?

Asentí, y me dio el azucarero.

—Yo no puedo, tengo diabetes, procuro medirme. ¿Sabe algo?, usted me inspira confianza, agente Fontana.

—Es recíproca.

—No diga que le dije esto, pero no puede ser que no tomen mejores medidas. ¡Imbéciles, más que imbéciles! ¿Y qué esperan para hacer algo? Han traído a esos guardias de seguridad privada, pero lo único que hacen es vigilar a todo mundo; ¡el otro día encontré a uno cagándose en mi bosque! Perdón, pero lo considero mi bosque.

—Supongo que tendrá alguna teoría de los asesinatos...

—Mire, agente, me dejan vivir aquí, a veces me dan llamado, así que no quisiera arriesgar lo que tengo. No soy el adecuado para responder sus preguntas.

—¿A qué se refiere con que «le dan llamado»?

—Así se dice cuando le hablan a uno para participar en una película: «dar llamado». Nada importante en mi caso, pequeñas escenas, y eso gracias a Pedro.

—¿Qué Pedro?

—Infante; en cuanto sabe de algo les dice: «Llamen a Keaton». Ya los tiene hartos. —Esbozó su sonrisa de dientes torcidos y amarillentos—. Pedro es mi amigo, y creo que él me considera el suyo. Es un tipazo, no conozco a nadie que hable mal de él.

—¿Habría razón para hacerlo?

—Para nada, pero en este medio son como pirañas, solo se juntan cuando les cae una vaca en el río. Ahí tiene a Cantinflas y a Jorge Negrete...

—¿Qué con ellos?

—Se detestaban. Eso sí, Cantinflas fue al velorio de Negrete. Y qué decir de Sara García y Prudencia Grifell, un día se van a sacar los ojos esas dos. Pero con Pedro la cosa cambia, todos lo quieren. En especial las mujeres. —Keaton volvió a dibujar una sonrisa

—Me enteré de que tuvo romance con las chicas asesinadas…

Keaton se guardó la sonrisa.

—Espero que no esté insinuando cosas que no son, agente Fontana. Francamente, me molestaría mucho…

—¿Insinuar? —me hice el loco—. No, no insinúo nada.

—Pedro sería incapaz de hacer algo indebido; al contrario, siempre tiende su mano amiga a quien sea, ya ve mi caso. No solo es que me llamen a participar en algunas películas, también los convenció de que me dejaran vivir aquí. ¿Usted cree que de verdad se necesita un vigilante? Aquí nunca pasa nada, bueno, hasta ahora… Mire, agente, ya que estamos en estas le voy a enseñar algo, si me lo permite…

Abrió la puerta de un buró y sacó un proyector y unas latas redondas; despejó la mesa, puso el proyector encima, destapó una de las latas, tomó una cinta y la colocó entre los engranes. Cerró la cortina y, una vez que el lugar estuvo a oscuras, echó a andar el proyector, que iluminó una de las paredes de tablas. Comenzó a correr una película de cine mudo; ahí estaba Buster Keaton, el verdadero Buster Keaton, quitándole un neumático a un coche. Un niño de pantaloncillos cortos, que chupa una paleta y sostiene un globo, lo observa. Keaton ha liberado la llanta y sostiene el eje, pero necesita algo para que este no caiga y el coche no se venza por un lado; mira el globo del niño, se lo quita, lo amarra al eje y hace que el coche no se ladee.

Me sacó una sonrisa la improbable situación.

Keaton se dispone a arreglar la llanta; el niño se aparta unos metros, saca una resortera, le apunta al globo, dispara y lo revienta. El coche cae de lado, golpeando un tubo en el suelo, que se levanta vertical, pegándole a Keaton en la cara y haciéndolo caer hacia atrás.

El falso Keaton y yo nos partimos de risa.

El niño sale corriendo.

—Fueron mis veintiséis segundos de fama, eso dura la escena… Sí, agente, ese niño era yo. Mire nada más quién apadrino mi carrera de actor, ¿cómo no iba a ponerme su apellido en su honor? Pensé que, ya en México, no tendría nada de malo ser un segundo Buster Keaton…

No acababa de salir de mi asombro.

—Ahora vea esto, agente…

Keaton quitó la película, la guardó cuidadosamente en la lata y colocó otra en el proyector. «Casting *Canasta de cuentos*», decía la claqueta; en seguida aparece María Félix. Al fondo se acerca un tipo con sombrero de charro, y todo lo que hace es mirarla con gravedad. Ese hombre, para mi nuevo asombro, era el falso Keaton. La cinta se va a oscuro.

—Iba a ser mi gran oportunidad, agente. ¿Quién me la consiguió? Pedrito.

Comencé a pensar que por las noches le ponía una veladora a Infante y le pedía a la virgen de Guadalupe que lo cuidara de todo mal.

—¿Y qué pasó con esa gran oportunidad?

—Le dieron el papel a Pedro Armendáriz; comienzan a filmar en diciembre.

—Vaya.

—Qué se le va a hacer, agente Fontana, este es un medio muy descarnado; pero no me puedo quejar; míreme, vivo como rey en mi cabaña y salgo en películas. Otros, a los que la industria les ha roto los sueños, se han pegado un tiro o andan de vagabundos por el centro de la ciudad. En fin, todo esto para decirle que Pedro es un hombre generoso y que todo mundo lo quiere. Es de locos pensar que haya podido lastimar a esas mujeres. Y también es de locos pensar que alguien pudiera querer lastimarlo a él…

A partir de ese día, interrogar a los actores se tornó aún más difícil; había que hacer trámites engorrosos, firmar papeles, acudir donde ellos dijeran, siempre con un abogado presente; solo podías hacer preguntas concretas y por no más de diez minutos.

Retomé el diario de Teresa Garabito, en tanto indagaba lo más posible acerca de Betina Velázquez, la que apareció colgada del cuello en plena escena; de ella no habíamos averiguado mucho. Esta, al igual que las demás chicas, había tenido algo con Pedro Infante, cosa que me confirmó el guardia de los Estudios: una vez los vio irse juntos en el coche de Pedro.

Corolario: al pobre Fidencio se le sacó de prisión y se le dijo el clásico «Usted disculpe». De cualquier formas, por una suerte de carambola, me libré de Cantarel cuando el inspector lo asignó al caso de las prostitutas del fumadero de opio.

21

El forense dictaminó que, cuando el asesino subió a Betina al andamio para arrojarla colgada del cable, ya estaba muerta, de otra forma ella habría tratado de defenderse, y esto no habría pasado inadvertido. La causa de la muerte había sido, como en el caso de Teresa Garabito, un objeto introducido en el oído. Por el tipo de corte y hundimiento, posiblemente un desarmador. La pregunta de por qué razón el asesino la arrojó en plena escena me la respondió el doctor Quiroz Cuarón: «Quiso causar conmoción, hacerles ver que él decidía sus destinos». Pero esto seguía siendo poco para deshilvanar el caso. Por el momento, solo me quedaba poner empeño en el diario de Teresa. De pronto, creí encontrar algo especial. Teresa conocía a Maite, Lola y Betina; habían hecho una reunión y habían acordado darle a Infante una probada de su propio chocolate. Iban a caerle todas juntas para amenazarlo con ir a un periódico y dar una exclusiva de cómo el muy simpático las seducía y luego no volvía a buscarlas. Aparte de Maite, Teresa, Lola y Betina, otras dos chicas asistieron a esa reunión, sus nombres: Corina Beltrán y Edén Salamanca. Curiosamente aquello me recordó, en cierto modo, la película de Infante, *A toda máquina*, en la que éste le tiende una trampa a su coprotagonista, Luis Aguilar, haciendo que le caigan todas sus exnovias y le despeluquen a la que él está pretendiendo.

El inspector buscaría la forma de ponerme en contacto con Corina y Edén, sin que mediara la gente de la película; no quería obstáculos ni tampoco prevenir al asesino. Me pidió terminar de leer el diario y me dijo que pronto me pondría un nuevo compañero; no objeté, solíamos trabajar en pares.

—¿Cómo le va a Cantarel con el caso de las prostitutas?

—Desgarrador —dijo Quintana—, ha estado visitando a Mei en el manicomio. Ya se lo tomó personal; dice que si bien la muchacha quedó con cara de monstruo… ya ves cómo habla él… y está un poco cucú, es muy dulce y muy buena persona. Le prometió dar con el que la dejó así.

—¿Alguna pista?

—Está sobre un carnicero que suele ir a los fumaderos y lo tienen por violento.

—Me lo saluda —dije, poniéndome de pie.

—¿A Cantarel o al carnicero? —interrogó el inspector.

Le sonreí y me guardé de decirle que no se le daban las bromas. Fui al apartamento y terminé de pintar la última pared; el tenue color pistacho daba un aire de pulcritud. Pensaba en esas dos muchachas, Corina y Edén; se hacía urgente cuidarlas, bien podían ser las siguientes víctimas. Maya me interrumpió, pidiéndome, encarecidamente, que fuera a presionar ya a los Bracamonte para que le pagaran su dinero a Nibaldo. Este no dejaba de decirle que ella había quedado de que la magia surtiría efecto en dos semanas, y ya iba para el mes. «¿Y qué esperabas?», le reproché; «es prestamista, a esos no te los quitas de encima cuando se trata de cobrar su dinero». Colgué el overol, me puse el traje y fui al Sotavento.

Llegué a la barra, pedí un whisky, un plato de botana y me puse a mirar un rato el movimiento; ahí mismo seguí revisando el diario de Teresa. Un nuevo hallazgo:

13 de septiembre de 1954

Sara García nos sorprendió burlándonos de ella. Nos destornillábamos de risa porque supimos que se hizo sacar catorce dientes para verse más anciana, y así, cada vez que necesiten una abuela para una película, la llamarán a ella. «Se necesita ser muy muerta de hambre», dijo Maite. «Lo chimuela no la va a hacer buena actriz», opinó Lolita. «¿A qué hombre le va a gustar ahora?», preguntó Betina. «¿Hombre?», siguió Maite, «dirás mujer…» Y entonces ahí estaba ella, Sara García, con la cara muy seria, mirándonos desde la puerta. Las muchachas no se habían dado cuenta, solo yo; empecé a hacerles señas, pero no me hacían caso, siguieron diciendo cosas cada vez peores; las que más se pasaron fueron Corina y Edén; dijeron que Sara traía la mala suerte porque siempre andaba de luto; había quedado huérfana de muy niña, luego se le murió el marido y hasta una hija. Esa fue la gota que derramó el vaso. Sara se acercó, nos miró y nos dijo: «Se van a arrepentir de esto, una por una, se van a arrepentir…» Dio la media vuelta y se fue. Nos quedamos frías.

Pensé en ir de nuevo donde Quintana y contarle mis hallazgos, urgirlo a dar con Corina y Edén; pero miré a los Bracamonte por el espejo detrás de la barra. Se desplazaron hasta un pasillo. Me levanté y me dirigí hacia el cuarto en el que se habían metido; toqué la puerta. No esperé un «quién» o un «pase». Uno de los hermanos estaba detrás del escritorio, el otro de pie junto a la ventila, fumando algún tipo de tabaco que olía a mierda rancia.

—Supongo que me recuerdan…

—Claro, Fontana —dijo el que estaba fumando—. ¿Qué lo trae por aquí?, la última vez se quejó de nuestra botana…

—Los cacahuates sabían cómo huele tu cigarro, a mierda.

—¿Por qué la agresión? ¿Y por eso hizo que nos cerraran un mes los de Salubridad?

—Eso y que aquí se movía la marihuana como si fuera verdura en el mercado.

—Cosa de los clientes, no de nosotros. Si otra vez viene por eso, salga y revise; todo están en orden, nadie se pone idiota con marihuana, solo con trago, como la ley manda…

—Hay un tipo al que le deben dinero…

—¿Cuál de todos? —ironizó sin empacho el que estaba al escritorio.

—Nibaldo no sé qué.

—¿Y? —preguntó el fumador.

—Voy a necesitar que le paguen ya.

—¿Va a necesitar…? ¿Y por qué va a necesitar, Fontana?

—Motivos personales.

Aquel tiró la colilla y se acercó poniendo una mano en el escritorio y mirándome muy de cerca.

—¿Será que usted y él son… amiguitos cariñosos?

Miré un cenicero de piedra, lo tomé y le aplasté la mano; el tipo pegó un grito; el otro se apresuró a abrir el cajón; me abrí el saco dejando ver la pistola y moví la cabeza. Volvió a cerrar el cajón, despacio.

—Le voy a decir que venga mañana a cobrar su dinero; ustedes le pagan y yo no incomodo a los clientes. Por favor, no le digan que le eché la mano, lo hago por ganarme el Cielo cuando me muera.

—Que sea pronto, hijo de puta —se quejó el de la mano triturada, bañado en sudor.

Fui a la barra, terminé mi whisky, leí otro poco el diario y me marché.

142

22

Esta vez el inspector aceptó que había una verdadera pista, no la de que las chicas quisieran armarle la gran bronca pública a Pedro Infante, sino el rencor de Sara García y su amenaza. Las muy cabronas se habían pasado de la raya al meterse no solo con el ego de la actriz, sino con su familia. Aun así era difícil imaginar a Sara García lanzando un cadáver desde lo alto, corriendo por un andamio, clavando desarmadores en los oídos. El inspector hizo llamar a Quiroz Cuarón para que diera su parecer.

—Se trata de una mujer hecha al sufrimiento, con una voluntad inquebrantable, capaz de lo que sea por llegar a la cima. No cualquiera se hace sacar los dientes con tal de parecer mayor y que le den papeles de abuela, menos una mujer, a quien suele importarle más su apariencia física. Los dientes representan nuestra seguridad más profunda, son parte de la máscara con la que nos presentamos en sociedad. Seguro ustedes mismos han soñado alguna vez que se miran al espejo y se les cae un diente, y les invade una sensación de angustia, miedo, desconcierto, inseguridad, desazón… Esa mujer ha vencido todos sus demonios. Su ego no está en la belleza, como pasaría con otras actrices; está en su voluntad, su orgullo, su honra. Ahora bien, siempre hay un motor para llegar a la cima; es posible que ese motor no estuviera solo en ella sino en su núcleo cercano, su familia, el respeto a sus antepasados. Alguien así de fuerte, así de tenaz, tampoco es de los que perdona las fallas y debilidades ajenas. Y también es posible que su lucha por mantenerse en la cima se acompañe de momentos de depresión, o que un pequeño golpe fracture la torre de cristal sobre la que se alzó, y entonces todo caiga a pedazos. Cuidado con quien esté cerca. Esas muchachas cometieron el peor error de su vida.

Nos dejó mudos.

—En cuanto a la fuerza para correr por un andamio, alzar un cuerpo o clavar desarmadores, no se engañen, el vigor puede esconderse en el cuerpo de un alfeñique. Los locos furiosos, por ejemplo, desarrollan una fuerza tenaz sin importar su constitución física. Pero si les salta demasiado que la mujer hiciera todo eso, bien puede tener un cómplice...

—Tómala, papá —espetó en la puerta, Cantarel. Había estado escuchando—. ¿Qué hay, doc, inspector Fontana? Solo pasé a saludar...

—¿Cómo vas con el caso? —le preguntó Quintana.

—Tengo cita en el manicomio —sonrió y aclaró—. No para que me pongan a mí la camisa de pulpo, sino para ver a la señorita Mei.

—¿No estás frecuentando demasiado a la testigo?

—Inspector, el médico de la casa del payaso dice que mi presencia le está haciendo bien a la muchacha, y se le nota, porque ya habla, ya come. El otro día me contó de corridito lo que le hizo el fulano, sin llorar ni ponerse toda tiesecita. El médico cree que pronto podrá describir su aspecto físico. Pero no se crea que nomás estoy en eso; ando interrogando a los que estuvieron en el fumadero...

—Bueno, lárgate, ahora estamos en otra cosa.

144

—Sí, inspector, qué amable. Suerte a todos… Pepe el Toro no es inocente, con permisito…

Quiroz sugirió que vigiláramos el comportamiento de la señora García, pronto daría muestras de lo que él llamó «quiebres psicóticos». Claro que no sería fácil vigilarla, la producción la mantenía fuera de nuestro alcance.

El teléfono timbró, Quintana respondió y enseguida acusó sorpresa.

—Fontana, tienes trabajo…

Detuve el coche afuera de aquella casa en la Del Valle; estaba rodeada de patrullas y de unos pocos curiosos a los que los gendarmes echaban diciéndoles que no había nada que ver. Obedecían enseguida, pues, en efecto, no había nada escandaloso, lo único peculiar era tantas patrullas reunidas ahí.

—Agente Fontana —le dije al gendarme a cargo, mostrándole mi credencial.

—Qué bien que llega, el tipo solo quiere hablar con usted. ¿Quiere que lo acompañe algún elemento?

Le dije que no y me pidió que me parara junto a la ventana con el sujeto, para que le pudieran volar la tapa de los sesos. Preferí no arriesgarme a que tuvieran mala puntería.

La puerta estaba abierta, la empujé un poco.

—¡Con las manos arriba! —gritó una voz al interior.

—Soy yo, Fontana…

—Acabe de entrar, agente, y perdone el tiradero, rompí unas cosas.

Era cierto, no pocas; sillas, la mesa, la vajilla entera. Las cosas no pintaban bien, Keaton tenía a aquel hombre amarrado de manos y pies, amordazado y tirado en el suelo. A un lado, sobre la mesa, había una calibre .38.

—¿Qué pasa, Keaton? Ese hombre se ve mal.

—Es Ángel Infante, el hermano de Pedro. Le pegue una buena madriza.

—¿Por qué no le quita la mordaza de la boca para que él mismo me lo diga?

—Lo que tenía que decir ya me lo dijo a mí...

—¿Y qué fue eso?

—Que él descompuso el avión de Pedro.

Me sorprendí de que estuviera enterado de eso, solo me quedó pensar que la gente del espectáculo se va de la lengua.

—Le di vueltas a la cabeza, ¿quién podía haber hecho algo así? ¡Este! —le metió un puntapié a Ángel Infante.

—Tranquilo, Keaton...

—Lo voy a estar cuando le haga sentir lo que hubiera sentido Pedrito si se mata en su avión.

—Usted no es un hombre violento; deje que yo me encargue. Además, qué motivos tendría Ángel para querer dañar a su propio hermano...

Ángel comenzó a hacer ruidos bajo la mordaza, supuse que decía: «ninguno, ningún motivo».

—Motivos le sobran; se llamará Ángel, pero no tiene ni tantito de ángel, como su hermano, ni la fama, ni el dinero, ni la suerte con las mujeres. ¡Lo quiso matar por envidia! ¡Porque nunca será como él! ¡Es un don nadie, un perdedor! —Otro puntapié.

—Basta ya, Keaton. Si es como dice, le toca a la ley hacerse cargo...

—¡Claro que es como digo! ¡Lo obligué a confesar!

Supuse que al mismo estilo que Cantarel a Fidencio.

—Keaton, ¿recuerda lo que me contó en su cabaña? Hacer películas, vivir tranquilo. ¿Va a perder todo eso? Usted me hizo venir porque le inspiro confianza, al menos eso me dijo la última vez que nos vimos. No quiere torturar ni matar a na-

146

die. Lo que quiere es que se haga justicia. Eso quiere, y yo también...

Keaton comenzó a parpadear y a quitarse el sudor de la cara con el antebrazo.

—Voy a acercarme, Keaton. Me agacharé para desatar a ese hombre...

Di dos pasos, me incliné y comencé a aflojar las cuerdas de las manos de Ángel mientras Keaton, y su pistola en la mesa, estaban detrás de mí. Giré justo cuando Keaton cogía el arma, pero me la entregó por la cacha.

—Es usted un gran hombre, agente Fontana. El mejor que he conocido en mi vida. Usted y Pedro Infante.

23

Hablamos en la sala de interrogatorios; del otro lado del espejo veíamos al falso Keaton, sentado a la mesa, tallándose la cara. Él no podía vernos.

—Está como una cuba…

—Sí, inspector, no se lo noté antes, pero en cuanto puse un pie aquí, el tufo salió de su escondite.

—Interrógalo y enciérralo.

—¿No lo puede hacer usted? Él me dijo que soy un gran hombre… No ponga esa cara, no aguanta una broma, inspector. Ahora lo ficho… ¿Alguna novedad con Edén y Corina, ¿ya podemos acercarnos a ellas?

—Intenté pedir una lista de direcciones de los actores en Recursos Humanos de los Estudios San Ángel, para evitar a los de la película, pero fueron reticentes, quieren una orden judicial…

Fui al cuarto contiguo y le pregunté a Keaton si ya le habían ofrecido café.

—Qué café, agente; lo que merezco es una paliza; se me va pasando el trago y me voy sintiendo muy avergonzado. Llevaba meses sin beber; con una copa tengo para salirme de mis cabales.

—¿Ya no cree que Ángel intentara matar a su hermano?

—Sigo pensando que le tiene envidia, pero de ahí a que le descompusiera el avión y que yo fuera a su casa a pegarle, amarrarlo y amenazarlo con una pistola, está fuera de toda proporción.

—Lamento decirle que su arrepentimiento no le va a alcanzar, Keaton...

—Lo sé, y no espero más que la cárcel. Hice algo horrible, y de paso le fallé a la persona que siempre me echó la mano; qué vergüenza cuando Pedro se entere.

El tipo había perdido su pequeño paraíso en los Estudios. Quizá su desgracia comenzó cuando tuvo que despachar al «mejor amigo del hombre», al pobre Fideo hijo de perra...

—¿Un cigarro, Keaton?

—No fumo, gracias... ¿Puedo preguntarle cómo va con el caso de las muchachas?

—Atorados. Necesito contactar a algunas actrices, pero sin que se enteren los de la película.

—¿A quiénes? Quizá yo las conozca.

Le dije sus nombres.

—Las he visto alguna vez, pero no sé dónde vivan, aunque, oiga... Puedo ponerlo en contacto con Fabián Gaitán. Hace casting en los Estudios; tiene las direcciones de medio mundo. Me debe algunos favores, cada vez que se le descompone el coche se lo arreglo sin cobrarle. Es un hombre muy discreto.

Sonaba estupendo, pero había que aclarar algo.

—No puedo decirle que con eso ya no vaya a prisión.

—No le estoy pidiendo nada; solo quiero que sepa que sigo siendo el hombre en el que puede confiar, y si algún día tiene la oportunidad de hablar con Pedrito, dígale que estoy arrepentido por haber atacado a su hermano. Y si ve a Ángel, dígale que..., no, a él no le diga nada...

Le di la buena noticia al inspector; este me dijo que haría los arreglos para que Keaton pudiera tener una llamada telefónica con Fabián Gaitán.

Me fui a casa.

Al abrir la puerta me sentí en el Edén; había arreglos florales por todas partes. Maya me miró con una sonrisa.

—¿Qué tal se ven?

—Debiste gastarte una fortuna.

—Yo no, Nibaldo; está muy agradecido, los Bracamonte ya le pagaron su dinerito. —Sacudió un fajo de billetes—. Y él a mí por resolverle el problema; bueno, no yo, los buenos espíritus.

—No me quites el crédito.

—No te lo quito, pero los buenos espíritus te guiaron.

Fui a la cocina, escarbé la alacena, saqué un frasco de mermelada de naranja amarga, unas galletas, unté algunas y me senté a comerlas. Maya entró, miró las galletas, abrió el refri, sacó jamón, partió trocitos y los fue poniendo encima de las galletas con mermelada. Faltaba la bebida, así que serví dos vasos de leche fría.

—¿Adónde me vas a invitar? —le pregunté.

—¿A Sears?

Éramos la pareja perfecta sin serlo. Nos gustó un sofá gris con rayas verticales color verde oscuro. Concordamos en que combinaría con el nuevo color pistacho tenue de las paredes. De pronto me sentí una persona normal, mirando muebles, opinando con Maya; pero ni remotamente lo era, no si hacía un repaso de cosas truculentas que me tocaba vivir. Tampoco Maya era precisamente un ángel del hogar. ¿Lo serían esas otras parejas que había por ahí?

Cuando fuimos a la caja a pagar, la señorita de aquella ocasión en la que Cantarel y yo armamos la boruca para atrapar al utilero, se turbó al reconocerme.

—¿Sales con ella? —me preguntó Maya; era bastante perceptiva.

—Cosas del trabajo. ¿Qué tal un café en La Blanca?

En el café, Maya me leyó la palma de la mano; una parte de ella sí creía en ese tipo de asuntos; digamos que su creer y no creer eran cosas revueltas. Me dijo que viviría hasta los 75, que tendría dos hijas; serían mi dolor de cabeza porque iban a ser muy bonitas, no por mí, por la madre, y que las celaría mucho. Haría dos viajes, uno a Portugal y otro a La India. En ese segundo viaje encontraría a Dios. Me causó gracia. Le tomé una mano y le dije que era mi turno.

—Tú te vas a casar con uno de tus clientes.

—Pacientes, yo los llamó pacientes. ¿Es guapo?

—Calvo, bajito, con papada como de guajolote.

—Eres un loco. ¿Tiene dinero?

—Es banquero.

—¿Entonces por qué acude a mí?

—Porque robaron su banco. Tú le resuelves el problema y él se enamora de ti. Está casado pero se divorcia, y te vas a vivir con él. Espera… Hacen un viaje a Paris, ahí te embarazas. Uy, también tienes dos hijas igual que yo, pero no son tan bonitas como las mías, se quedan para vestir santos.

Se echó a reír.

24

Con suma discreción toqué la puerta de aquel departamento de la colonia San Rafael, y con la misma discreción aquella muchacha quitó el cerrojo y asomó un poco la cara; terminó de abrir cuando le mostré mi placa. Era Edén Salamanca, pelirroja, de ojos verdes y cutis salpicado de pecas. Vivía con un perrito pequinés que no hubiera hecho las veces de Fideo para defenderla; al contrario, a cada rato se paraba de patas para ser acariciado.

Le acepté una taza de té a la muchacha y la esperé en el saloncito, mirando por la ventana la cantina La Polar, donde entraban parroquianos en su sano juicio y salían otros que parecían ya privados de él. De momento, Corina Beltrán estaba de viaje y no regresaría a México en tres semanas, así que estaba fuera de peligro. Edén se alarmó cuando la puse al tanto de que su nombre estaba en el diario de Teresa Garabito y de las razones de Sara García para cobrarle la mala pasada.

—¿Entonces usted piensa que puedo ser la siguiente? —me preguntó, dilatando las pupilas de sus alarmados ojos verdes, mientras me daba la taza de té y el perro se echaba a mi lado.

—No lo sabemos, pero usted le lleva una ventaja a las otras chicas.

—Tengo miedo, agente, no debimos burlarnos de Sara García.

—No es un hecho que sea la persona que cometió los crímenes.

—Yo digo que sí; hubiera visto su cara, sus ojos… No voy a tomar el papel, mañana mismo renuncio. Unos cuantos pesos y salir veinte segundos en pantalla no valen la pena.

—Renunciar no le garantiza estar a salvo.

—Lo que pasa es que ustedes me quieren de carnada, agente. Va a ser mucha presión ir a trabajar y estar mirando a esa señora. No sé cómo voy a fingir calma.

—Claro que sabe cómo, usted es actriz.

Me lanzó una mirada de «púdrase con ese comentario»; le dio un sorbo a su té, le temblaban las manos.

—¿Por qué no se queda a dormir conmigo, agente?

—¿Cómo?

—Quiero decir en el sofá, tengo miedo de estar sola esta noche.

—Ese no ha sido el *modus operandi* del asesino. No va a la casa de nadie; prefiere que todo pase en el foro o donde se esté filmando.

—No soy tonta, su *modus operandi* puede cambiar. ¿Le importa si bebemos algo más fuerte?

Fue hasta el mueble cantinero; sirvió dos vasos de ron y los trajo.

—¿Quiere que le hable de Sara García? Supongo que no la conoce.

—Solo de las películas.

—Con los que le caen bien es maternal, les da consejos, los regaña como si fuera su mamá o su abuela. Así pasa con Pedro, a cada rato le jala las orejas y le dice que se porte bien. Pedro es muy bromista, se pasa de la raya, pero respeta mucho a esa señora, le hace caso en todo…

154

—Una buena relación, entonces.

—Sí, pero con la gente que no le agrada, todo cambia. En ese grupo entramos Corina y yo... Y las muertas...

—Tiene que aceptar que fueron muy crueles.

—¿Y ya por eso merecemos la silla eléctrica?

—Desde luego que no, señorita.

—¿Cuál es el plan?

—¿Qué plan?

—Para atraparla. Tienen un plan, ¿no es así? ¿En qué momento la va a detener? No me diga que hasta que me esté matando.

—Eso no va a pasar.

—Júreme que pronto le van a echar el guante.

—No tenemos nada en su contra, solo especulaciones.

El teléfono pegó un timbrazo y la chica saltó del sillón, hasta las pecas se le estremecieron. Fue a contestar; al parecer era el novio, tapó la bocina y me preguntó si podía contarle a alguien muy cercano lo que le sucedía. Negué con la cabeza. Retomó la llamada. Comenzó a discutir con aquella persona, al parecer esta insistía en saber por qué había hecho una pausa. Ella comenzó a decirle: «No me presiones, Miguel, me tienes harta con tus celos de mierda».

El pequinés me lanzo una miradita que me dijo: «y así las cosas todos los días». Fui y me asomé a la ventana. Una chica vendía lotería en la puerta de La Polar, seguía a los parroquianos, pero al ver que era inútil regresaba a su puesto.

Edén seguía en lo suyo: «Miguel, no estoy para tonterías. Tengo problemas, serios problemas, graves problemas. Si no te los cuento es porque termino sintiendo que hablo con la puta pared... ¿Y a qué viene ahora mencionar a Pedro Infante? ¡Madura ya, carajo! ¡Tienes diecinueve años!»

Un parroquiano salió de La Polar, la vendedora de lotería lo abordó. Él se detuvo a mirar los billetes, algo comenzó a ponerse feo, el tipo trató de besarla y le metió mano bajo el vestido. Le hice señas a Edén de que saldría un momento, ella me devolvió una mirada de inquietud, abrí la puerta y alcancé a oír que le decía a Miguel: «Te voy a colgar, estúpido, no te aguanto más. ¡Cuando crezcas me buscas! ¡No, idiota! ¡No me refiero a que seas más alto!»

Bajé la escalera, salí del edificio, crucé la banqueta.

—¿Pasa algo, buen hombre? —le pregunté al parroquiano.

—Lárgate, cagón, estoy ocupado. —Me lanzó una mirada displicente, sin dejar de estrujar a la muchacha por debajo de la falda.

Saqué la pistola y le metí un culatazo seco en la cabeza; el tipo se fue de espaldas, cayó contra la puerta de la cantina. La chica me miró sorprendida. Miró los billetes de lotería, a uno le había caído un buen salpicón de sangre, le pedí que me lo vendiera, se lo pagué y se fue de prisa. El cachito terminaba en 8, quizá no podría cobrarlo manchado de sangre; lo rompí y lo tiré.

—¡Agente!

Levanté la cara, Edén me hacía señas desde su ventana. En cuanto regresé, volvió a llenar los vasos de ron.

—No debió dejarme sola…

—Estoy en horas de servicio, señorita, no me sirva más ron.

—¿Prefiere whisky?

—Prefiero nada.

—Esa bebida no la conozco. ¿A dónde se fue? ¿Qué hacía abajo? ¿No dijo que iba a cuidarme? ¡Sí me deja sola, yo misma me mato!

—Señorita, cálmese…

—Edén, llámeme por mi nombre, siquiera para que lo recuerde cuando vaya a mi entierro.

—Escuche, voy a llamar por teléfono a la delegación para que pongan una patrulla afuera del edificio.

—¿Afuera? ¿De qué me sirve afuera?

—Aquí dentro no cabe.

—No se haga el chistoso. No quiero patrullas, quiero un hombre en mi casa, uno armado. Y a menos que me equivoque, usted es hombre.

Lancé una mirada a la puerta, la chapa se veía resistente, así se lo hice saber. Fue a la puerta, metió llave, plaf, plaf, plaf, la tranca de hierro se fue achicando hasta quedar en su sitio, luego se echó la llave entre los pechos, firmemente acotados por el sostén.

—Si insiste venga a buscar la llave…

De alguna forma terminé bebiendo tres vasos de ron y, más tarde, tapado con una cobija de cuadros en el sofá, con el pequinés dormido a mis pies; su dueña le llamaba Sansón. El salón adquirió un tono íntimo y familiar en la penumbra. No tenía sueño, más bien ganas de mear, pero el baño estaba en un *hall* cerca de la habitación de Edén, y no quería acercarme e importunar. Era 29 de junio. «¿Qué estabas haciendo hace justo un año atrás?», me pregunté. Cómo no saberlo, a punto de saltar de la Latinoamericana. Esto no estaría pasando si hubiera saltado. Ni el sofá con la cobija a cuadros ni Sansón en los pies, ni el ron en la sangre, ni la chica con la llave en el escote, ahí en su recámara. Supongo que más bien estaría en el más allá, Cielo o Infierno, Limbo o Purgatorio, o tal vez extinto, olvidado por todos; no por Maya, ella era la única que no me olvidaría. ¿Haría lo mismo yo por ella, no olvidarla?

—Agente Fontana…

La silueta dejó caer aquella bata en la oscuridad en el marco del *hall*. Achiqué los ojos, la miopía combinada con la penumbra y el mareo del trago no ayudaban.

—Señorita, váyase a dormir, bebió de más.

—Los dos bebimos de más.

—Descanse; mañana tiene llamado, ¿no es así?

—Lo que ahora me llama es el sexo.

—Edén, vaya y descanse.

—Hasta que dice mi nombre...

25

Cuando abrí los ojos, veinte dedos de los pies se tocaban, los suyos y los míos, descubiertos por las sábanas, con la luz del sol pegando por la ventana. Encontré su sonrisa, me miraba con curiosidad. Se arrebujó bajo mi brazo; me olió la piel y puso cara de tejer alguna clase de fantasía.

—¿No tienes nada que decir, agente?

—Que de cerca tus pecas se ven más grandes.

—¿Te gustan? Las maquillo cuando salgo a escena. Pero ahí siguen después. No se operan, el médico me dijo que si fueran verrugas me las podría quitar, pero las pecas no.

—Las pecas están bien. Oye, tengo que irme.

—No seas brusco, al menos ten un poco de caballerosidad; date un baño, voy a preparar el desayuno, aunque es dificilísimo.

—¿Dificilísimo? ¿Por qué dices eso?

—Porque lo es.

—Entonces, no lo prepares.

—No seas tonto, ¿qué pasa contigo? ¿No te parece bien que una mujer te cocine? ¿Qué clase de hombre eres? Yo cocino bien, quiero ser actriz, pero cocino bien.

—De acuerdo, voy a bañarme.

Poco después fui a la mesa; ella ya estaba ahí, esperándome, con café, huevos revueltos humeantes, pan tostado y jugo de naranja. Me senté a desayunar.

—¿Ya no tienes miedo? —le pregunté.

—No, porque de ahora en adelante tú me vas a cuidar.

Eso se escuchaba comprometedor.

—Oye, Edén, me temo que pudiera haber un malentendido; soy agente de policía, estoy a cargo del caso del Foro 8…

—No entiendo qué me tratas de decir.

—Que no hay algo personal entre nosotros.

Dibujó una cara de sorpresa, poco a poco sus ojos verdes brillaron como dos cristales mojados, los apretó un poco y cayó un par de lágrimas.

—Perdóname, no quise herirte —le dije con sinceridad.

Entonces se echó a reír.

—¡Te convencí! ¿Verdad que te convencí? ¿Crees que un día me den un protagónico? Ay, agente Fontana, no sabes cuánto lo deseo, así empezaron otras y lo lograron, ¿yo por qué no? Tengo lo que se necesita, dime que lo tengo.

—Lo tienes.

—¿Qué tengo?

—Encanto y talento.

—¡Sí!

—Oye, ya tengo que irme.

—¿Vas a cuidarme o te parece dificilísimo?

—¿Por qué usas esa palabra?

Daba igual. Apuré el desayuno; todo sabía perfecto, más que perfecto, hecho como cuando la gente siente que tiene un hogar. Le di las gracias y volví a repetirle que debía marcharme.

Me escurrí a la puerta, intenté abrirla, seguía con llave.

—¿Puedes?

Se acercó, plaf, plaf, plaf, corrió la cerradura.

—Mi nombre verdadero es Lucrecia, pero me pareció que debía tener uno especial si quería triunfar; te lo confieso para que veas que he sido sincera contigo.

—¿Y no te fue dificilísimo sincerarte?

Sonrió, me dio un abrazo, un beso corto en la mejilla, y entonces me fui.

26

Desde el particular encuentro con Edén Salamanca, los días tomaron un rumbo y una rutina constantes. El inspector había conseguido, no sin dar la pelea, que la producción nos dejara incorporar a un agente en las filmaciones. Aceptaron, y se designó al Negrito Pelayo; pero ya no usaron la claqueta, para evitar que pudiéramos enterarnos de las particularidades de la filmación. Los de seguridad privada llevaban el mando y veían a Pelayo como apestado. Me llegó a contar que lo insultaban por su color de piel, pero a él le daba risa que "una punta de indios" le salieran con esas.

La pobre Edén tuvo que echarle valor y no demostrar flaqueza ni turbaciones ante Sara García. No tenía que ir todos los días al trabajo; en ese sentido tuvo suerte de no ser más que una figurante. Me tocaba esperarla afuera de los Estudios San Ángel y llevarla a su departamento; en el camino me comentaba los pormenores de la jornada. Imaginación o realidad, aseguraba que en cualquier momento Sara García le haría daño, pues muchas veces la sorprendía observándola fijamente con sus ojos claros y penetrantes, además de que la señora se comportaba de forma extraña. El director cuidaba mucho sus escenas, la hacía llamar solo cuando estaba todo muy puesto, entonces Sara entraba, decía sus parlamentos con demasiada frialdad y se marchaba sin más a su camerino, a veces riéndose sola. Los tenía a todos con los pelos de punta.

Pero en realidad no solo era ella la que había bajado su nivel de actuación; en general todos se desconcentraban con cualquier ruido insignificante, como una puerta que se cerraba de golpe. Echaban miraditas arriba, como temiendo que de pronto cayera alguien colgado del cuello en medio de una escena. Según Edén, el único que mantenía la calma y hasta bromeaba era Pedro Infante, tal vez esa era su forma de sacar los nervios.

Prácticamente todos iban armados con pistolas calibre .22, pequeñas y prácticas, incluso las escondían durante las escenas para tenerlas a la mano. Solo faltaba que en un estallido de locura hubiera una matanza: Silvia Pinal disparándole a Infante, Infante a Ortiz de Pinedo, este a Maruja Grifell, y así las cosas.

Por más que Edén insistió, no volví a entrar a su departamento, pero me pareció un buen tema con el doctor Pardillos. Le dije que no quería malos entendidos con Edén.

—¿Qué clase de malos entendidos?

—Mire, doctor, la muchacha tiene sus encantos, pero no puedo comprometerme.

—¿Eso le ha pedido ella? ¿Un compromiso?

—No.

—¿Entonces por qué utiliza esa palabra?

—Compromiso conmigo mismo, a eso me refiero.

—Explíqueme, si es tan amable.

Amablemente, tenía ganas de saltarle a puñetazos.

—Tengo mis propias reglas. Y una de ellas es no involucrarme con nadie que tenga que ver con mi trabajo.

—¿Puedo preguntarle por qué?

—Mejor dígame qué haría usted si viene aquí una mujer a pedirle ayuda psicológica. ¿Se acostaría con ella?

—No se trata de mí.

—¡Basta de cuentos! —estallé—. ¡Al diablo con que usted es doctor y yo policía! ¡Somos hombres, hablemos como tales! ¿Qué haría si le interesa una paciente? ¡Dígamelo!

—Leonardo, me da la impresión de que me está interrogando como policía y no como hombre. Pero ya que lo pregunta, si me interesara mucho le pediría que deje de ser mi paciente para poder tener algo con ella.

Me dejó desarmado.

—Ahora yo le pregunto, Leonardo, ¿qué hará usted con Edén?

—No puedo dejar de ser policía para tener algo con Edén, no es así de simple.

—¿Por qué no es simple?

—Doctor, está acabando con mi paciencia.

—Tampoco tiene que responderme si no quiere, es dueño de su silencio.

—Haberlo sabido antes, entonces cambiemos de tema —finalicé molesto.

—Lo escucho…

Luego de un breve silencio tomé la palabra.

—Resulta que… —busqué algo que decir, pero no podía dejar de pensar en lo mismo, ese tipo era una especie de hipnotista, siempre se salía con la suya—, doctor, no quiero que Edén piense que la puedo proteger, cuidar, amar y luego resulte que no. No quiero eso. ¿Le quedó claro?

Pardillos dejó correr unos segundos y dijo:

—Lo felicito.

—¿Por qué?

—Porque ya sabe lo que no quiere.

—Eso no resuelve el problema.

—Perdóneme que insista, ¿cuál es el problema?

—El problema está entre mis principios y mis deseos; se contraponen.

—De nuevo lo felicito, sabe lo que no quiere y sabe cuál es el problema.

—¿Y qué gano con eso?

—No lo sé…

—¡Carajo, eso es precisamente lo que me fastidia! ¡Usted nunca sabe nada de nada! ¡A veces siento que hablo solo, que usted no existe! Eso sí que sería gracioso, que un día me dé cuenta de que el doctor Pardillos nunca existió y me lleven a la casa de la risa. ¿Por qué no me puede decir qué haría si estuviera en mis zapatos?

—Ya le he dicho que haría en los míos; pero mire, tome con reserva mis palabras; si estuviera en sus zapatos no sería tan duro conmigo mismo, dejaría que las cosas fluyeran, pues en realidad la vida es muy simple. La gente hacemos cosas, nos suceden cosas. De eso se trata la vida. Creo que esto ya se lo había dicho… Pero bien, ese soy yo en sus zapatos, lo cual es imposible.

—Tiene razón —dije derrotado—, aunque acepto que me deja pensando. Quizá esta sea la oportunidad que estaba buscando. Quizá, solo quizá, Edén me ayudaría a volver a sentir algo, a dejar de ser… una especie de máquina. ¿No le parece?

—Se acabo el tiempo, Leonardo.

—¿Cómo?

—De su sesión.

—Ah, entiendo. —Me puse de pie—. Por cierto, el ruidito del elevador ahora está un piso más abajo. ¿Le puedo preguntar por qué le preocupa tanto?

—¿Me preocupa?

¡Carajo!, no había forma con él.

27

Maya me dijo que tenía problemas emocionales; no quise re-
comendarla con mi loquero para que no me juzgara, pero intenté aplicar la técnica de Pardillo. Le pedí que se recostara en
el sofá (recién comprado).

—¿Qué haces? —me preguntó cuando me vio coger una
libreta y una pluma.

—Nada, dibujar mientras me hablas —mentí.

—¿Entonces me vas a oír o a dibujar?

—¿Cuándo comenzaron los síntomas?

—¿Qué síntomas?

—La tristeza.

—Ese no es un síntoma, ni que estuviera enferma. Empie-
zo a sentirme basura.

Ras, ras, rasqué el papel, apuntando palabras al azar. No
parecía tan difícil.

—Ya no quiero seguir con lo de la magia; por un lado siento que ayudo a la gente, pero por otro, que la engaño. ¿Tú qué
piensas? ¿La ayudo o la engaño?

—¿Qué piensas tú?

—¿Cómo?

—Sí, ¿qué piensas tú?

—Ya te lo dije, no sé si la ayudo o la engaño; quiero saber tu opinión.

—Mi opinión vale un cacahuate, lo que importa es la tuya.

—Es que ya te dije la mía.

—¿Y qué te preocupa?

—¿No me estás escuchando, Leo? Te lo acabo de decir, no sé si engaño o ayudo, eso me preocupa.

—¿Y por qué te preocupa?

Giró la cabeza y me miró.

—¿Estás bien?

—Yo sí. La que está mal eres tú. La cura está en ti misma; sigue hablando, te escucho…

—¿Qué cura? Y no, no me escuchas, dices idioteces. Pareces una de esas gentes que van con el loquero…

—Lo dices como si fuera repugnante.

—Lo es. Totalmente lo es. Si yo estafo a la gente, el loquero la estafa más caro y se ríe de lo lindo con los idiotas que acuden a ellos. No solo eso. ¿Cómo puede ser que alguien le cuente a un desconocido sus intimidades? Solo encuentro dos razones.

—¿Cuáles?

—Que si son mujeres, están muy solas y necesitan a un hombre, y si son hombres, son maricones que necesitan el consuelo de otro hombre.

—Pero la loquera puede ser mujer.

Se echó a reír.

—Nunca he oído de una que lo sea. Pero ya estamos hablando idioteces. ¿No te das cuenta? Es horrible sentir que le saco el dinero a las personas, sobre todo a las que sufren, como doña Virtudes, a la que le doy largas diciéndole que los ángeles van a hacer que el marido ya no le pegue. Antes no me daba por enterada, pero era distinto, me la pasaba en el Sotavento, bebiendo tragos con cualquiera, esquilmando a medio mundo, hasta que apareciste tú y me sacaste de ahí; ahora todo es muy cómodo para mí, no tengo por qué seguir a la defensiva. Echo de menos estar a la defensiva...

—¿Sabes algo, Maya? Te felicito. ¿Y sabes por qué te felicito? Porque sabes lo que no quieres.

—No me felicites, ni siquiera has oído lo que sí quiero... No sé si decírtelo...

—Dilo, es tu terapia...

—¿Mi qué?

—Tu tiempo, tus ideas, tus emociones.

—En serio que hoy estás muy raro. ¿Qué te picó? Bueno, mira, un día me contaste que viviste en Acapulco, que tenías un barquito y paseabas turistas en él... Si juntamos lo suficiente podríamos salir de esto, comenzar una nueva vi...

El teléfono interrumpió su sesión, la dejé con la palabra en la boca; escuché al inspector, se trataba de algo crucial; colgué y me apresuré a levantar mi saco de la silla e ir hacia la puerta.

—¡Oye! ¿Adónde vas tan de prisa? ¿No ibas a escucharme?

Cuando aparqué el coche ya me esperaban el Negrito Pelayo y otro agente, de apellido Ledezma.

—La tenemos cercada en el pueblo vaquero...

—¿Dónde y a quién?

—Una escenografía, a Sara García.

Caminamos de prisa y me fueron diciendo que por fin a doña Sara le había dado el quiebre psicótico predicho por el doctor Quiroz. La mujer se presentó en el rodaje con un estuche largo, lo puso tranquilamente en una mesa, lo abrió y sacó una arma larga. El elenco y la gente de producción protestaron. Al parecer, el acuerdo había sido que solo podían portar calibres .22. «A mí me gusta mi muchacha», respondió Sara García, dándole una palmadita al arma. Decidieron pasarlo por alto; comenzaron a filmar y Sara García a equivocarse en sus parlamentos; el director la corrigió una y otra vez hasta que aquella explotó, fue por el arma, la levantó y descargó una ráfaga al aire. Evidentemente, todos salieron como almas en pena del foro, los de seguridad entraron en acción y Sara García huyó por una puerta trasera.

—¿Qué arma trae? —interrogué.

—Pensamos que una Thompson M1.

Por mi cabeza corrieron Fidel Velázquez, Banco de Londres, lluvia de balas, un tiro a la cabeza… Llegamos a la entrada de lo que, ciertamente, parecía un pueblo del Lejano Oeste con sus construcciones de madera y calles sin pavimentar, solo faltaban los caballos, pero todo era mera escenografía de alguna película.

—Ah, por cierto —dijo Pelayo—, no solo llegó con el arma sino con una petaca de municiones, así que tiene para jugar un rato…

Dicho esto, una ráfaga de balas agujeró un balde largo de madera a media calle; por los agujeros comenzó a brotar agua. Nos parapetamos detrás de unos barriles, no era el mejor escondite; en cuanto pudiéramos correríamos hasta las puertas abatibles de la cantina y tomaríamos posición desde las ventanas, frente a aquella torre alta que sostenía un gran tinaco, y donde al parecer estaba la señora García.

—¿Con cuánta gente contamos? —interrogué agachando la cabeza lo más posible.

—Como con quince guardias de seguridad privada.

—O sea, con nadie… Pelayo, ve y habla a la jefatura para que nos manden los refuerzos que se puedan; diles de la Thompson.

Pelayo giró y se fue corriendo por donde vinimos, al mismo tiempo que Ledezma y yo nos asomamos simultáneamente y disparamos un par de tiros hacia el tinaco en la torre. La respuesta fue una segunda ráfaga; uno de los de seguridad pegó un grito y de entre el follaje cayó su cuerpo, que fue sacudido por otra ración de balas hasta dejarlo quieto.

—¡Ese se los vamos a cobrar a ustedes, pendejos! —gritó uno de seguridad desde su escondite—. ¡No disparen hasta que yo dé las órdenes!

—¡Usted disculpe, jefecito! —le respondió Ledezma.

—¡Chinguen a su madre!

Nos sonreímos.

—¡Señora García! ¿Me oye? —grité fuerte.

—Sí mi niño, te oigo —respondió Sara García y descargó una nueva ráfaga contra unos corrales, del interior se asomaron pistolas repeliendo la agresión, pero no tenían mucho que hacer contra una Chicago Typewriter, como llamábamos a ese tipo de ametralladoras. Los cuerpos caían entre los tablones, la sangre estallaba por aquí y por allá seguida de gritos que pronto se volvían agónicos, pero que, casi como un favor, la mujer apagaba con un segundo repaso.

Disipado el humo, el de seguridad volvió a aullar:

—¡Hijos de su pinche madre! ¡No digan nada! ¡No disparen! ¡Nomás la están cagando y a los que la vieja está matando es a nosotros!

Técnicamente, tenía razón.

Lezama y yo nos miramos y corrimos a la falsa cantina del falso pueblo del Oeste.

—Parece de a de veras —dijo Ledezma, mirando las sillas y las mesas, la larga barra y las repisas con decenas de botellas. Una pianola y su banquito—. ¿Un trago?

—¿Por qué no?

Ledezma fue detrás de la barra.

—¿Bourbon?

—¿Por qué no?

Cogió una botella y sirvió dos vasitos.

—Salud, Ledezma.

—Salud, Fontana.

Chocamos vasos, bebimos. No era más que agua. Fuimos a parapetarnos junto a la ventana; había algunos cuerpos sembrados en la falsa calle polvorienta. «No me creo que esto esté pasando», pensé. Si no hubiera muertos ahí hubiera creído que todo era un sueño, uno de esos que se fabricaban en ese lugar y luego exhibían en las salas de cine. Deseé que por un extremo de la calle aparecieran los forajidos, que Sara García se lanzara desde lo alto y cayeran a lomos de un caballo negro y se largara a trote de buen jamelgo. Todo estaría completo si, de pronto, a las puertas del hotel surgiera ella, Lilia Prado. Haría lo posible por ganar un duelo para ganarme sus encantos, igual que cuando lo del Banco de Londres, jugándomela al todo por el todo y al todo por nada.

Así pasamos diez o quince minutos entre silencios y tiroteo. Sara García desde la torre, los de seguridad dispersos. Los únicos que no le entrábamos al ajo éramos Ledezma y yo; nos acabaríamos los cartuchos en un dos por tres, más valía guardarlos por si la cosa se ponía preocupante. Calculamos que al menos esa mujer ya había matado a doce o quince. Una cosa así tendría, forzosamente, que aparecer en los diarios, no solo de México sino del mundo entero. Eso sí que ya no podrían taparlo los productores de la película. Todo era posible en ese loco lugar donde hay actores, dinero, oropel y desvergüenza.

Escuchamos sirenas de patrullas; en breve se estacionaron por ahí, los policías salieron de ellas y las usaron de parapeto.

—¡Fontana! ¿Cómo va todo? —escuché gritar al inspector Quintana. Había venido en persona. Era el tipo de generales que están en la línea de fuego con sus hombres, y no los maricas que mandan a otros por delante y solo dan las órdenes desde sus despachos de gobierno.

—¡Ya lo ve, inspector! ¡Varios caídos, hasta ahora todos de seguridad! ¡La señora García está en aquella torre, donde el tinaco! ¡Aquí hay uno de seguridad privada que dice dar las órdenes!

El inspector dejó correr unos segundos, asimilando la información, y luego gritó:

—¡Ustedes, los de seguridad! ¿Quién da las órdenes?

—¡Ya nadie! —respondió uno.

—¡Entonces yo tomo el mando! ¡Cúbranme, voy a la cantina!

Algunos se levantaron de su sitio y abrieron fuego contra la torre; no hubo respuesta. El inspector entró a la cantina, de su hombro colgaba una Thompson. Nos pidió más detalles. Le dijimos que Sara García tenía una buena dotación de cartuchos y que no había forma de subir a la torre sin ser masacrado.

—¿Y qué pide?

Ledezma y yo nos miramos.

—No se lo hemos preguntado —tuvimos que confesar.

El inspector se perfiló a un lado de la ventana.

—¡Roca! ¡Megáfono!

El agente Roca levantó una bocina y su voz se dejó oír en el falso pueblo del Oeste.

—¡Señora García! ¡Somos muchos y trajimos armas como la suya! ¡No tiene salida! ¡Ríndase!

—¡Ráscame las verijas, hijito!

Nos echamos a reír.

—¡Señora García! ¿Qué es lo que pide para bajar de ahí? ¡Podemos negociar!

—¡Quiero a Bogart!

—¿Cómo?

—¡Humphrey Bogart!

—¡Señora! ¡Sea sensata!

—¡Lo estoy siendo!

—¿Para qué quiere a Bogart?

—¡Estás muy muchachito para que te lo diga!

La mujer tenía su punto.

—¡Mientras se lo piensan, que alguien me traiga una botella de tequila y a Pedro Infante para que cante!

—¿Cómo?

—¿Eres sordo o medio pendejo?

—¡Señora, no podemos traerle a Pedro Infante!

—¡Pongan sus canciones en los altavoces! ¡Y el tequila que lo suba uno de ustedes! ¡Si viene armado se los devuelvo como carne picada! ¡Fiambre, para que me entiendas!

—¡De acuerdo, señora, pero no dispare!

Quintana miró en otra dirección:

—¡Pelayo, Garduño! ¡Vengan acá! ¡Los demás, que nadie dispare! ¡Ustedes, los de seguridad, tampoco abran fuego!

Después, Pelayo y Garduño entraron a la cantina con una segunda Thompson.

—Pelayo, tú le vas a subir la botella de tequila a la señora.

—Claro, chínguese el negro…

—Llévate bajo una pierna del pantalón la .22, úsala solo si tienes oportunidad, trata de dialogar con ella. Tócale el ego, hazle ver lo que puede perder si sigue así. Tú, Garduño, vete con los de la producción y pide que pongan canciones de Pedro Infante en las bocinas.

—¿Qué canciones?

Lo miramos desconcertados.

—Si quieres sal y le preguntas a la señora cuáles son sus favoritas —ironizó Quintana—. Pero antes consigue la botella de tequila, y no me preguntes de qué marca… Ledezma, veo que abajo de la torre hay una pileta grande con agua, cuando Pelayo suba a la torre, tú vas ahí y te metes en ella, te repliegas y desde ese punto abres fuego en caso de que comience la refriega; dispara al suelo de la torre, alguna bala la tiene que alcanzar… Garduño, ahora que salgas por el tequila, dile a los muchachos que, cuando Pelayo suba a la torre, yo, desde aquí, les haré una señal para que cuando él esté arriba ellos rodeen la torre desde distintos puntos. ¿Alguna duda?

—¿Qué van a hacer los de seguridad, inspector? —preguntó Pelayo.

—Seguir cayendo como patos.

Garduño salió. El inspector fue a la barra y miró las botellas, cogió una de ron y un vaso.

—Ni lo intente —dije—, aquí todo es falso, inspector.

No tuvimos otra que sentarnos a esperar. Ahí estábamos Quintana, Ledezma y yo en la cantina, sin trago, sin muchachas y sin naipes. No dejábamos de admirarnos de cómo una actriz tan famosa terminaba así sus días de gloria, matando figurantes y sembrando policías muertos en el falso pueblo del Oeste. Ledezma opinó que los actores siempre están medio chiflados, algunos más de la cuenta. Nos contó que su padre había escuchado cantar a María Conesa, la Gatita Blanca, en el teatro Lírico, lo de «Yo doy masaje, yo doy masaje, con una gracia sin igual, y el que a probarlo va una vez, desea más…» Muchos la tenían por una mujer deschavetada, capaz de todo, como haber sido amante de Juan Mérigo, líder de la banda del automóvil gris, quien robaba joyas en casas de adinerados para complacer a su Gatita, o que Pancho Villa enloquecía por ella, pero la Conesa lo despreció.

Ni yo ni el inspector sabíamos anécdotas de ese mundillo, pero Ledezma contaba una tras otra. Nos mantuvo entretenidos hasta que comenzó a escucharse por las bocinas del pueblo del Lejano Oeste la voz de Pedro Infante: «Pasaste a mi lado, con gran indiferencia, tus ojos ni siquiera, voltearon hacía mí…» Oscurecía, el cielo parecía ajeno a la desgracia; tenía aspecto de ser parte de la escenografía, de tan brillante y azulado, ajeno a toda desgracia, a los muertos reales salpicados por todas partes.

Garduño regresó con la botella de tequila. El inspector volvió a asomarse a la ventana y le hizo una señal al agente Roca. Éste levantó el megáfono:

—¡Señora García! ¡Ahí tiene la música! ¡Ahora va a ir un agente a subirle el tequila! ¡Confiamos en usted! ¡No dispare!

—¡Menos bla bla bla y más acción, hijito, ¡qué suba y no se cague de miedo en el camino!

Quintana le dio la venia a Pelayo. Lo vimos salir de la cantina, botella en mano, y llegar al pie de la torre, luego subir por la escalerilla. En cuanto desapareció de nuestra vista el inspector le dijo a Ledezma que era su turno; este salió deprisa y se fue agazapando como pudo entre carretas, arbustos, paredes y barriles, hasta que alcanzó la pileta de agua y se zambulló en ella con la Thompson.

—Ahora a esperar —me dijo Quintana.

Fui a sentarme en una silla con el respaldo por delante. El popurrí de Infante siguió largo rato; nos deleitó con *Las mañanitas*, *No volveré*, *Fallaste corazón*, *Qué suerte la mía* y otras más. Fuera de su voz no se escuchaba a nadie, hasta que las puertas de la cantina se abatieron. Era uno de los guardias de seguridad, aquel con el que Cantarel se había liado a golpes. Se le veía demacrado.

—Inspector Quintana, vengo a ponerme a sus órdenes…

—Sigan en sus puestos —le respondió aquel, indiferente.

—No, inspector, no es eso, quiero ver si me da trabajo en la Secreta.

Aquello tuvo su gracia.

—Pedro Chavira, a sus órdenes.

—¿No eres de la seguridad privada?

—Sí, inspector, pero ya ve, no damos una; usted tiene mucho prestigio, sería un honor unirme a su equipo…

—Lo hablamos si salimos de esta, Chavira, ahora salga y vuelva adonde le indique su jefe.

—Mi jefe está muerto a media calle.

—Bueno, siga donde estaba.

Chavira le hizo un saludo militar, dio la vuelta y se marchó.

Seguimos escuchando a Pedro Infante; recordé cuando conocí a Maya y esas mismas canciones se escuchaban en el Sotavento. Mi trabajo era ir tres veces a la semana, tomar un par de tragos y estarme ahí solo para que los Bracamonte supieran que su bar no era una fortaleza. Aquella muchacha que leía las cartas terminó por volvérseme familiar. «¿Y usted cuándo, agente?», me preguntaba, refiriéndose al Tarot, aunque la pregunta tenía un doble sentido, que me sacaba una sonrisa.

—Ya está de vuelta —dijo el inspector, que se había apostado a fumar junto a la ventana.

Segundos después entró Pelayo; lo interrogamos con las miradas.

—No quiere bajar, inspector, a menos que cumplamos con lo que pide.

—Sí que debe estar loca si cree que vamos a traerle a Bogart.

—No, jefe, ya no quiere eso, ahora pide una mochila con cincuenta mil pesos y un helicóptero que la lleve a La Habana.

—Eso ya se oye más sensato —ironicé.

El inspector se asomó a la ventana y le pidió a Roca que viniera. Le explicó lo que debía hacer. Roca volvió a salir y fue a su puesto detrás de una patrulla con el altavoz:

—¡Señora García! ¿Me escucha?

—¡Sí, hijito! ¿Ya me van a dar lo que pido o seguimos con el plomo?

—¡Sí, señora, ya se lo damos, pero tendrá que esperar! ¡Vamos a hacer unos trámites para que nos envíen el dinero y el helicóptero!

—¿Cuánto tiempo?

—¡Dos horas, como mínimo!

—¡No más! ¿Está claro?

El inspector miró su reloj, eran las 7:30 de la tarde, en poco tiempo oscurecería por completo, eso ayudaría a cercar a Sara y a que Ledezma, que seguía inmerso en el estanque pudiera trepar por la escalerilla.

—¿Cómo la viste? —le preguntó el inspector a Pelayo.

—Herida de una pierna, pero no parece grave. Enseguida abrió el tequila y bebió un buen trago. Bebí con ella para granjeármela, pensé que si nos poníamos ebrios facilitaría las cosas, pero es astuta, se fue despacito. Hizo que me sentara en un rincón y me contó un par de cosas del cine. Parece una buena persona… Es graciosa al hablar, parece de hierro, la herida en la pierna le daba igual. Me hablaba de Lilia Prado…

—¿Qué te dijo de ella? —pregunté enseguida.

—Que Luis Buñuel se enamoró de ella en cuanto la contrató para *Subida al Cielo*, bueno, no de ella, de sus piernas y de su boca. La imaginaba una boca con piernas. Ya saben, ese fulano está loco. Y así otras cosas…

El inspector me dejó a cargo y salió. Su plan era conseguir el helicóptero con la policía y una mochila con billetes falsos. Ya en el helicóptero Sara tendría menos forma de defenderse. Mientras tanto las instrucciones del inspector eran no abrir fuego, mantener la calma y que Sara García no dejara de oír a Pedro Infante, quizá con suerte se acabaría la botella de tequila y terminaría quedándose dormida junto al tinaco.

Cayó la noche y, junto con Infante, comenzaron a cantar los grillos. Pelayo y yo lamentamos que Ledezma tuviera que seguir en el estanque, tiritando de frío.

—¿Dónde está lo que pedí? ¡Malparidos! —gritó una Sara García ya más melancólica, y soltó una ráfaga de metralla sin destinatario.

—¡Tenga paciencia, señora, ya viene! —le gritó Roca por el megáfono.

—¡De eso ya no tengo, hijito! ¡Llegó la hora de que nos demos en la madre!

El ruido intermitente de unas hélices rompió el firmamento; las luces potentes iluminaron la torre y el tinaco y las casas del falso pueblo del Oeste.

—¡Ahí lo tiene, señora! —dijo Roca por el altavoz—. ¿Lo ve?

—¡Qué bajen los que lo tripulan, quiero verlos!

El helicóptero tocó tierra; el piloto, el copiloto y el inspector Quintana bajaron de la nave una vez que las hélices se detuvieron.

—¡Ahora sí, cabrones! —gritó Sara García, asomándose a un costado del tinaco—. ¿Qué dijeron? ¡Ya le vimos la cara de pendeja a esta vieja! —Empuñó la Thompson recargándola en su cadera echada hacia atrás y roció de balas al helicóptero. El piloto recibió la carga, Quintana y el copiloto se echaron al suelo, pero el copiloto se llevó una peinada de plomo que lo dejó quieto. Quintana estaba al aire libre, no tenía escapatoria. Eso debió de valorar Ledezma desde su escondite en la pileta; abortó la encomienda del inspector, saliendo a flote y disparando la Thompson hacia el piso de la torre. Esto tomó por sorpresa a Sara García; un par de tiros le pegaron en un hombro haciéndola sacudir el arma y pegar las ráfagas en otra dirección; enseguida lanzó un alarido y volvió a replegarse detrás del tinaco. Ledezma aprovechó para terminar de salir de la pileta y correr hacia Quintana; lo ayudó a ponerse de pie y corrieron lejos de la torre. Poco después entraron a la cantina.

—¿Está bien, inspector? —le preguntó Pelayo.

El inspector asintió, aunque incluso un tipo curtido como él temblaba, quizá más de rabia que de miedo.

—¡No es posible que una mujer de más de 60 años nos tenga aquí, carajo! ¡Tenemos que bajarla de la torre, viva o muerta! ¡Ideas! ¡Los escucho, agentes!

—Llamemos al ejército —propuso Ledezma, mientras se secaba con trapos—. Con una tanqueta pueden empujar la torre y derribarla. O bien con un chingado bazucazo.

—Terminaríamos de quedar como pendejos… Fontana, opinión.

—Ahora tenemos tres Thompson, la señora está herida y tal vez con medio tequila en la cabeza; además está rodeada. Abramos fuego.

—Pelayo…

—Lo que dice Fontana, pero traigamos refuerzos. La señora da sorpresas.

El inspector torció la boca, parecía contrariado de tener que reconocer que no estaba de más traer refuerzos, aunque el enemigo fuera una sola mujer. Le dijo a Ledezma que saliera a hurtadillas hasta las oficinas y desde ahí marcara a la jefatura, para que enviaran siete agentes más y otro par de Chicago Typewriter; luego, él mismo salió y cogió el altavoz de manos de Roca.

—¡Escuche bien, señora García! ¡Se acabó nuestra paciencia! ¡Van a llegar refuerzos, seremos más de treinta hombres contra usted! ¡Una mujer! ¡Herida! ¡Y no muy joven, por cierto! ¡Así que ríndase, Sara García!

—¿A quién llamaste vieja, maricón?

La mujer soltó una ráfaga que perforó el toldo de una de las patrullas.

—¡Zorra! —masculló el inspector, agachándose todo lo posible.

A base de señas comenzó a dar órdenes a los de seguridad y a nosotros, buscando que estuviésemos convenientemente distribuidos, rodeando la torre a diferentes distancias. Luego todo fue esperar. La noche cayó en su plenitud, el alumbrado artificial se encendió en algunas partes del falso pueblo del Oeste y en la torre. Nadie se había ocupado de quitar la música de Infante, lo cual en cierto modo hacía parecer que estábamos de plácemes, cosa que se le quitaba a uno de la cabeza con mirar a los muertos tendidos por ahí.

Por fin aparecieron tres patrullas y los agentes bajaron parapetándose donde fuera.

—¿Dónde está la pinche vieja? —Aquella voz no parecía otra que la de Cantarel—. Ahorita le metemos plomo a la cabrona.

—¡Última oportunidad, Sara García! ¡Estamos por abrir fuego! —gritó el inspector por el megáfono.

—¡Cómeme el coño, polizonte!

Quintana contó hasta tres con los dedos en alto y todos, al unísono, disparamos hacia la torre. Las Chicago Typewriter hicieron una gran diferencia. Aquel tinaco en lo alto se llenó de agujeros dejando escapar borbotones de agua. La mujer respondió con igual furia, por aquí y por allá cayeron más hombres. Mientras disparábamos, el inspector nos hacía ir ganando terreno con la idea de llegar a la torre y trepar por la escalerilla; en esa avanzada la mujer causó más bajas. Era increíblemente diestra, daba la impresión de no estar sola, pues se movía con mucha rapidez para disparar a los que venían en distintas direcciones. Ya no le importaba estar visible. Un par de veces la oímos gritar, con lo cual no cabía duda de que algunas balas la alcanzaban. El fuego cruzado debió de durar más de cuatro minutos, hasta que la mujer dejó de disparar; muchos ya estábamos casi al pie de la torre. El inspector alzó la mano, conteniéndonos, dejando correr algunos segundos. Entonces, poco a poco, la mujer se asomó frente a nosotros sin soltar la Thompson.

—¡Ríndase, Sara García! ¡Ya no tiene escapatoria!

—¡Viva Cristo Rey, cabrones! —Disparó.

Más de veinte hombres abrimos fuego con las Thompson y las .45, haciendo que Sara García se sacudiera como un poseso al que las balas le atravesaban el pecho y las piernas, quizá más de ochenta cartuchos. Quintana levantó la mano; dejamos de disparar. Sara García se quedó escalofriantemente quieta y luego se vino a pique desde lo alto, cayendo en la pileta, quedando bocabajo, flotando en la superficie del agua.

28

A las siete de la mañana en punto, seguí al inspector por el pasillo de la morgue. Me había hecho levantarme temprano. No le pregunté de qué se trataba, pues le oí esa voz de cuando no estaba para aclaraciones sino para que uno callara y obedeciera. Cruzamos uno de los tanatorios y fuimos adonde estaba el doctor Gámez. Esté tiró de la manija y deslizó el cajón con el cadáver. «Sara García», pensé, «luces tan pálida e inofensiva...»

—Felipa Reyes Cruz —espetó el inspector.

Lo miré desconcertado.

Todo cobró sentido, uno que dejaba en claro que, en la fábrica de sueños, cualquier cosa era posible, incluso la más estrambótica, la más absurda y demencial.

—¿Está seguro, inspector? —le pregunté más tarde, tomando algo en un cafetín frente a la morgue.

—Si la miraste de cerca, se parece, pero no son gemelas.

—Sí, me di cuenta, pero pensé que se trataba del rigor cadavérico, la palidez y ese tipo de cosas.

—Pues no, no es Sara García; es Felipa Reyes.

No quiso hablar del tema por un rato, más bien parecía querer disfrutar de los huevos fritos con tocino, del café y del pan con nata. En realidad, yo también quería disfrutar de lo mío y estar ahí como si fuéramos dos viejos amigos que trabajaban en un sitio común y corriente, como la oficina de telégrafos o una mueblería. Sin embargo, ni eso era cierto ni tampoco el que Valente Quintana y yo fuéramos amigos. Esto segundo no por falta de aprecio y respeto mutuos, sino que había algo en él que siempre marcaba la raya entre su vida privada y el trabajo, aunque a veces tenía la impresión de que, si pasaran algunos años y cada cual estuviera en un ámbito distinto, nos encontraríamos a conversar como si siempre hubiera existido una gran amistad.

Algo ayudaron los catorce guardias de seguridad y solo dos de la Secreta muertos en el falso pueblo del Oeste, para que los de producción aceptaran que volviéramos a asumir el control del caso. Las condiciones fueron las siguientes: uno, podíamos interrogar al elenco, pero nunca en la jefatura; dos, para evitar filtraciones, el inspector tomaría el caso en su despacho privado, no en la comandancia, y tres, les proporcionaríamos informes diarios de los avances.

Pactamos la paz en los Estudios San Ángel y nos permitieron interrogar a nuestra primera actriz, la verdadera Sara García. Esta llegó puntualita, junto con otra persona que, al parecer, vivía con ella y la asistía y cuidaba en todo momento. La mujer hizo que le sirvieran café y un vaso con agua para que doña Sara tomara no sé qué medicamento.

—Señora, soy el inspector Valente Quintana; el oficial es Leonardo Fontana…

—Lo conozco; a usted no tenía el gusto. ¿En qué puedo servirles, inspector?

—¿Quién era Felipa Reyes?

—Mi doble…

Hizo una pausa, tomó el medicamento y luego explicó lo consabido. Ciertos actores tenían dobles que los cubrían en escenas a las que los originales no podían acudir; cosas «de relleno», sin grandes exigencias histriónicas. Si bien se asemejaban físicamente a sus originales el talento era otra cosa. La señora García no podía más con los nervios de saber que por ahí andaba un loco suelto matando mujeres. Ya cuando los del elenco comenzaron a andar armados, a ella le pareció desquiciante, habló con los productores y negoció que sus escenas las hiciera Felipa Reyes. Esto causó disgusto a los actores, pues Felipa era un poco tartamuda y de trato difícil. Lo demás es historia.

—¿Quiere decir que el elenco sabía que la que estaba en escena era Felipa y no usted?

—Obviamente, señor mío —respondió la señora García, como si la pregunta ofendiera su talento.

El inspector me cedió el turno con la mirada; saqué del bolsillo el diario de Teresa Garabito, lo abrí en cierta página y se lo mostré a la mujer.

—Señora García, ¿puede leer este párrafo y decirme si lo que dice aquí es verdad? Es el diario de una de las occisas, Teresa Garabito.

—Mamita, mis gafas, por favor…

La acompañante se apresuró a sacarlas de un bolso y se las dio a García, quien se las colocó casi en la punta de la nariz y comenzó a leer el párrafo que le había indicado; luego de unos momentos lo apartó, esbozando un gesto de pesar.

—Es cierto, las amenacé, pero cuando dije que iba a pesarles no me refería a que iba a hacerles daño, sino que toda maldad siempre es castigada tarde o temprano. Déjeme decirles algo, en mis manos estaba dejarlas sin trabajo, que nadie volviera a contratarlas en ningún sitio. Siguieron trabajando, ¿no es así?

Su argumento parecía irrefutable.

—¿Algo más en lo que pueda ayudarles?

—No, señora —dijo el inspector—, gracias por su tiempo.

La mujer se puso de pie, su acompañante metió el frasco de pastillas y las gafas en el bolso; nos dieron los buenos días y se fueron del brazo.

Otra vez estábamos en ceros. Más bien en números rojos. Al día siguiente el inspector nos reunió en su despacho de San Juan de Letrán. Desde la ventana podía mirar mi pequeño secreto, el edificio en la contra esquina y las ventanas del consultorio del doctor Pardillos. Hubiese sido curioso sacarlo a la conversación, les habría parecido más demencial que el caso del Foro 8.

En breve llegaron los agentes Fermín Villalobos, Benito Cantarel, Regina Rendón, Zacarías Flores, Cutberto Roca y el recién contratado por la caridad de Quintana, Pedro Chavira, quien había dejado de ser guardia de seguridad privada. Chavira y Cantarel se miraron sin resentimiento; es lo que tienen las peleas a puñetazos, después no queda rastro de furia, a menos que las cosas no hayan sido parejas. Lo que sí es que no se la íbamos a hacer fácil a Chavira, tendría que demostrar que podía ser uno de los nuestros, uno de la Secreta.

El despacho no era muy grande, apenas el escritorio, un par de sillas, un sofá y los libreros, así que nos distribuimos como pudimos. En la antesala había un periodista que quería entrevistar al afamado inspector Valente Quintana, quien le pidió aguardar y cerró la puerta para que no escuchara lo que íbamos a hablar sobre el Foro 8; ya sabemos, era algo más ultrasecreto que lo del ovni que cayó en Roswell ocho años atrás.

—Bien, agentes, ya saben por qué están aquí. Tenemos algo más que una papa caliente en las manos, una granada. El agente Fontana seguirá a cargo; su nueva pareja será Regina Rendón; Chavira irá con ellos a foguearse, dependiendo de su desempeño veremos si su incorporación se vuelve oficial.

—Mientras tanto, Chavira, solo serás moco de guajolote —espetó Cantarel.

Esa vez todos nos echamos a reír.

—Los demás seguirán en sus casos, pero quiero que paren oreja si oyen algo de este asunto; sé que es difícil, pero de pronto las coincidencias surgen inesperadamente. Ya saben, discreción rigurosa, no tengo que decirles que cualquier filtración les puede costar el trabajo, incluso un proceso judicial. Estamos ante un criminal hábil, escurridizo, que ahora debe de estarse partiendo de la risa. Aparte de que mató cuatro muchachas, consiguió dieciséis policías, un piloto y un copiloto muertos. ¿Alguien quiere decir algo?

—Sí, inspector… —Chavira alzó la mano—. Quiero decirle que le agradezco esta oportunidad. Me la voy a jugar para respaldarlos. Háganme suyo, no se van a arrepentir.

—¿Alguien más? —interrogó el inspector, pasando página a las sentidas palabras de Chavira, ya se sabe, el inspector no era hombre de sutilezas.

Nadie dijo más.

—A trabajar, entonces…

Fuimos saliendo del despacho. Cantarel le habló bajito a Chavira:

—Mamando culo no te vas a granjear a nadie…

—Y lo de «háganme suyo». No sabía que cachas granizo —se burló Regina Rendón.

Chavira soportó las chanzas.

—Puede pasar, Spota —le dijo Quintana al periodista, que seguía en la antesala.

Algunos agentes bajaron por la escalera y otros por el ascensor; yo detuve a Chavira y a Rendón para organizarnos. Les propuse ir al Café Tacuba para contarles los pormenores del caso. Antes de irnos, miré a Quintana, que se había sentado en la esquina del escritorio para que el periodista le tomara la foto. El inspector sostenía un cigarrillo; su delgadísima figura vestía impecable, y su afable sonrisa daba la impresión de que vivía de cualquier cosa, menos de vérselas con criminales.

Más tarde, en Tacuba, narré con puntualidad lo sucedido en el caso del Foro 8 hasta ese momento. Chavira contribuyó contando lo que había pasado durante los días que había estado como guardia de seguridad privada, pero no había datos relevantes, solo lo consabido, caprichos y recelo por parte de esa gente del espectáculo.

Encomendé a Chavira hacer un segundo repaso, contrastando nuestra base de datos con los nombres de la gente de la película, y también que averiguara en qué punto se encontraba lo del avión de Pedro Infante, y algo más que habíamos pasado por alto: investigar a Vidal, el piloto; había sido muy amable conmigo y con Cantarel, y además había vivido con nosotros el accidente; así que no lo consideramos como parte del caso. Desde luego la hipótesis de que se quisiera suicidar y nos llevara por delante resultaba descabellada, pero con lo de Sara García ya todo me parecía posible.

Rendón y yo fuimos a los Estudios, ya era hora de que la producción nos compartiera su plan de trabajo, o como llamaran, de las siguientes fechas de rodaje; me interesaba saber, de forma particular, cuándo estarían en escena Corina Beltrán y Edén Salamanca, únicos alfiles, por llamarlas de alguna forma, que posiblemente seguían en el tablero de ajedrez del asesino.

Esta vez nos atendió Matouk, el otro productor de la película, pues Dancigers estaba de viaje. Fue bastante cordial, quizá comprendía que la única forma de salir de aquello era uniendo fuerzas. Nos mostró unas sábanas de papel con el plan de trabajo. Desde luego, previamente había tachonado datos que no quería compartir.

—Esto de las locaciones, entiendo que corresponde a escenas que se filman fuera del foro, ¿cierto? —preguntó Rendón.

—Sí, señorita.

—Si no le importa, prefiero que me llame agente Rendón.

—Sí, agente Rendón.

—¿Nos puede proporcionar una lista de las personas que participarán en cada escena y un diagrama que nos ayude a comprender la geografía de las locaciones? Número de habitaciones, cuántos pasillos y, sobre todo, entradas y salidas.

—Haré que se las hagan llegar mañana, señorita, perdón, agente Rendón…

—¿Podría ser ahora mismo?

Rendón lo hizo titubear, pero luego él respondió:

—Necesitaré una hora, al menos.

—Volveremos en una hora, entonces —rematé.

No estábamos cerca del centro como para ir y volver, así que simplemente le propuse a Rendón echar un vistazo por los alrededores. Le dio curiosidad conocer dónde había sido la balacera, es decir el falso pueblo del Lejano Oeste. Cortamos camino por el bosque y de pronto escuchamos ladridos; temí que fuéramos asaltados por el reemplazo de Fideo, pero esta vez quien surgió de la maleza fue un perro pequeño y regordete.

—¡Agente Fontana! —la voz alegre de Keaton se dejó escuchar.

—¿No estaba preso? —le pregunté.

—Oh —dijo Keaton, poniéndose rojo y mirando avergonzado a Rendón—, el señor Ángel Infante levantó los cargos. Pedrito se lo pidió. Le digo, agente, el hombre es un pan.

Por tercera vez estaba en esa cabaña, tomando café y disfrutando de la vista desde la ventana, esta vez con la agente Rendón.

—Tengo algo para usted. —Keaton dibujó una sonrisa de gusto anticipado.

Fue hasta un mueble y sacó una bota llena de lodo. La puso sobre la mesa. Rendón y yo nos la quedamos mirando.

—Les explico. Hoy por la mañana se reunió la gente de la película; yo estuve atento por lo que hemos hablado. La charla fue afuera del Foro 8, escuché que comentaban sobre el tiroteo de anoche. Los observé un buen rato, luego me vine para acá y vi que, a cierta distancia, se sacudía el follaje; pensé que era Dermur, mi nuevo perro, pero me extrañó que no ladrara; no será tan agresivo como Fideo, pero hace bastante escándalo…

—Curioso nombre —dije.

—Dermur es un dios vikingo.

—Comprendo. ¿Y qué pasó entonces?

—Encontré a un tipo mirando desde la colina hacia los foros. Le grité, pero pegó la carrera. Como puede ver, no soy un hombre corpulento; él sí lo era, no demasiado, pero sí parecía ejercitado. Así que entré rápido a mi casa, en ese mueble guardo una .38; salí enseguida, casi seguro de que ya no lo veía, pero lo encontré corriendo por allá. —Keaton señaló hacia afuera.— Le grité que estaba armado, que se detuviera. Disparé un tiro al aire. No sirvió de mucho, apenas tropezó un poco y corrió más de prisa. Cuando llegué al pie de la colina encontré esta bota, me parece que la perdió en su huida.

—No entiendo cómo se puede perder una bota —dijo Rendón, tomándola y mirándola por todas partes.

—Bueno, agente, si la mira bien, verá que tiene roto el cierre, así que se le pudo salir con facilidad.

—¿Cómo era su cara?

—Llevaba pasamontañas.

—¿Nos puede llevar adonde encontró la bota?

Al poco rato, estábamos ahí. Keaton señaló el lugar; aún se veía parte de la huella de la bota en el lodo.

—Fontana, mira esto —me llamó Rendón, que se había apartado unos metros.

Fui y me mostró algo metido en el hueco de un árbol que proyectaba un destello. Lo sacó de ahí. Era la mirilla de un rifle.

—Por aquí debe estar lo demás ——Rendón metió la mano en el hueco del árbol.

—Tenga cuidado, agente —le advirtió Keaton—, puede haber una ardilla, sus dientes son de cuidado.

Rendón no encontró nada; le di vuelta al árbol, me incliné entre las raíces que sobresalían, despejé unas hojas secas y di con un hueco; metí las manos y sentí una textura fría como de metal. Saqué el objeto; era el cañón de un rifle. Volví a meter las manos y fui sacando el resto: la parte trasera de la mirilla, es decir el lente ocular, pues lo que había encontrado Rendón era el lente objetivo. Igualmente, saqué la culata, la empuñadura, todo listo para armarse.

—Buen trabajo, Keaton —le di el crédito.

—Ustedes lo encontraron —nos lo devolvió.

—Dígame algo, Keaton, cuando vio a los actores reunidos, ¿estaban ahí algunos extras?

—Sí, algunos.

—¿Edén Salamanca y Corina Beltrán?

—Sí la primera.

—¿Y los actores? ¿Estaba todo el elenco?

—No puedo asegurarlo, pues no tengo claro quiénes son todo el elenco. Pero no vi a Pedrito. Mi intención era acercarme a saludarlo, y disculparme por lo de su hermano.

De vuelta a la oficina del productor le conté a la agente Rendón la absurda hipótesis de Cantarel, que tenía por sospechoso a Pedro Infante, por eso de que todas las muertas habían tenido romances con él y lo habían amenazado con divulgar que se había aprovechado de ellas.

—Yo puedo descartar esa hipótesis —dijo Rendón—, ya todo mundo sabe que Infante es un don Juan, no creo que le perjudicara si lo publican; al contrario, los hombres le aplaudirían, incluso muchas mujeres. A los tipos les gusta que sea el gallo del corral, claro, mientras no se trate de sus mujeres...

—¿Y si se trata de eso, Rendón? ¿De un tipo al que Infante le sedujo a la mujer y las mata para que lo culpen?

—Puede ser...

Llevamos el rifle con el perito en busca de huellas. En cuanto a la bota, por obvias razones tendría las huellas de Keaton, de la agente Rendón y mías, pero no estuvo de más ver si el patrón de la suela aparecía en alguna parte del Foro 8 o de la casa de Risco, y con eso al menos confirmar que el asesino era el mismo que Keaton había visto huyendo. Lo de las huellas sería un proceso lento; una vez obtenidas habría que compararlas con criminales de nuestra base de datos y con la gente de la película.

Rendón se fue a comer a su casa y yo pasé a ver a Chavira para encargarle lo de la base de datos, pero le pedí que lo dejara de momento y me acompañara.

—Hoy vas a tener tu primer interrogatorio —le advertí—. Más vale que lo hagas bien, Chavira, es tu oportunidad de pertenecer a la Secreta.

Le fui machacando lo serio del asunto, regodeándome en cómo se iba poniendo en plan obediente. Cuando entramos a la sala de interrogatorios ya estaban ahí Fermín Villalobos, Zacarías Flores y Cantarel.

—Siéntate, Chavira. —Lo aplasté en una silla.

Villalobos le deslizó un documento sobre la mesa.

—Explícanos esto, Chavira...

Este nos miró mosqueado, pues todos estábamos serios. Tomó el papel y lo leyó. La frente se le puso de un color ardiente.

—No entiendo…

—¿No entiendes qué? —Villalobos alzó la voz—. ¿No sabes leer o nomás te haces pendejo?

—A mí lo que más me encabrona es lo de la niña de 10 años —dijo Cantarel.

—¿Qué niña? No entiendo, ¿de dónde sacaron esto?

—De la base de datos, Chavira, es tu expediente…

—Pues está mal, es falso. Yo no tengo antecedentes penales.

—¿Quieres decir que esa foto y esa huella del pulgar no son tuyas, cabrón? —retomó Villalobos—. ¿Tú qué dijiste?, porque hice mis chingaderas en Mazatlán aquí no se van a enterar.

—¡Tenemos comunicación con todas las policías, pendejo! —Cantarel le atinó el primer zape.

—Nos quisiste ver cara de pendejos —dijo Flores—, y eso te va a costar caro, de la Secreta no se burla nadie…

—No, no, muchachos, esperen, debe tratarse de un error. ¿De Mazatlán? Yo nunca he estado en Mazatlán. ¡Se los juro! —clavó de nuevo la mirada en el papel—. ¡Se los juro, por diosito!

——¡No metas a Dios en esto, puto! —otro zape de Cantarel—. ¡Catorce mujeres!, depravado de mierda. ¡Te vamos a cobrar por cada una!

—Escucha bien, cagón —le dijo Villalobos—, no sabemos cómo le hiciste para fugarte de Mazatlán, pero ahora mismo vas a firmar tu confesión…

—¿Cómo voy a firmar algo que no hice?

—Yo digo que nos ahorremos la saliva, ¿puedo ir por las cosas?

Asentí. Cantarel salió de la sala.

Chavira bajó la cabeza, se talló el rostro con las manos hechas gelatina. Nos miró buscando cuál de todos podía creer su versión.

—Una vez... —tartamudeó—, una vez mi prima y yo hicimos cosas, pero los dos quisimos... Fuera de eso, en serio, no violé a nadie... No sería capaz...

—Cuéntanos lo de tu prima, tal vez ayude —ordenó Villalobos.

—Éramos niños... Y ya.

—¿Cómo que y ya? ¿Qué pasó exactamente?

—Nos lamimos.

—¿Se qué?

—Nos lamimos... ahí...

Nos echamos a reír. Cantarel volvió a entrar, traía un par de cables y un desarmador. Fue directo a la caja de luz, atornilló los cables, los chocó sacando chispas. Chavira comenzó a sudar perturbado.

—Bueno, Chavira —le dijo Villalobos—, tienes tres opciones. La primera confesar y firmar; la segunda que el agente te fría los huevos, y la tercera...

Zacarías abrió la puerta del baño, desde donde se veía el excusado.

—Que te metamos la cabeza ahí y tragues mierda... Tú decides.

Chavira miró los cables, Cantarel les sacó otro chispazo, luego miró la puerta del baño.

—¡Es que soy inocente! —masculló, bajando las comisuras de los labios.

—De una vez bájenle los pantalones —propuso Cantarel.

—Esperen —dijo Flores—; me gustó eso de las lamidas, si me lame el pájaro nos olvidamos del asunto...

—¿Qué dices? —le preguntó Cantarel. ¿Le lames el pájaro a Flores?

—Suena bien la oferta —apostilló Villalobos.

Chavira miró la ficha, su nombre, el sello. No había forma de que no se tratara de él. Un sello es un sello, la firma de un director también lo es. Nada podía decir en su favor, lo de haber trabajado en seguridad privada, menos, había sido puro bulto, de esos a los que les ponen un uniforme y les dan una pistolita para que den la pala de autoridad, vaya que yo sabía de eso, todo era cosa de remontarse al banco de Londres...

—Decídete ya, Chavira, ¿te dejamos solo con Flores? ¿Se va bajando la bragueta?

Chavira tomo aire y de pronto levantó la cabeza.

—¡Chinguen todos a su madre!

—¿Es tu última palabra?

Asintió entre miedoso y temerario, mirándonos con odio. Entonces, nos miramos y comenzamos a aplaudir. Villalobos echó mano al bolsillo, sacó algo y lo puso en la mesa. Era la placa oficial de la Secreta de Chavira.

—Bienvenido a la Policía Secreta.

Chavira miró la placa con los ojos desorbitados; la tomó y la miró aún más de cerca, y entonces rompió a reír y a llorar desquiciadamente.

29

Todos teníamos historias similares de iniciación a la Secreta, y si algo era seguro es que ninguno había confesado delitos ni lamido pájaros ajenos.

—Pero iba a decirme qué sintió mientras torturaban mentalmente al señor Chavira —dijo Pardillos.

—No, doctor, lo que iba a decirle es que lo vi ponerse pálido, desencajarse como si el mundo se le viniera abajo. Y yo participaba de la situación, importándome un bledo su angustia. ¿Qué le parece?

—¿Qué le parece a usted?

—Sabía que iba a preguntármelo, y ya tengo lista mi respuesta. Me parece que soy una basura. No lo sé, doctor, ¿conoce usted la revista *Reader's Digest*?

—Desde luego.

—¿Le parece una revista científica?

—De divulgación de todo tipo de temas, algunos de ellos de carácter científico, sí.

—Eso digo yo. Hace como cuatro años leí un artículo que hablaba de una posible relación entre fumar tabaco y el cáncer. Desde luego eso no es algo comprobable, pero me pareció una postura interesante. De igual forma, leí un artículo sobre enfermedades mentales; me sorprendió la variedad de locos que puede haber en el mundo. No voy a darle clases a usted sobre el tema, pero según *Reader's Digest* hay una amplia gama de lo que llaman psicópatas; los lábiles con cambios bruscos de humor, los explosivos que responden violentamente, los asténicos que son cobardes, los desalmados que no tienen remordimientos ni compasión. ¿Qué piensa?

—Interesante.

—¿Solo dice eso? Seguro que en esa libretita ya puso a qué categoría pertenezco yo...

—¿Y cuál sería, según usted?

—Soy un psicópata desalmado.

La risilla de Pardillos era imperdible. Me dieron ganas de ser un psicópata explosivo y darle una buena chinga.

—¿Se ríe de mí, doctor?

—Sí, me rio de usted, y lo siento. ¿Por qué se considera un psicópata? Me imagino que en su medio ha conocido a muchos que pueden serlo...

—Bueno, tampoco soy como de la banda de los Huipas, que apuñalaban y castraban a sus víctimas, o como de las Poquianchis, que mataban a todas esas muchachas a las que prostituían. O como Felicitas Sánchez, a la cual usted ya se imaginará por qué la apodaban la Trituradora de angelitos... Pero ¿no me escuchó? ¿No oyó lo que dice el *Reader's Digest*? El psicópata desalmado no tiene sentimientos.

—¿Usted no los tiene?

—Quizá no. Ya sabe que soy incapaz de llorar; daría media vida por derramar una lágrima auténtica. No recuerdo la última vez que lloré de forma sincera.

—¿No lo educaron como a todos, diciéndole que los hombres no lloran?

—Sabemos que eso te dicen, pero que de alguna u otra manera lloras aunque seas un hombre...

—¿Qué sintió de ver sufrir al señor Chavira? ¿Lo disfrutó?

—No.

—Entonces ¿por qué participó de eso?

—Porque es la costumbre.

—¿Y si en sus manos hubiera estado el haberle evitado ese sufrimiento, lo habría hecho?

—No lo sé; mire, doctor, créame que no sé qué me pasa; no soporto seguir así, realmente no puedo más. Me siento como un actor en el teatro de la vida, como si fuera un personaje fabricado por la imaginación de un dios que inventa vidas a lo estúpido, sigo mi papel porque hay que seguirlo. Aborrezco ese ritual de iniciación, pero no quiero ser el bicho raro que no participa. Aborrezco los fines de semana, cuando se supone que hago una pausa en mi porquería de trabajo, y apenas sé qué hacer con esa pausa. Aborrezco haber dejado atrás un par de buenas mujeres en mi vida porque no me vi dejándolas viudas o no sabiendo cumplir sus expectativas. Aborrezco tener que venir aquí a escondidas, más ahora que enfrente está el despacho del inspector Quintana…

—Entiendo…

—¿Qué es lo que entiende?

—Afirma que no siente nada; pero ahora me dice que aborrece muchas cosas. No sé si me equivoque, Leonardo, pero aborrecer es sentir algo.

Me dejó frío.

Esa tarde sentí que me había quitado una lápida de encima. Irónicamente, me sentí feliz de aborrecer tantas cosas. Bendito sentimiento de repudiar esto y aquello, ya fueran situaciones o personas. Iba por la calle sonriéndole a medio mundo, cruzando miradas con los transeúntes mientras pensaba de ellos: «Te aborrezco, a ti y a ti y a ti. A ti que escupes gargajos en la calle; te aborrezco a ti, que pitas con tu desaforado claxon como si con eso pudieras hacer que se muevan los demás; te aborrezco a ti, que le pegas a tu hijo, y a ti ladronzuelo de poca monta, al que he visto sacarle la cartera a alguien, y a ti limosnero, que estiras la mano porque ahora quieres que la sociedad remedie que desperdiciaste la vida, y a ti mojigata, vestida de cuervo, que sales de misa y hueles a meados rancios y piensas en qué chisme inventarle a los demás; en fin, a todos, yo, Leonardo Fontana, los aborrezco, ¡malnacidos!»

—¡Fontana!

Giré, era la agente Rendón.

—Te vengo siguiendo desde hace varias calles…

Me puse pálido, temiendo que me hubiera visto salir del edificio del loquero y los infecciosos.

—¿Siguiendo?, ¿desde dónde? —pregunté a la defensiva.

—Desde la tienda de sombreros…

La tienda era la parte baja del edificio. Le dije que había ido a comprarme un Tardán, pero que cambié de opinión; comencé a enmarañarme en explicaciones que le hicieron fruncir el ceño, así que mejor cerré mi bocaza.

—Ya tenemos el plan de trabajo de la producción. Pronto van a volver a filmar en la casa de Risco. Edén Salamanca tiene una escena a las tres de la tarde…

Miré mi reloj, faltaban un par de horas para eso, así que le propuse ir al despacho del inspector y echarle un vistazo al plano de la casa. Fuimos desde Uruguay hasta San Juan de Letrán, pasamos junto al «edificio del mal», me bajé la punta del sombrero, temiendo encontrar a Pardillos —aunque nunca había pasado— y verme en la disyuntiva de saludarle. Subimos al despacho de Quintana y en una oficina contigua examinamos el plano. La casa de Risco era bastante grande, con muchas habitaciones, una salida frontal, otra lateral y una más por la parte trasera, todas daban al jardín, y de ahí a la calle.

—Propongo que pongamos un agente en cada salida, otro en la azotea y una patrulla a medio kilómetro —dijo Rendón.

—Nos notaríamos demasiado.

—Iremos vestidos de trabajadores y en vez de patrulla, un coche cualquiera.

—Excelente, Rendón.

—¿Quieres que organice a los muchachos?

—Por favor.

—Tienes una mancha de café en la corbata.

—Estás en todo, Rendón.

El sonido de llanto partido nos hizo reaccionar; salimos y en el pasillo vimos a Edén Salamanca; lloraba frente al inspector Quintana, que tenía en las manos un papel. Nos miró y nos lo dio. Era una amenaza de muerte. «Hoy es tu última actuación, ramera». El mensaje estaba escrito con máquina.

—No se preocupe, señorita, la vamos a cuidar en la filmación.

—¡Ninguna filmación! ¡No pienso ir! Vine para decirles que necesito que un agente esté en mi casa las veinticuatro horas. ¡Adentro de mi casa!

Esto último lo dijo mirándome con intensidad.

—Señorita Salamanca —le dijo el inspector—, sería de mucha utilidad que fuera a la filmación.

—¿Por qué insisten en agarrarme de carnada?

—No es así; es…

—¿Puedo hablar con usted en privado, agente Fontana?

Asentí incómodo. En cuanto entramos al despacho contiguo, Edén me echó los brazos al cuello. La tomé por las muñecas y la aparté.

—No seas tonto, solo era un abrazo; tienes que cuidarme, agente, lo prometiste…

—Haré lo posible, pero nada de abrazos…

—Oh, Leonardo, entiéndeme, soy muy joven, le tengo miedo a la muerte. Tú quizá no porque eres mayor, pero yo tengo sueños, mi vida apenas comienza. No digo que la tuya termine, pero no es igual. Ya casi eres un viejo como de cuarenta...

—Ya lo dijo el inspector, te vamos a cuidar.

—¡Al diablo el inspector! ¡Ese pedante va a seguir en su despacho mientras el asesino me rompa el cuello!

—Eso no va a suceder porque estaremos en la casa varios policías mientras haces tu escena.

—¿Y qué harán? ¿Aplaudirme cuando caiga muerta?

—Edén, esconderte no va a servir de nada mientras no atrapemos al asesino...

Abrió su pequeño bolso cuadrado, sacó una caja de Camels y un encendedor; le ayudé a encender el cigarro. Luego de una larga calada, se relajó y habló en un tono más suave.

—Está bien, agente, tengo una condición. Haré mi escena, pero si no lo atrapan hoy vivirás conmigo hasta que eso suceda...

No supe si reír o retroceder dos pasos.

—No me mires así, no te estoy pidiendo que te cases conmigo.

—No puedo estar las veinticuatro horas encerrado en ningún sitio, ni siquiera en mi casa.

—Acepto.

—¿Aceptas qué?

—Sales a trabajar y regresas a dormir.

Hablaba en serio y ni yo ni la policía teníamos tiempo que perder, así que acepté el trato. Salimos de ahí con la noticia de que la señorita Salamanca aceptaba ir a la casa de Risco. El inspector y Rendón me miraron suspicaces.

Poco después, un taxi con un agente al volante la llevó a la filmación. Rendón se encargó de la logística, parecía tener una clara idea de cómo debíamos proceder. Tuvo su punto divertido: a Villalobos y a Cantarel los hizo disfrazarse de jardineros, les dijo que no solo estuvieran por ahí mirando las flores, sino que realmente cogieran la podadora y las tijeras y se pusieran a trabajar. Al Negrito Pelayo y a mí nos hizo vestir con filipinas para hacer de mayordomos. Ella igualmente se vestiría de doncella; Flores estaría disfrazado de utilero, cerca de la gente de producción. En cierta forma, interpretaríamos nuestra propia película.

Por primera vez pude ver cómo se filmaba una película. Aburrición total, mucha tarea antes de que el director dijera «Corre cámara, acción». Esa escena se trataba de que Pedro Infante entraba con Silvia Pinal a la casa donde iban a pasar su luna de miel (acababan de casarse); él se quedaba en ascuas, viendo a la familia de ella; madre, padre y hermano (Sara García, Ortiz de Pinedo y Félix González), muy instalados en la sala, así que adiós luna de miel. El momento estelar de Edén Salamanca, en su papel de doncella, era abrir la puerta para que Pedro y Silvia entraran, y desaparecer enseguida. Habíamos acordado con la producción que la agente Rendón estaría en la sala, limpiando con un plumero los muebles, y que yo ayudaría a meter las maletas de la pareja. Eso sí, por favor, nos pidieron no abrir la boca ni mirar a cámara. No debíamos confundirnos; no éramos ni seríamos actores jamás. No teníamos ni la percha ni las facultades. Nos hicieron firmar un papel en el que aceptábamos no cobrar un peso por nuestra participación y cederles los derechos de borrarnos o dejarnos en la película según su conveniencia.

—¡Corre cámara, acción!

Suena el timbre, Edén se desplaza y abre la puerta.

EDÉN: Buenos días, señorita.

SILVIA PINAL: Buenos días, Paquita…

Aparezco yo, tomo las maletas y me las llevo fuera de cámara. La imagen va con Pedro y Silvia, que van al centro del salón; ahí está ya la familia. Pedro dibuja una expresión de sorpresa, mientras aquellos lo miran con cara de pocos amigos.

—¡Corte, se repite!

Una, dos, tres, cuatro, cinco, seis veces, lo mismo hasta que...

—¡Corte, se queda!

30

Era el cumpleaños del camarógrafo, al final del llamado montaron una mesa larga en el jardín y pusieron comida y bebidas. Los de producción bajaron la guardia y nos sumaron al festejo. Por un rato pudimos sentarnos a la mesa. Cantarel y yo flanqueando a Edén Salamanca. A Rendón le tocó estar al lado de Pedro Infante, que no perdió oportunidad de coquetearle. Regina Rendón era una mujer atlética, de facciones toscas pero interesantes. A más de cuatro les había puesto el alto en la jefatura; al parecer dedicaba su vida a su hijo de diez años. Sería interesante ver cómo se comportaba junto al ídolo de las multitudes. Por el momento, solo sonreía a sus bromas y no se mostraba ni mínimamente impresionada por él.

En cierto momento, el camarógrafo dijo que su mejor regalo sería que Pedro cantara una canción y le firmara un disco para su señora. Ni tardo ni perezoso, Infante tomó los cubiertos y con ellos comenzó a dar golpecitos en la mesa marcando el ritmo. Tres compases después, lanzó la voz en modo terso, y cantó: «Si tú me quisieras, un poquitito...» No perdió oportunidad de entornarle la mirada a Rendón, quien lo siguió mirando entre sonriente y distante.

Cantarel me dio un codazo:

—Este cabrón no sabe mantener las distancias ni con una policía. Lo bueno es que ella no le va a hacer caso porque es una profesional...

Inesperadamente, Edén deslizó una mano sobre la mesa y la puso encima de la mía; Cantarel me miró con cara de sorpresa. En cuanto pude, quité la mano con el pretexto de tomar la taza de café. Finalizó la canción, cayeron aplausos; el camarógrafo fue y le dio un buen abrazo a Infante, le entregó el disco y le dictó la dedicatoria:

—Para Consuelito, con cariño...

—¿Le puedo poner harto cariño?

—Claro, Pedrito...

Una fuerte explosión paralizó el festejo; las miradas buscaron el origen del ruido. Enseguida hubo otra más fuerte, y entonces nadie esperó más, se levantaron de la mesa y aquellas pistolas calibre .22 comenzaron a surgir por todas partes. El director ordenó que todos fueran hacia la casa; algunos obedecieron, y los que tenían más coraje que miedo corrieron a un montículo para cubrirse detrás de los árboles y empuñar las pistolas.

—¡Fontana! —me gritó Rendón, señalando el lugar vacío de Edén.

La ubiqué con la mirada; corrí deprisa tratando de alcanzarla; se dirigía a la parte lateral de la casa. Una tercera explosión reventó unas ventanas al lado de Edén, haciéndola pegar un grito. Llegó hasta un coche que tenía la ventanilla abierta y, como una nadadora experta, se metió de un clavado. Le toqué un tobillo, comenzó a patalear pegándome con los tacones hasta que se dio cuenta de que se trataba de mí; se pasó al lado del asiento del copiloto, entré detrás del volante. Me suplicó que nos largáramos de ahí, le pedí calma, yo estaba armado y, además, el coche no tenía la llave puesta. Una cuarta explosión la hizo echarme los brazos al cuello; estaba tomando esa costumbre. Esta vez rompió a llorar y no dejaba de temblar. Detrás de la fachada comenzó a emerger humo. De pronto, sonaron tres o cuatro disparos más, que hicieron a la chica estrujarme y pedir en tono de una plegaria que ojalá estuvieran matando al que la quería matar.

De pronto, silencio total.

Me costó convencerla de que saliéramos del coche; prácticamente la tuve que sacar de un tirón y no estuvo tranquila hasta verme empuñando la pistola mientras avanzábamos y se aferraba a mi cuerpo como un mono, lo que resultaba cómicamente absurdo, pues me dificultaría usar el arma en caso de ser necesario. Cruzamos la puerta de la casa; ahí estaban ya los actores: Sara García, abanicada por la mujer que solía acompañarla; Ortiz de Pinedo, tratando de llevarse un puro a la boca con la mano temblando, y los demás distribuidos entre los de producción, algunos agentes, todos consternados, tensos y silenciosos. Detrás de mí llegaron Flores y Villalobos, anunciando que el origen de la explosión provenía de varios cilindros de gas que estaban en la azotea.

—¿Y los disparos? —interrogué.

—Yo —dijo Silvia Pinal—, me puse nerviosa. Espero no haber herido a nadie… que no se lo mereciera…

Dancigers tomó la palabra; dijo que quedaba cancelado el llamado hasta nuevo aviso. Lo miraron molestos por la obviedad. Una silueta se dibujó en el vidrio traslucido de la puerta, se detuvo unos segundos, escalofriantes segundos, giró el pomo, entró y nos miró pálido, casi a punto del desmayo.

—Por favor, ayuda. —Era Pedro Infante.

Nos condujo detrás de la finca hasta un cuartucho de tablas, donde contemplamos aquel bulto bocabajo en el suelo con una mancha redonda de sangre a mitad de la espalda, sin zapatos, con las bragas enredadas en los tobillos y la blusa desgarrada. No hizo falta girarla para ver quien era. La agente Rendón.

Esa vez no hubo trámites ni excusas, Villalobos y yo condujimos a Pedro Infante a una de las habitaciones para interrogarlo, mientras los demás agentes se ocuparon de llamar a la morgue y de interrogar a los demás. Más tarde me enteraría de que el director no los dejó irse sin antes recordarles que el cine era el séptimo arte, que cada uno de ellos había hecho mil sacrificios y otro tanto de renuncias de llevar una vida ordinaria para convertirse en actores y actrices afamados o para formar parte de la fábrica de sueños detrás de cámaras, así que todo eso no debía hacerlos desistir; al contrario, ahora más que nunca debían mostrar el coraje, las agallas de seguir adelante. Nada de ir a la prensa, nada de renunciar al trabajo. Tarde o temprano la pesadilla tendría un final. Quizá el origen de todas esas truculencias era boicotear la película, una que prometía ser de las más taquilleras de todos los tiempos, gracias a todos ellos, a su talento incomparable.

—Y bien, Infante, díganos por qué tiene esos rasguños en la cara…

—Me caí al correr, hay harta hierba…

—Cuéntenos qué sucedió —preguntó Villalobos sin brusquedad, pero tampoco condescendiente.

Infante estaba sentado en el borde de la cama, con los dedos de las manos cruzadas, el gesto serio, como pocas veces lo recordaba en sus películas; más bien me vino a la memoria una foto suya cuando lo retrataron en un hospital, luego de que tuvo un accidente en su avión y lo operaron para ponerle una placa de titanio en la cabeza. Tenía el semblante acre y deprimido.

—Salí corriendo como todos. Entré a ese cuarto y vi a la agente ahí tirada, así como la vieron ustedes a la pobrecita…

—¿No la movió?

Infante negó con la cabeza.

—¿No intentó ver si estaba viva?

—Se veía muerta…

—Dígame, señor Infante, ¿se la encontró en el camino o corrió detrás de ella?

—¿Cómo?

—Responda.

——¿Para qué iba a ir detrás de ella?

—No lo sé, usted dígamelo.

—Francamente, no entiendo su pregunta.

—¿Pudo ver quien la atacó?

Infante negó con la cabeza.

—¿Tiene idea de lo que le hicieron?

Volvió a negar.

—¿Ni siquiera lo supone?

—Parece que quisieron abusar de ella.

—Eso mismo me parece a mí, ¿y a ti, Fontana?

Asentí.

—Entonces los tres estamos de acuerdo; lo más seguro es que hayan querido abusar de ella, o que en efecto lo hicieran. Eso no sucede en tres segundos, ¿no le parece, Pedro?

—¿Cómo?

—Abusar de ella, no creo que tomara tres segundos.

—No lo sé…

—¿No será que más bien la encontró viva?

—No, no estaba viva.

—¿Tiene un arma, señor Infante?

—¿Por qué habría de tenerla?

—Todo mundo trae pistolas calibre .22 a la filmación.

—Yo no —objetó.

—¿Sabe qué me parece, señor Infante?

—No, no lo sé…

—Que a usted le gustan demasiado las mujeres.

—¿Y eso qué significa?

—Que la agente Rendón era una mujer muy hermosa. Le dedicó esa canción en la mesa, la miraba de una forma especial... Especial y no, porque así mira a todas. ¿Alguna vez alguna le ha dicho que no?

—¿Qué no qué?

—Que no quiere nada con usted...

—Sí, algunas...

—¿Y qué hace cuando lo rechazan?

—¿Cómo qué hago? Aguantarme y ya.

—¿En serio? No debe ser fácil ser Pedro Infante y que una mujer le diga que no. Aquí el agente Fontana es feo —bromeó Villalobos—; no canta, no actúa, así que un rechazo le puede dar igual. Pero a usted...

—¿Adónde quiere llegar con todo esto?

Sí, a dónde, pensé.

—A que nos diga cómo es posible que encontrara muerta a la agente Rendón en tres segundos, cuando para hacerle lo que le hicieron debieron pasar al menos quince minutos, justo lo que duró el bullicio, justo el tiempo en que no lo vimos ni a usted ni a ella...

Infante se puso de pie al instante. Miró con gravedad a Villalobos.

—No tengo por qué seguir oyendo sus suposiciones.

—¡Siéntese! —ordenó Villalobos—. ¡Todavía no terminamos!

Infante le devolvió una mirada iracunda y se sentó.

—Sigue tú —me dijo Villalobos.

Eso iba a hacer, pero llamaron a la puerta; me desplacé, era Dacingers, miró por el filo a Infante sentado frente a Villalobos.

—¿Qué hacen?

—Interrogarlo.

—No pueden.

—Fuera de aquí, Dacingers. Se acabó el juego. Lo vamos a interrogar todo lo que se nos dé la gana.

—Los voy a demandar, los voy a...

Le boté la puerta en la cara y fui al lado de Infante.

—Estás jodido, Pedro Infante, se te acabó la carrera, la fama no. Pero ahora va a ser de otra forma, hijo de perra.

31

Aquellos arreglos florales en torno del ataúd los había enviado el propio Pedro Infante, un toque agridulce y perturbador, considerando la confirmación del forense: Regina Rendón había sido ultrajada; las marcas en sus uñas delataban que no había muerto sin dar la pelea. Una pelea muy desigual, pues antes le habían disparado por la espalda. Tiempo estimado del suceso: de quince a veinte minutos. Imposible tres segundos. Infante tuvo que verla morir. La bala que la mató no era calibre .22, sino 7 mm. En cuanto a él, no pudimos detenerlo, todo seguía en el terreno de las conjeturas. Pero nos acercábamos.

Los actores no tenían por qué estar en el velorio, el caído era uno de los nuestros, quizá por eso fue sorpresivo ver llegar a Sara García y a su acompañante a la funeraria, vestidas de luto. La señora García fue bondadosa con el hijo de la agente Rendón; le dio el pésame y lo abrazó con amor de abuela. De hecho, fue la única capaz de detenerle el llanto por un ratito, hablándole de que su madre ahora estaba en el Cielo, cuidando de él desde allá. La cruda realidad es que el chico se había quedado en la calle y terminaría en algún orfanato. No sé si fuera el sopor que causaba el olor de los nardos o el golpe de lo sucedido, la misma noche quizá, que hacían ver a la famosa señora y al pequeño como si más bien estuvieran representando una escena más de una película.

García me dijo que lamentaba la injusta situación; sabía lo que significa la orfandad, haría lo posible para que el niño no quedara en el total desamparo. Se lo agradecí en nombre de la jefatura. Se limpió una lágrima furtiva, estuvo un rato más y se fue con su acompañante. La consternación en su rostro dolido me causó envidia secreta; de nuevo, todos, incluso los lejanos, eran capaces de sentir tristeza. Para mí todo se resumía a la consecuencia de nuestro oficio.

Los días transcurrieron en un extraño mutismo; la gente de la producción realizó varios cambios en su plan de trabajo; pronto los llamados se les harían llegar a los actores sin anticipación, tal vez creyendo que eso confundiría al asesino. Por su parte, el inspector decidió esperar el informe de las huellas digitales en el rifle del bosque; además, dedicó tiempo a revisar los pormenores de la necropsia de la agente Rendón y de las figurantes, apoyado por el doctor Quiroz Cuarón. A nada de esto nos convocó; supuse que era su modo de llamarnos ineptos. Pero eso no significó que dejáramos de trabajar. Cantarel siguió en el caso de las chicas asesinadas en los fumaderos de opio; Chavira revisando bases de datos, y yo como cuidador de Edén Salamanca; el inspector me obligó a cumplir mi promesa.

Lo confieso, hice algo más que cuidarla. Terminábamos enfrascados sin remedio en su alcoba o en el sofá. El desenlace después de cenar siempre era el mismo, discusiones en las que Edén expresaba su miedo mediante explosiones histriónicas y diciendo que mi deber era protegerla de todo mal. Ciertamente lo era en términos de policía, pero ella lo exigía con el mismo ímpetu que una adolescente caprichosa. No tenía límites ni me daba tregua hasta el amanecer, y una vez conforme, se refugiaba en mi pecho para revelarme en pequeños relatos quién era esa muchacha detrás de la máscara de Edén Salamanca, es decir Lucrecia, la muchacha de Tulancingo, Hidalgo, que había llegado a la gran ciudad para convertirse en actriz porque le habían dicho que era bonita y que cuando sonreía se parecía a Rosita Quintana. Yo la escuchaba desmoronando en secreto sus sueños, que para mí no tenían ni pies ni cabeza. Todo lo basaba en su belleza y en que otras muchachas venidas de situaciones modestas o incluso precarias, ahora eran las grandes luminarias del cine nacional. No se le podían reprochar sus argumentos, ni esgrimir su falta de talento, ya que, siendo sinceros, algunas de las más famosas tampoco lo tenían por ningún lado, pero yo no le veía ese halo de nacida para brillar.

En parte yo estaba ahí para intentar romper mi maldición de insensible. Con el paso de los días, ansiaba llegar a casa, «su» casa, con sus leyes y espacios propios, todo muy en su sitio, las puertas de madera pintadas de blanco, la salita de estar con su tapete redondo, la pulcritud hasta en los descansos de las ventanas que daban a La Polar, el olor a naftalina en los armarios, el guisado cocinándose en la estufa, Edén ensayando frente a un espejo sus diálogos, vestida con su tierno pijama o un sensual negligé, y Sansón mirándome y moviendo la cola, como si me aceptara ya dentro de la familia.

Una noche fui un poco más lejos, me atreví a llegar con un ramo de flores. Edén las olió intensamente, lanzó hacia atrás una pierna y me echó los brazos al cuello con todo y flores.

—Eres un tierno, agente. Siéntate, vamos a cenar.

Lancé el sombrero al perchero y fui a lavarme las manos.

—Hoy les cancelé el llamado... —dijo desde la cocina.

—Es la tercera vez.

—Pues sí, pero si no pueden garantizar mi seguridad se lo merecen. Y no me vuelvas a pedir que la haga de carnada. Pude estar en el lugar de la pobre de tu colega.

No era de los que compartían teorías con alguien que no fuera del trabajo, así que no le dije nada, pero pensaba que el asesino más bien nos cambió la jugada haciéndonos creer que la siguiente sería Edén.

—Tal vez no deba hacer la película, no tengo nada que ganar. Todavía si me dieran un papel secundario y no de extra… Ya me llamarán de otra película. Parece que el Indio Fernández está por comenzar una.

—¿Y si no te llaman?

—Me da igual. ¿Qué pasa si ya no quiero ser actriz?

La miré tratando de averiguar si se trataba de una broma.

—¿Qué tal que lo que quiero es casarme, tener una familia, ser una mujer común y corriente?

Me encogí de hombros y sacó chispas por los ojos.

—Eres un asco de hombre.

«Aquí vamos», pensé.

—¿Sabes algo? Si quisiera casarme tú serías mi última opción. No tienes mucho que ofrecer. Cualquier día te matan en la calle.

—Eso es cierto.

—¿Y sabes otra cosa, agente?

—¿El qué?

—Tú eres el que deberías sentirte halagado de estar conmigo, ¿y sabes la razón?

—Dímela, encanto, la escucho.

—Antes de hacerlo contigo, lo hice con Pedro Infante.

32

Cuando llegué al edificio, bajaban muebles por la escalera. Me replegué y vi pasar una consola de radio, un ropero y una alacena, y detrás de los trabajadores, a un malencarado señor Rojas. Iba a saludarlo, pero me lanzó una mirada de «si me hablas, te apuñalo». Lo dejé pasar, crucé el pasillo y, aunque no le eché un ojo a su apartamento, presentí ese eco de cuando el espacio está casi vacío; seguí de largo y entré en mi casa.

—¡Qué milagro, señor Fontana! —exclamó Maya, que tomaba una taza de café en la barra de la cocina, mientras hojeaba el *Cinema*—. Ya casi no te paras por aquí, se me hace que estás dando un paso adelante con tu cita de los jueves.

—Los jueves voy a jugar dominó…

—¿Y quién va dominando a quién?

Me puso una taza de café en la barra y me guiñó un ojo.

—Veo que se muda el señor Rojas…

—Está furioso; perdió el departamento en una apuesta. Vino a ver si le hacía un trabajito para recuperarlo, pero le dije que los espíritus me dijeron que esta vez no podían hacer nada por él, se indignó como no tienes idea.

—Ahora entiendo por qué su mujer te dejó las escrituras a resguardo. ¿Y cómo vas con doña Virtudes?

—La pobre está en el hospital.

—¿Otra vez?

—Sí, otra vez; el marido fue más lejos, le sacó un ojo.

Iba a darle un sorbo al café, pero por alguna razón imaginé el ojo navegando en él y devolví la taza a su sitio. Maya entorno la mirada. Ya sabía lo que me iba a pedir; lo sabía y me molestaba que lo hiciera, pero a la vez siempre lograba sacar algo bueno de mí, así que hablé por ella:

—De acuerdo, ¿dónde encuentro al marido? Y es la última vez que te ayudo. Si existen los buenos espíritus, que ellos hagan el trabajo sucio.

Dibujó una sonrisa y me anotó los datos en una servilleta. Eran las tres, pensé que podía ir a ver al sujeto, sacudirlo y luego ir al despacho del inspector. Tomé mi sombrero y vi un encendedor dorado sobre la mesita del recibidor.

—Es de Diógenes.

—¿Qué Diógenes?

—Trabaja en El Palacio de Hierro.

—¿Estás saliendo con él?

—Los jueves, como tú con lo de tu dominó.

—Pues buena suerte, pero que no olvide sus objetos personales en nuestra casa.

—¿Estás celoso?

No sé si lo estaba, no sé si me jodía imaginar al tal Diógenes poniendo sus manos encima de Maya; quizá un poco sí; quizá yo era como todos los hombres, como Pedro Infante y el resto, que querían a todas las gallinas para sí y ser el gavilán pollero. Pero ¿qué podía exigirle a Maya? Ni ella ni yo dábamos el gran paso, tal vez porque significaba que, de no funcionar, terminaríamos perdiéndonos el uno al otro. Recordando el encendedor mientras llegaba frente a aquella carnicería en la Peralvillo, pensé que, lo que fuera nuestra relación, estaba por terminar, pues ya Maya tenía a su Diógenes y yo a mi Edén.

Me acerqué al refrigerador; un tipo grandote y cachetón, con el delantal pringado de sangre, partía trozos de res a machetazos.

—¿Claudio Sigüenza?

—¡Claudio, te buscan! —gritó mirando al fondo del local

Agradecí que Sigüenza no fuera él, con sus más de cien kilos de mole humana. Un tipo menudito, de cejas espesas, se acercó desde la trastienda, limpiándose las manos, también pringadas de sangre.

—Leonardo Fontana, policía judicial.

El grandote pareció escuchar las palabras «hay un incendio», dio la vuelta y se marchó a la trastienda. El bajito me miró con curiosidad.

—Su mujer está en el hospital porque le sacó un ojo.

—¿Quién es usted?

—Se lo acabo de decir.

—¿Y cómo sé que es policía?

Le mostré mi placa.

—Bueno, ¿y qué cojones quiere?

Vaya, el tipo tenía la actitud que le faltaba al cachetón grandote.

—Cojones, casi no escuchó esa palabra; la dicen mucho los españoles, ¿verdad?

—Mire, agente, estoy trabajando, ¿por qué me pregunta por mi mujer? ¿Qué tiene que ver con ella?

—Ya que es usted tan franco yo también lo voy a ser; supongo que su mujer le tiene tanto miedo que no va a denunciarlo por lo del ojo, así que es difícil proceder legamente.

—Le digo que estoy trabajando, vaya al grano.

—El grano es que si vuelve a ponerle una mano encima se va a quedar sin ella.

—¿Sin mano o sin mujer?

Ahora se estaba poniendo chistoso.

—Sin mano y sin piernas, y sin sangre en las venas, vaya, sin vida.

—¿Por qué se preocupa tanto por mí mujer? ¿Se la está chingando?

Recordé a Virtudes, flacucha, desangelada, desfiminizada a punta de sufrimientos.

—No, Sigüenza, no me estoy acostando con su mujer.

—¿Entonces por qué la defiende tanto?

—Porque soy policía. Queda advertido.

—Hágale como quiera, le advierto que siempre ando armado.

—Gracias por la advertencia. ¿A cómo el medio kilo de carne molida? —señalé la vitrina.

—¿Res, puerco o mixta?

—Mixta.

—Tres pesos con veinticinco centavos.

Fui a ver a Quintana. Estaba ocupado. Esperé en la antesala. Tomé el periódico de la tarde y leí que Rusia pondría trabas a la reunificación de Alemania. Entonces escuché una voz y miré hacia la puerta traslucida del despacho del inspector. No alcancé a distinguir quién estaba sentado, pero por su voz consideré que podía ser una mujer. Y así fue, pues casi enseguida salió y pasó junto a mí sin detenerse.

—Entra —me ordenó el inspector—. ¿Qué traes ahí? —Me señaló las manos.

—Medio kilo de carne molida. ¿Quién era la mujer? Parecía enojada.

—La esposa de Cantarel. Vino a reclamar; dice que su marido anda en malos pasos y que, como somos hombres, lo estamos sonsacando.

—¿Qué clase de malos pasos?

—Eso es lo truculento, o lo divertido, no sé cómo llamarlo. Anda con otra, pero no con cualquier otra…

—¿Muy bonita para él?

—Mei.

—¿Qué Mei?

—La prostituta que fue agredida en el fumadero de opio.

—¿La que está en el manicomio?

Asintió.

No salí de mi sorpresa. Hasta donde tenía entendido la chica había quedado, aparte de mal de la cabeza, desfigurada por lo que le había hecho el atacante.

—Lo sé, Fontana, es de no creerse. La esposa quiere que hable con él, que lo amenace con echarlo del trabajo si sigue visitando a esa muchacha en el manicomio.

—¿Y qué hará, inspector?

—Son asuntos familiares, le dije, pero amenazó con ir a la prensa y divulgar las cosas en las que anda Cantarel, y eso puede dar al traste con lo de los fumaderos. A los periodistas les gustan ese tipo de escándalos. Voy a tener que hacerla de reconciliador de hogares.

Dieron unos golpecitos a la puerta. Era Ordeñuela, el perito. Entró y puso un papel en el escritorio. Quintana les echó un vistazo. La conclusión era que no habían encontrado huellas en el rifle del bosque, a no ser las de Rendón y las mías, cuando sacamos las piezas de aquel árbol, lo que significaba que el tipo que lo había escondido había usado guantes. Un dato más, su calibre era de 7 mm, como la que había matado a Rendón.

—¿En qué armería fue comprado? —le preguntó el inspector al perito.

—Eso lo está averiguando el agente Chavira.

El inspector descolgó el teléfono y pidió a la secretaria que hiciera venir a Cantarel. Colgó y volvió a mirar el papel con ojos de encontrarse en un callejón sin salida.

—¿Quién es ese Keaton? ¿Cómo encontró el rifle?

Le relaté el decir de Keaton y le conté que se trataba de un actor que había trabajado en el cine mudo norteamericano; muy amigo, según él, de Pedro Infante. También le recordé que ya lo habíamos tenido un rato en la jaula por agredir a Ángel Infante. Rematé diciéndole que nos había ayudado a averiguar las direcciones de Edén Salamanca y Corina Beltrán.

Cantarel entró al despacho.

—Inspector, pido permiso para ir al manicomio. Toca interrogatorio a la señorita Mei.

—Para ya con la señorita Mei…

—Inspector, la chica ya está mucho mejor; ya hizo un dibujo de su atacante. No creo que sea bueno dejar de visitarla…

—Tú esposa piensa distinto. Acaba de estar aquí.

—¿Amelia? ¿Aquí en su despacho?

—Hace cinco minutos.

—¡Carajo!, voy a ponerla en su sitio.

—El que te va a poner en tu sitio soy yo; no más visitas al manicomio. ¿Qué pasa contigo? ¿Cómo te aprovechas de una loca? ¿No te da vergüenza, además, de ir a tirártela en el manicomio?

—No diga eso —saltó un airado Cantarel—. La relación entre la señorita Mei y yo es la de un servidor público con una persona que necesita ayuda, si acaso la he dejado llorar en mi hombro… un par de ocasiones. Solo le he tendido mi mano amiga, pues…

—Me parece que tu mano amiga debe ser muy larga…

El perito y yo nos echamos a reír. Cantarel nos fulminó con los ojos.

—¿Se puede?

Era Chavira. Entró y le dio un papel al inspector; éste echó un vistazo y abrió los ojos sorprendido. Marcó el teléfono y dijo:

—Traigan aquí de inmediato a Vidal.

Colgó y lo miramos.

—¿Al piloto Vidal? —interrogué.

El inspector asintió, pero retomó la reprimenda a Cantarel; le prohibió volver a pisar el manicomio, a menos que fuera como paciente. Durante cuarenta minutos especulamos sobre el rifle del bosque y acerca del que usaron para matar a la agente Rendón, si bien eran del mismo calibre no eran el mismo, pues uno estaba en nuestro poder cuando mataron a Rendón. El inspector también me puso al tanto de que Corina Beltrán había enviado un telegrama a la producción, diciendo que se olvidaran de ella, pues ni loca volvería a México.

Dos agentes entraron con Vidal y lo dejaron frente al inspector. Este le mostró el papel que le había dado Chavira.

—Sí, ¿y qué? —dijo Vidal, luego de echarle un vistazo.

—¿Como que «y qué»? Ese rifle fue encontrado en un bosque detrás de los Estudios San Ángel. Resulta que usted lo compró en una armería de la Doctores.

—¿Desde cuándo es ilegal comprar un rifle?

—Parece no sorprenderle que lo hayamos encontrado escondido en el bosque.

—Claro que me sorprende, no entiendo qué hacía ahí.

—Ahora me va a decir que se lo robaron de su casa, ¿cierto?

—No, de mi casa no, de la de Pedro Infante, porque se lo regalé a él en su cumpleaños; de hecho, le regalé dos rifles iguales.

33

Estábamos consternados, dudosos de aceptar que no había otro camino, incluso el inspector, siendo un hombre tan práctico, esbozaba gestos de tristeza y desencanto cuando en esas juntas terminábamos llegando a la misma conclusión: había que detener a Pedro Infante Cruz y acusarlo de multihomicidio. Comenzar a añadir su segundo apellido nos hacía desdibujar un poco de quién se trataba. Las juntas eran a puertas cerradas en el despacho de San Juan de Letrán; los convocados, Cantarel, Quiroz Cuarón, Villalobos y yo. Villalobos solo por si se necesitaba contar con algún refuerzo en caso de que a Infante Cruz se le saliera el chacal que al parecer tenía escondido dentro. Había dado muestras de ser un hombre peligroso y astuto. Pero, ¿un chacal? ¿Eso era de verdad Pedro Infante? La razón decía que no, que de ninguna manera, o tal vez no la razón sino que Pedro había llegado a la vida de los mexicanos como la más grande de sus luminarias, era el actor imperdible que sacaba suspiros a las mujeres y sonrisas a los niños. Sus canciones también eran imperdibles para llevar serenata, para dolerse del desamor y para celebrar a las madrecitas en su cumpleaños. Ponerlo tras las rejas sería no solo el escándalo del siglo —al menos del siglo mexicano—, sino una amputación en el cuerpo de la nación; más que amputación sería como arrancarle el corazón al pueblo y pretender que siguiera latiendo.

Quiroz nos dio una cátedra de la personalidad narcisista, de cómo quienes la poseen creen merecer toda clase de consideraciones, de admiración incondicional. Son personas, decía la eminencia, que buscan altos objetivos en la vida, y hasta ahí no había problema si llegaban a una suerte de contrato con la sociedad: yo te comparto mis dones y talentos y tú me aplaudes a rabiar, tú me idolatras. Malo, muy malo cuando el narcisismo se cruza con una desviación mental de índole asesina.

El inspector nos hizo jurar al estilo americano, con la mano no en una Biblia pero sí señalando su título de detective en la pared, declarando que ni una palabra de lo dicho ahí saldría de su despacho. Maldito el que cometiera traición; su alma pararía en los infiernos. Ya después, cuando el escándalo saliera a la luz, veríamos cómo enfrentar lo que viniera. El repudio del pueblo. ¿Qué más?

Quedaban las dos últimas albóndigas que dos días atrás Edén había preparado para mí con la carne molida que había llevado de la carnicería de Sigüenza el sinvergüenza. Me supieron a gloria. La verdad es que a Edén Salamanca no la quería la cámara; la quería la sartén, el fuego lento de la estufa, la tabla para picar cebolla, chilitos y ajos. Lo habría tomado a mal si se lo hubiera dicho; habría pensado en Cri-Cri y su canción de la muñeca fea: «Te quiere la escoba y el recogedor. Te quiere el plumero y el sacudidor...»

Aquella salsa de tomate picosita, el toque de la albahaca, las redondas albóndigas rellenas de huevo cocido, eran música de Dios, incluso las simples tortillas recalentadas por sus manos bonitas sabían a gloria. Me alegró imaginar que tal vez me estaba enamorando y la curación de mi alma no provendría de ningún loquero sino de esa muchacha explosiva, apasionada y con ese lado hogareño y maternal.

—Has estado muy silencioso estos días, agente.

—Dime algo, Edén, ¿qué harás cuando esto termine?

—¿Cuando termine qué?

—Cuando el asesino esté tras las rejas. Supongo que volverás a las películas.

—Este tiempo me ha hecho reflexionar; el cine puede no ser mi camino. Bonitas las hay por todas partes, y aunque me considero buena actriz, tampoco es que sin mí deje de existir el séptimo arte. Un asesino suelto no es el único problema de la industria, cariño; hay que soportar productores pervertidos, compañeros traidores; pasar mil mierdas antes de ser María Félix. ¿Y luego para qué? ¿Para no ser feliz? ¿Para saltar de cama en cama entre políticos y gente influyente? ¿Para temerle a las arrugas?

—Veo que hablas muy en serio…

De pronto, me tomó de la mano.

—Ya sin bromas, ha sido genial que estés conmigo y Sansón.

Miré al perro y este movió la cola.

—No voy a presionarte, Leo, pero la verdad es que contigo me siento amada y protegida. Solo quiero que sepas que cuando atrapen al infeliz, sea quien sea, voy a seguir esperando que llegues por la noche con la carne molida o las flores, y si no lo haces no te guardaré rencor, te amaré toda la vida…

Con esas palabras, casi memorizadas, llegué a mi sesión del jueves con Pardillos. Pero no solo dije esas palabras sino un largo discurso de por qué consideraba mi curación en puerta. Hice pausas, esperando que el loquero las aprovechara para hacerme preguntas; pero no las hacía, y me provocaba odiarlo.

—Bueno, doctor, diga algo. No le pido que opine porque ya entendí que de eso no se trata estar aquí, pero tal vez podría hacerme alguna preguntilla.

—¿Por qué quiere que le haga preguntas?

Cojones, como diría Sigüenza.

—No las haga si no quiere, el hecho es que estoy feliz y quería compartírselo, darle las gracias por su ayuda, y también comunicarle que lamento que esta será mi última consulta.

—¿Por qué lo lamenta?

Vaya, hasta que corté una flor del jardín de sus preguntas.

—Porque si bien no somos amigos, le tengo estima y agradecimiento. Pero, así como todo lo que sube tiene que bajar, todo lo que empieza tiene un fin. Ahora comenzaré una relación con Edén. ¿Se da cuenta de lo que me dijo? Le gusta que llegue con carne molida y flores a su casa; lo de la carne molida y las flores tómelos como un simbolismo, usando una de esas palabras de su profesión.

—¿Simbolismo de qué?

—De amor, doctor. Un artículo en el *Reader's Digest* sostiene que el amor cura. Cuando lo leí me causó risa, pero ahora veo que tiene mucho sentido. Si construimos amor, levantamos un gran edificio.

—¿Eso dice el *Reader's Digest*?

—No —sonreí—; esa es frase mía.

—Una frase interesante.

—¿Usted cree? Quizá sería bueno que les enviara un artículo a los de *Reader's*, y si les gusta, que me lo publiquen.

—¿De qué hablaría?

—De eso, doctor, de amor y arquitectura. Haría un símil. Mi hipótesis es que el amor debe sostenerse sobre bases sólidas para resistir las adversidades.

—Me parece sensato.

—Matemáticas, doctor. Amor y matemáticas. Si el sentimiento es frágil, el edificio se viene abajo.

—Deduzco que su edificio es de esos; es decir, de los que están bien construidos…

—¿Qué edificio?

—El de su relación con la señorita Edén.

—Ah, sí, sí, claro…

Guardé silencio.

—¿En qué piensa, Leonardo?

Por la cabeza me pasaron las explosiones histriónicas de Edén, o cuando la encontraba saltando en la cama y de ahí pegaba un brinco hasta mis brazos y caíamos contra la puerta.

—Es una chica muy madura —balbuceé.

—Lo felicito, Leonardo.

—Gracias…

Comencé a tener esa sensación de no sentirme correspondido, de que mi loquero me tiraba de a loco, de que mi alegría había caído en el saco roto de su indiferencia. ¡Maldito! Hiciera lo que hiciera no soltaba prenda, no me felicitaba de corazón. La única vez que lo hizo fue cuando me dijo que por fin yo sabía lo que no quería de la vida. Eso, eso quería él de mí, verme en un estado perpetuo de indecisión para seguir cobrándome las consultas. No es tan fácil conseguir pacientes; ¿quiénes acuden a un loquero? Las señoras ricas de las Lomas, los obligados por algún médico. No gente normal, como yo. No estúpidos de mi calaña que piensan: «o me suicido o veo si un loquero me compone la cabeza». Pero, quién era el verdadero loco: ese tipo de ahí, en la penumbra, de rostro indefinible, llevándose sus malditos caramelos de anís a la boca, chupeteándolos, triturándolos cuando ya eran pequeñitos, con su risilla desagradable, con las ventanas y las cortinas cerradas como si esto fuera el bunker de Hitler, hundido en ese sofá mientras por todos lados olía a orín de gato.

—Doctor, me da la impresión de que no cree en el edificio de mi amor, de que piensa que no monté los castillos y las varillas del calibre necesario, y que sin más construí el primer piso. Apunte todo lo que guste en esa libreta; pero no voy a cambiar de opinión. Me voy.

—¿Le puedo preguntar por qué considera tan sólido el edificio de su amor?

—¿Ya qué importa? Se acabó —me defendí viendo venir el golpe.

—No, no, es que me llama la atención el edificio. Imagine que no soy médico, que solo le estoy echando un vistazo a la construcción; parece un edificio interesante... ¿Cómo empezó la idea para construirlo? Es decir, lo primero que pasó cuando conoció a la señorita Edén...

Bueno, sí, ¿por qué no responderle?

—Me acerqué a ella por... cosas de trabajo... Para interrogarla... y cerró la puerta... Escondió la llave en... Y dijo: «Si me deja sola, yo misma me mato».

¡Médico bastardo!

34

El llamado, esta vez no de los actores sino el nuestro, de los re-
presentantes de la ley, fue a las siete de la noche. Recibimos la
orden del inspector y partimos de inmediato rumbo a Cuajimalpa. Cantarel y yo armados con pistolas calibre .45, y Villalobos con un rifle corto. Incluso el hablantín Cantarel no dijo
una sola palabra en el camino, se limitó a jalar el aire que golpeaba su rostro en la ventanilla del copiloto, por la cosa de su
trauma de cuando casi nos matamos en el avión. Me concentré en manejar, y Villalobos, en el asiento trasero, a mantener
el semblante serio como si la escena a la que estábamos por
entrar fuera un drama, una tragedia griega; cero comedia, cero
tropezones y pastelazos. La puta hora de la verdad.

El viaje no era del todo corto hasta el kilómetro 18 de la
carretera México-Toluca, así que el único remedio fue encender la radio; lo hice y busqué sintonizarla. Pedro de Lille anunciaba que a las nueve de la noche Pedro Infante, el ídolo del
pueblo, cantaría en el estudio Azul y Plata de la XEW. A las
afueras de la radiodifusora, en la calle Ayuntamiento había
una larga fila esperando entrar. La gente entrevistada expresaba su alegría y emoción con palabras y reflexiones poco letra-
das pero exultantes de sinceridad. Fue cuando Cantarel soltó
algo lapidario.

—Ese cabrón es un asesino.

Comenzó a llover, y cuando la tormenta fue lo suficiente-mente intensa, temí que cayera una granizada como la de aquella noche, una de esas que parecen anunciar el fin de los tiempos. Ni Cantarel ni Villalobos sabían de mi miopía. Esta y mis visitas al loquero eran mis pequeños grandes secretos, cosas que no lastimaban a nadie, mientras no ver bien no hi-ciera que terminara por guiar el coche hacia un despeñadero, o mi locura traspasara los límites, como al parecer le sucedió a Infante Cruz.

—No es justo —dijo Cantarel.

No le preguntamos a qué se refería.

—El inspector no tiene por qué meterse en mi vida pri-vada...

Cada loco con su tema, Villalobos tendría el suyo. Yo repa-saba la última sesión. Lo hábil de Pardillos para llevarte a sus terrenos. No había forma de ganarle la partida. Lo escudriña-ba todo. El tipo era una ladilla, un piojo que se incrusta en un poro de la piel, una araña tejiendo su invisible y geométrica red mientras tú, mosca, te creías que por tener alas podías salir volando de su radar. ¿Qué hay de malo en que una muchacha te diga: «Si te vas me mato»? ¿No decían lo mismo los boleros? ¿No eso cantaba el insufrible Lara? ¿No lo mismo decían las protagonistas de las radionovelas? «Ay, amor, por ti me mato.» O las radionovelas policiacas. «¡Dispara, Margot, dispara!» La vida siempre es una tragedia, en cierto modo. Edén era actriz, mala según yo, buena según ella, y le nacía decir ese tipo de frases. Le ponía salsa a la vida. Al carajo con Pardillos, misera-ble charlatán, cerebro de máquina, jodido vampiro apolillado, viviendo en su cueva de San Juan de Letrán. Un día alguien iría a clavarle una estaca...

—Puta gente, siempre está viendo lo de afuera, pero no la belleza del alma...

Otra vez Cantarel, quejándose de lo que nos importaba un bledo. La lluvia se convirtió en granizo. Las pelotitas comenzaron a golpear el parabrisas con su agresivo escándalo, tuvimos que entreabrir los cristales para quitarles el vaho. Cantarel tomó un trapito del tablero y ayudó en la faena; Villalobos me preguntó si quería que manejara al verme reducir la velocidad. Le dije que no, un hombre siempre dice que no cuando la pregunta significa mostrar debilidad con un sí. Apuesto que Pardillos es un poco hombre, que tiene muchos sí y pocos no. Ah, espera, espera, ese tipo no tiene ni sí ni no, tiene preguntas, solo eso, preguntas a tus preguntas. ¡Maldito cerebro de reloj! Quizá es un robot que alguien puso en ese despacho de San Juan de Letrán, como experimento. Seguro los rusos...

—No confío en los chinos... —dijo Villalobos.

Recordé un cuento del *Reader's Digest*; de eso se trataba, de un científico loco que inventa un robot al que disfraza con piel humana. La piel no dura mucho porque el robot tiene un motor que se calienta y la quema, así que el tipo se ve obligado a cambiarle la piel a cada rato; por supuesto la consigue matando personas. Con el paso del tiempo, el doctor loco termina por entender que hay pieles resistentes y otras frágiles. La raza negra, por ejemplo; su piel soporta el calor, las inclemencias de África, así que el robot termina siendo negro; pero un día lo secuestran y lo ponen de esclavo en un campo algodonero en Arkansas. El robot organiza una rebelión de esclavos y matan a sus esclavistas; luego al pobre lo acribillan a balazos y se le saltan todos los cables. Me gustaría ser cuentista. Tener esa imaginación, ser cuentista e ir a casa a golpear las teclas de una Remington en vez de tener que ir a detener a Infante Cruz.

—¿Por qué no confías en los chinos? —preguntó Cantarel a Villalobos.

—Son feos, pequeñitos y hablan mal el español. Apestan.

Podría escribir el guion de una película; pertenecería a esa industria, conocería actrices, me las llevaría a la cama, ganaría carretadas de dinero, viviría en las Lomas, y si me internacionalizo llegaría a Hollywood. Compartiría mesa con gente como Cary Grant, John Wayne, Rita Hayworth y Lauren Bacall. Incluso, si resulto de los mejores guionistas, podría casarme con Lilia Prado y llevarla conmigo a Hollywood. No, eso no. Edén me dijo que entre su especie hay golpes bajos. Edén es una mujer sensata; ¡maldito loquero que no se da cuenta...! Capaz que Lilia Prado me cambia por John Wayne. Supongo que yo le ganaría a John Wayne en un duelo con pistolas, pues al fin y al cabo él es un falso experto en armas cuando hace películas del Oeste. Pero Lilia Prado podría cambiarme por uno de esos gordos judíos dueños de la Warner Bros. Un hombre puede ganar un duelo de pistolas frente a una mujer codiciosa, pero no uno de dinero si no desenfunda rápidamente un millón de dólares.

—¡Para ahí! —Cantarel me sacó de la carretera, metiendo un pisotón al freno.

Recuperé el volante, pero tuve que detenerme.

—¡Bájate, cabrón! ¡Vamos a darnos en la madre! —aulló, lanzándole una bofetada a Villalobos.

Intenté detenerlos mientras trataban de alcanzarse con los puños.

—¡Los chinos son gente buena y trabajadora! —gritaba Cantarel descontrolado, mientras Villalobos se reía de él—. ¡Discúlpate o te parto la madre!

—¡Discúlpate ya! —le ordené a Villalobos.

—Me disculpo...

Cantarel lo miró con furia, pero lo regresé a su sitio y eché a andar el motor.

—Sí, la señolita Mei es una chinita que tlabaja dulo —balbuceó Villalobos—, pelo con las nalgas.

Cantarel se le volvió a echar encima, esta vez levanté el arma.

—¡Díganme si le entro al juego y los reviento!

Se dejó oír el ruido de la radiopatrulla, lo que nos regresó a la realidad. Cada cual podría tener un mundo en la cabeza, pero ese mundo pasaba a segundo plano; no éramos humanos, tampoco robots, éramos de la Policía Secreta.

—¡Policía Federal! ¡Abran, traemos una orden de cateo! —fueron las palabras que dijimos media hora después frente al portón de la casa en Cuajimalpa.

Nadie respondía; escuchamos pasos corriendo en el interior. Nos hicimos señas. Nos apartamos de la puerta y Villalobos voló la cerradura de un escopetazo.

—¡Alto, es la policía! —gritamos al ver que un hombre corría hacia la parte trasera y otro subía la escalera.

Este último se replegó en el descanso, donde los escalones doblaban en un ángulo de 45 grados, y desde ahí abrió fuego. Cantarel y yo lo repelimos y de tres disparos lo hicimos rodar hasta el pie de la escalera. Villalobos fue detrás del otro; segundos después escuchamos un escopetazo. Acudimos. El sujeto lloraba mirándose una mano sin dedos, pero Cantarel le cortó el llanto de un bofetón y le exigió que se explicara. Él y el otro habían entrado a robar la casa, eso es todo.

Cateamos hasta el último rincón.

—¡Aquí tiene el gimnasio! —gritó Cantarel.

—¡Aquí toda una carpintería! —anunció Villalobos desde otro sitio, mientras yo seguía con el tipo que terminó por desmayarse.

—¡Vengan a ver esto!

Fuimos a la carpintería, Villalobos nos mostró un rifle como el que mató a Rendón. Revisamos los muebles y encontramos uno con doble fondo; escondía un desarmador con la punta sucia, de lo que parecía ser sangre seca.

35

—Llévalos con el Gordo —le dijo un hombre al otro.

Este nos condujo a lo largo de un pasillo y subimos la escalera hasta el primer despacho a mano izquierda.

—Don Raúl, estos señores quieren hablar con usted.

El Gordo nos miró desde su escritorio con curioso desdén y señaló las sillas con sus dedos algo puntiagudos. Ninguno de los tres nos sentamos.

—Señor Del Campo, entendemos que el inspector Quintana ya habló con usted…

—Sí, ya habló. Y ya me puse de acuerdo con algunas personas; pero, ¿por qué lo tienen que detener aquí? ¿Se imaginan el pedote si salen mal las cosas?

Nos miramos.

—Y luego esta chingadera —empujó un papel en el escritorio—. Se los firmé pero no estoy de acuerdo. ¿Confidencial de qué o por qué? ¿Qué hizo Pedro?

—Nada, y no lo estamos deteniendo; en realidad venimos a cuidarlo de cierta situación…

Dibujó una sonrisa de no chuparse el dedo.

—¿A qué hora termina de cantar? —interrogó Villalobos.

El Gordo miró su reloj.

—En diez minutos…

—¿Puede ayudarnos a acceder al sitio?

Levantó la bocina y dijo:

—Julissa, ven y lleva a los señores al Azul y Plata.

Una secretaria entró; fuimos detrás de ella.

—Y agentes —nos detuvo Del Campo—, nada de echar plomazos; respeten el lugar. Esto es una radiodifusora, no una cantina. Aquí la gente viene a pasar un buen rato, no a tener problemas. Los problemas se quedan allá afuera.

Bajamos de nuevo, recorrimos el pasillo y llegamos al estudio Azul y Plata.

Cantarel se colocó en un extremo de la primera fila de butacas y yo en el otro. Villalobos se apostó en la puerta por donde necesariamente tendría que salir Infante Cruz al final de su presentación. Mientras tanto ahí estaba él, en el escenario acompañado de mariachis. No era fácil saber si ya nos había visto entre el público a oscuras. Escuchándolo cantar, de nuevo tuve dudas, grandes dudas de que el tipo fuera un asesino en toda regla; entonces me repetí las palabras que llegamos a decir en las juntas: «ya no es Pedro Infante, ahora es Infante Cruz». Me obligué a recordar cosas que nos contó Quiroz Cuarón sobre actores que llevan por dentro un revoltijo de demonios, anécdotas que por su oficio de escudriñar la mente humana ha sabido de una u otra forma, como que Errol Flynn violó a dos adolescentes; su abogado dijo: «¿Qué esperaban que ocurriese si se tumban en una cama con Flynn por ahí rondando?», «Incluso aunque no quisieran, era imposible que no disfrutaran»… O los rumores sobre Kirk Douglas de que encerró a Natalie Wood en una habitación de hotel durante un casting, para violarla. O de Judy Garland, obligada a fumar ochenta cigarros diarios para no engordar, ella, a la que esa gentuza de productores llamaba «cerda con coletas», «monstruo que baila». En fin, gente del espectáculo que más allá de la pantalla vive a base de alcohol y somníferos. O con pasados incestuosos como el de Rita Hayworth, cuyo padre, bailarín sevillano, la tenía prácticamente por esposa desde niña. ¿Quién me podía asegurar que en el cine nacional no había historias semejantes? Gente rota y al borde de la locura.

Como sea, fue un deleite escuchar en directo a Pedro Infante; por un momento olvidé —seguro también Cantarel y Villalobos— qué hacíamos ahí, pero llegó esa última canción, y como si presintiera el final, Infante hizo una pausa, en la que su perpetua sonrisa angelical desapareció y en su lugar surgió ese semblante que le vi en la foto de cuando su accidente, o cuando lo interrogamos en la casa de Risco; el gesto sombrío, deprimido, que definí no como el de Pedro Infante sino el de Infante Cruz.

Arreciaron los aplausos, cayó el telón. Cantarel y yo nos apresuramos a subir al escenario por las escalinatas laterales. Fuimos detrás de las cortinas y vimos a los músicos guardar sus instrumentos. Infante Cruz se despedía de ellos. Al vernos, se apresuró a marcharse.

—Espere —dije en voz alta.

No lo hizo. Fuimos detrás seguidos por las miradas desconcertadas de los mariachis. Infante Cruz caminó rápido por un pasillo largo, pero se detuvo cuando al final de este apareció Villalobos. Entonces pronuncié las palabras que nunca en mi vida imaginé decir:

—Pedro Infante, queda detenido por homicidio.

Lo llevamos a una oficina sin cruzar palabra con él, mientras sus admiradores tuvieron que marcharse sin autógrafos. Entonces, Villalobos fue por el coche y lo detuvo en la puerta de la radiodifusora. Cantarel y yo flanqueamos a Infante Cruz, aparentando sonrisas, cubriendo con un saco sus manos esposadas. Pisamos la calle y Villalobos abrió la portezuela del auto.

—¡Pedrito! —exclamó una chiquilla, surgiendo de la nada y echándole las manos al cuello para llenarlo de besos.

Como si hubiera dicho a las abejas «aquí hay miel», por todas partes apareció gente, en especial mujeres, gritando escandalosas. Echamos a Infante Cruz como un bulto al asiento trasero y partimos a toda velocidad. Infante Cruz giró la cabeza para ver a sus admiradoras que todavía corrieron detrás del auto, quizá se estaba regalando sus últimos segundos de fama.

El interrogatorio comenzó a las 23:15, en el despacho de San Juan de Letrán. Los presentes: el de la voz, el inspector Quintana, Quiroz Cuarón, Cantarel, Villalobos, el abogado de Infante y el propio inculpado. Comencé por leer los nombres de las víctimas y las circunstancias de los crímenes.

—Maite Lorca, aplastada por la falla de un gato de pinzas que salió de su casa, señor Infante. Teresa Garabito, con un desarmador en el oído, el cual presumiblemente es este... —señalé el desarmador en una bolsa de plástico—, lo acabamos de encontrar en su casa de Cuajimalpa. Lolita Castaño, con un clavo en la frente, disparado con una pistola, también encontrada en su casa —señalé la pistola—. Betina Velázquez, igualmente muerta con un desarmador clavado en el oído y después colgada en el Foro 8. Por último, Regina Rendón, violada y asesinada de un tiro en la espalda, creemos que con ese rifle, que también encontramos en su casa —lo señalé en la mesa.

—Cinco mujeres asesinadas —resumió Cantarel—, todas con saña y cobardía, sobre todo la última, nuestra compañera Rendón.

—Y más allá de especulaciones, ¿qué tienen en contra de mi cliente? —preguntó el abogado.

—Licenciado Sanabria —dijo el inspector—, repita esa pregunta en cuanto el perito confirme que ese rifle fue usado para dispararle a la agente Rendón, y que posiblemente tiene las huellas de su cliente, al igual que la pistola de clavos y el desarmador, cuya sangre el forense habrá de decirnos si es de

Teresa, de Betina o de ambas. Convenientemente, su cliente siempre estaba tras bambalinas cuando ocurrían los asesinatos. Pero hablemos del último; por favor, agente Fontana...

—Fue en la casa de Risco; hubo un disturbio por las explosiones de unos tanques de gas. Los actores, las personas de producción y los agentes terminamos en el salón, cuando llegó el señor Infante Cruz, pálido y con la cara arañada, llegó pidiendo ayuda; nos llevó a un cuarto en el jardín, donde encontramos a la agente Rendón, muerta bocabajo, con sangre en la espalda y la ropa rasgada. El señor Infante dijo que la encontró así; según él esto pasó en los diez segundos que corrió en esa dirección, pero el perito dictaminó que la violación y el crimen debieron de tomar como quince minutos, por lo cual resulta imposible que Infante Cruz la encontrara muerta. Tampoco tenemos claros los arañazos en la cara. Resulta peculiar que el forense encontrara las uñas rotas de Rendón.

—Propongo lo siguiente —dijo el inspector—, que nos ahorremos un camino bochornoso para quien ha sido y es una persona tan especial, admirada, por todo México, incluso me atrevo a decir que por todos los presentes... Esa persona no tiene por qué vivir el escarnio, ese gran ser humano quedará en el corazón de los mexicanos. ¿Por qué no, señor Infante, confiesa y buscamos que pague sus delitos de una forma lo menos oprobiosa posible? Considerando quién es usted, bien se le podría conseguir una vivienda especial en las Islas Marías...

—O en el manicomio de La Castañeda —dejó caer Quiroz Cuarón.

—Basta de sandeces —dijo Sanabria—. Pedro, tú guarda silencio.

Este tenía la mirada fija en las cosas de la mesa: el desarmador, la pistola de clavos, el rifle.

—Si su cliente guarda silencio, entonces no queda más remedio que pedir a una instancia legal que le dicte prisión preventiva…

—Inspector, no haga eso —suavizó Sanabria—; sería un escándalo con el que nadie aquí podríamos lidiar. ¿Por qué no le dan prisión domiciliara mientras todo esto se aclara?

—Veo muchos privilegios a cambio de ninguna cooperación.

—Mi cliente no puede cooperar confesando delitos ajenos.

—Si son ajenos, que al menos nos diga quién puede querer incriminarle cosas tan horrendas, quién lo odia a ese grado.

—Nadie odia a Pedro Infante —aseveró indignado Sanabria.

—Sí, hay alguien…

—Guarda silencio, Pedro.

—No, licenciado, déjelo así, quiero hablar. Hay alguien que me guarda rencor, todo el rencor del mundo…

Lo miramos expectantes, él levantó la cara y dijo con gravedad:

—Mi esposa… María Luisa León.

36

Pese a que llevaban tiempo separados, Pedro y María Luisa llevaban una muy mala relación. Ella le negaba el divorcio y siempre que tenía oportunidad le truncaba sus nuevas relaciones sentimentales. La última, con Irma Dorantes, la tenía aún más perturbada. Según él, lo amenazó con hacerle la vida de cuadritos si no dejaba a esa golfa. Las amenazas solían traducirse en llamadas telefónicas a cualquier hora, en presentarse de forma inesperada donde estuviese, en reclamos a otras mujeres. «Es dueña de la mitad de lo que gano», balbuceó Infante. «Más o menos así me deja en paz.»

Era la una de la madrugada cuando los familiares del actor lo estaban tratando de localizar en su casa de Cuajimalpa. Los ladrones, uno muerto, el otro herido, y la camioneta de la morgue y las patrullas no pasaron inadvertidas a los vecinos. Hicimos un acuerdo con Infante y su abogado; mediante la operadora enlazamos la llamada al despacho, e Infante Cruz les dijo que al enterarse del intento de robo, prefirió irse al departamento; uno que, al parecer, usaba a discreción en ciertas circunstancias y donde nadie lo visitaba sin previo aviso.

Demasiada tensión para un día. Necesitábamos una pausa. Dejamos a Infante Cruz y a su abogado en el despacho con una jarra de café y panes. El inspector y Quiroz Cuarón fueron a hablar a la oficina contigua. Cantarel, Villalobos y yo al recibidor. Villalobos se puso a fumar cerca de la puerta; Cantarel se tiró en el sofá con el sombrero en la cara; yo me senté en el borde del escritorio de la secretaria, que a esas horas ya se había marchado.

—No para de llover… Odio la lluvia… La lluvia y a los chinos.

—No empieces a mamar, te estás acercando al callejón de los chingadazos y ya estás dando la vuelta…

—Era broma.

—Guárdatelas.

—¿Qué piensan de todo esto? —pregunté.

—Yo ya lo dije desde que el cabrón mató a la primera, pero nadie me hizo caso. Lo siguen tratando con pincitas al ojete. Ni que fuera el mejor cantante del mundo. Es ilegal que estemos aquí, deberíamos tenerlo en la jefatura. Allá me dejan veinte minutitos con él y lo hago gritar: «¡Pepe el Toro es inocente! ¡Pepe el Toro es inocente!»

—No sé —dijo Villalobos—. Una mujer despechada es peor que Hitler; la tal María Luisa lo tiene frito…

—Puede ser —opiné—, pero no veo cómo hizo ella para entrar al Foro 8 y a la casa de Risco y matar a las mujeres.

—Ella no —Villalobos aplastó la colilla del cigarro con un pie—. Le pagó a alguien. Se los digo, una mujer despechada, ¡cuidado, manito!

El inspector y Quiroz Cuarón salieron de la oficina.

—Quédense aquí; tal vez si no se siente intimidado se ablande, el doctor y yo nos ocupamos…

Fueron al despacho y entraron. Villalobos se encendió un segundo cigarro, Cantarel volvió a cubrirse la cara con el sombrero. Miré el reloj; no supe si romper o no mi regla de oro de no rendirle cuentas a nadie. A Maya esa regla le parecía bien. Pero quién sabe a Edén. Descolgué el teléfono, disqué y escuché la voz del otro lado de la línea. Bajé la voz y le dije a Edén que esa noche no podría ir, pues tenía trabajo. Me deseó suerte, me pidió que no estuviera sin cenar y colgó.

—Una vez tuve una novia —dijo Villalobos— que no sé cómo le hacía, pero donde fuera, el despacho, la cantina, la casa de mi abuela, un hotel, cualquier sitio, siempre encontraba la forma de llamarme por teléfono. Ya veía yo acercarse al mesero o al encargado del lugar: «Señor, tiene una llamada». ¿Se imaginan que un día pudiéramos traer el teléfono en el bolsillo? Nos vigilarían todo el tiempo...

—Dímelo a mí. Ya para que una mujer manipule a Valente Quintana se necesita ser cabrona. Lo digo por mi esposa...

—Es que tú también te pasas de listo, Cantarel; ya fueron muchas visititas al manicomio, compadre. Sin ofender a tu chinita, ¿qué le ves? Le falta una tuerca y está desfigurada.

—Cuida tu lengua; además, es un malentendido, solo estoy tratando de ayudarla...

—¿Y tú, Fontana? ¿Eres casado?

—No.

—Pero qué más... Cuenta, esto va para largo... Sí, me localizaba en todas partes, no sé cómo, pero lo conseguía. Pobre diablo de Pedro Infante, hasta él está agarrado de los huevos. Una mujer siempre te agarra de los huevos, famoso o don nadie, rico o pobre, tonto o listo, te agarran de los tompiates...

—Mejor una mujer que un hombre. —Cantarel lanzó un bostezo.

—¿Saben cómo me gustan a mí las mujeres? —dijo Villalobos, tras otro minuto de silencio—. Chaparritas, me gustan las chaparritas. Las altas no me parecen femeninas. Peor si son más altas que yo...

—¿Qué tan chaparritas? —preguntó Cantarel—, porque tengo una prima a la que le andamos buscando marido.

—Mientras no tenga tu jeta...

—Yo soy guapo.

—Como un mono que sonríe; bueno, qué, ¿cuánto mide tu dichosa prima?

—Uno cuarenta y dos.

—No chingues, tu prima no es chaparra, es enana la cabrona.

—Respeto, por eso te pregunté qué tan chaparritas. Y no es enana. Los enanos tienen cierta deformidad. En cambio ella es una mujer en chiquitita, pero con todo en su lugar. Espigadita a su modo. Muy bonita de cara. Se le hacen hoyuelos en las mejillas y le brillan los ojos cuando se ríe. Cocina rico, es hacendosa y limpia; quiere tener muchos hijos. ¿Qué más puedes pedir de una mujer, Villalobos?

—No lo sé, ¿cómo son sus ojos?

—Negros.

—Me refiero a qué forma, no me gustan los ojos rasgados.

—¿Vas a empezar con eso?

—¿Tienes una foto de tu prima? ¿Cómo se llama?

—Elvira.

—Vaya, como mi mamá. ¿Uno cuarenta y dos, dices? ¿Exactos o un poquito más?

La puerta del despacho se abrió; el doctor Quiroz Cuarón se asomó y nos hizo entrar. El inspector nos informó que habían acordado llevar a Infante Cruz a su departamento en consideración a las peculiares características del caso. Solo por cuarenta y ocho horas en las cuales se agotarían las pruebas que este pudiera conseguir en su favor y a la espera de los resultados del perito sobre el rifle, la pistola de clavos, el desarmador y la sangre seca. Cantarel torció la boca, sobre todo cuando el inspector le ordenó que, junto con Villalobos, tendría que cuidar a Infante esas cuarenta y ocho horas. No hubo

246

más que decir, Infante Cruz se fue con ellos. Quiroz Cuarón, el inspector y yo nos quedamos un rato más.

—Entiendo a Cantarel; demasiadas consideraciones para un posible multihomicida.

—No solo son consideraciones, Fontana, tengo que rendir cuentas con gente de arriba…

Su «gente de arriba» invitaba a no hacerle más preguntas al respecto.

—Entiendo, pero algo así no hay forma de ocultarse por mucho tiempo.

Miramos a Quiroz Cuarón, este se encogió de hombros, parecía no tener una opinión en ese terreno.

—Busca a la señora León. Vas a tener que ser hábil para no darle detalles del caso. Y bueno… —estiró la espalda—. Por hoy no se acabó el mundo.

Fui a casa, dejé el saco y lancé el sombrero al perchero. Me tumbé en el sofá y miré la mesita, ya no estaba el encendedor dorado, pero algo en el aire me hacía sentir que el tal Diógenes había estado ahí. No es que oliera a él, pero uno conoce sus espacios. Maya debió de notar luz en el salón, porque salió de su cuarto en pijama.

—Lo siento, chiquita, no te quise despertar.

Se sentó a mi lado con los pies debajo de sus nalgas. Me aspiró un hombro.

—Hueles a lluvia.

—Sí, llueve a cántaros…

—¿Todo bien?

—Sí, todo.

—Te oyes cansado.

—Lo estoy. ¿A ti qué tal te pintó el día?

—Salí a pasear con Diógenes.

—¿Adónde te llevó?

—Al Palacio de Hierro; tenía trabajo, así que ese fue mi paseo —sonrió.

—¿Te gustan los chaparros?

—¿Cómo?

—Qué si te gustan los hombres bajitos.

—No.

—¿Y si te enamoraras de uno?

—Entonces me gustaría él. Oye, en serio te ves muy cansado. Recuéstate bien —se levantó del sofá y me sacó los zapatos—. Voy a prepararte café.

—Estoy harto del café.

—Entonces leche tibia y pan. Compré pan de chinos; chus y bísquets. Todavía están calientes. No sé qué haría si no tuviéramos cerca el café de Li. Ya no pienses en el trabajo, quítatelo de la cabeza.

—Mejor vuelve a la cama, te desperté.

—No tenía sueño.

—Oye, Maya, ¿te gustaría tener hijos?

—Sí, claro, como a todas las mujeres…

—Eres la mujer perfecta, ¿qué más se puede pedir? Espero que el señor Palacio de Hierro te valore.

—Tonto. —Me dio un zape y se fue a la cocina, y desde allá me dijo—: Tú no eres tan perfecto, así que alguien tiene que serlo por los dos.

37

En María Luisa León encontré la otra cara de la moneda. Unos jovencitos inician su cándido romance en Culiacán, Sinaloa; ella clase media, él un pobre diablo sin fortuna. Al oírlo cantar, la muchacha cree más en su talento que él mismo, vende sus joyas y pone sus ahorros de quince años a disposición del novio para dejar Sinaloa atrás e instalarse en la colonia Narvarte del Distrito Federal, donde Infante Cruz podrá estar cerca de las grandes oportunidades. «Solo teníamos amor, juventud y miseria», me dijo ella con sinceridad. Cada obstáculo, cada primer fracaso del cantante era minimizado por la empeñosa mujer, que no paró hasta verlo triunfar. Pero con el triunfo: cine, discos, glamur, se desató la gran debilidad de Infante, su afición por las mujeres. ¿Era justo hacerse a un lado? ¿Soportar sus infidelidades? ¿Tener como compensación unos cuantos pesos y un boleto de regreso a Culiacán? ¡Al diablo con eso!

No tuve que darle muchas explicaciones; la señora pensó que mis preguntas tenían que ver con el lío que se traían del divorcio. Escribí mi informe y lo puse en el escritorio del inspector; añadí mi parecer al estilo de mis mentores, Quiroz Cuarón y Pardillos: el resentimiento motiva cualquier desquite, pero esta mujer ha acudido al único recurso a su alcance:

un juzgado. No cuenta con relaciones en el medio artístico, por lo que es imposible que pudiera tener acceso al Foro 8 o a la casa de Risco. Ella no lo quiere tras las rejas ni muerto; lo quiere pagando a perpetuidad su deslealtad.

Caminando por Bolívar, mirando casimires para encargar un traje a la medida, me llegó una especie de iluminación, o más bien confirmación de mis teorías del absurdo de la vida. Las palabras se plasmaron en mi cabeza como si fueran dichas por un otro. «No le des más vueltas, Pedro Infante es como cualquiera. Pedro Infante mató porque no está bien de la cabeza.»

Antes de las cuarenta y ocho horas pactadas, el inspector tenía nuevas armas para la siguiente cita, como que las huellas en la pistola de clavos y en el rifle que mató a Martina Rendón eran de Infante, y que la sangre en el desarmador —igualmente tocado por Infante— era de dos personas: Teresa y Betina. Pero el inspector libraba una batalla de la que tuve atisbos: rendir cuentas a sus superiores. En una de las ocasiones que fui a su despacho, vi salir a dos sujetos: Eufrosino Mena, director general de la policía, y el general Pantaleón Santoyo, ambos hombres influyentes.

Pronto se esfumaron veinticuatro de las cuarenta y ocho horas; no hubo cambios significativos, todo estaba en un suspenso insoportable, como cuando se dice que está por ocurrir un terremoto y hasta los pájaros dejan de cantar. Todo es opresión, incertidumbre. La ciudad misma estaba nebulosa, gris. Quizá sí hubo un cambio, el único; Cantarel le suplicó al inspector que por piedad lo sacara de cuidar a Infante. El tipo en serio era un chacal sin alma que, con el paso de las horas, iba dejando de mostrarse temeroso de su grave situación y volvía a ser el de siempre; hablaba hasta por los codos, comía como por tres, todo el tiempo quería conversar, hacer ejercicio y que le siguieran el paso, enterarse de la vida de los agentes. Incluso gastarles bromas pesadas, como ponerles mucha sal o azúcar a sus comidas. Cantarel no le daba cuerda, pero Villalobos había congeniado con él. El colmo de los colmos era que entre sus temas estaba el de las mujeres, hasta que Cantarel reprendió a Villalobos y le recordó que, precisamente, estaban ahí por ese tema y no de la mejor manera. El inspector confió en que Villalobos podía cuidar solo a Infante Cruz las últimas veinticuatro horas, y le permitió a Cantarel seguir con el caso de las chicas muertas en los fumaderos de opio.

Me pareció justo darle un regalo anticipado a Edén. Esta vez me presenté en su apartamento con una caja de chocolates de Sanborns. Y yo que me burlaba de Nibaldo, el tipo que se los regalaba a Maya. Le dije que, prácticamente, habíamos resuelto el caso del Foro 8, pero que no me preguntara detalles porque tenía prohibido decirlos. Enmudeció por unos segundo y luego rompió a llorar emocionada.

—Supongo que ya no tendré que venir a cuidarte por las noches...

Mis palabras revelaron mis propias intenciones. No, no había querido darle ningún regalo a Edén Salamanca. No era su tranquilidad mi preocupación, sino escucharla decir que no me fuera de su vida.

—Ya no tienes que cuidarme. Pero estoy muy agradecida.

Estuve un rato más, haciéndole al estúpido, cambiando de conversación, buscando a toda costa reencontrarme con mi mejor amigo, el hijo 'e puta insensible que era yo mismo.

—¿Te pasa algo? —preguntó luego de un rato de plática intrascendente, mientras se atascaba de chocolates como una niña que no tiene freno.

—Debo irme, tengo mucho trabajo.

Tomé mi sombrero y fui a la puerta.

—¡Ey, agente! —Vino, me rodeó con los brazos, me dio un beso en la mejilla y me acomodó el sombrero.

Me maldije al sentirme como un perrito que entorna los ojos con cualquier caricia.

Al paso de las horas me sentí intranquilo. Iba de justificarla a aborrecerla. Lo peor es que realmente no sabía si en medio de esas emociones había algo llamado amor. Al carajo el amor, lo que me importaba era volver a estar en calma. Caminé largo rato, levanté la vista. Ahí estaba ella, la Latinoamericana, dueña de nuestro secreto, erigiéndose en medio de la ciudad. Imposible no verla, imposible que en mis peores momentos su secreta voz de concreto no me dijera «Ven a mí, cariño...» No pude más e hice lo que nunca consideré posible, pedirle una cita de emergencia a Pardillos. Me recibió en quince minutos; fui directo al diván.

—Estoy enamorado, doctor.

Lo esperado, guardó silencio.

—Pero el amor es una bestia que no tiene dientes, solo una gran boca oscura, muy oscura, donde caes hasta un estómago que te machaca con sus jugos gástricos, ácidos corrosivos, y cuando te ha exprimido te defeca y vas por ahí, apestado y despreciado.

—Pensé que el amor era como la arquitectura...

Giré la cara y lo miré.

—Eso me dijo la última vez que estuvo aquí.

—Al carajo la arquitectura. Ningún edificio, por muy bien que se haga, sobrevive al paso del tiempo. ¿O sí?

—Las pirámides llevan lo suyo.

—Es cierto. ¿Sabe que leí en el *Reader's Digest*? Que posiblemente las construyeron los marcianos. Suena descabellado, lo sé. ¿Cree que existan? Yo sí, pero no creo que sean hombres verdecitos. Pienso que tienen forma de pelota. ¿Le gusta el billar, el futbol, el béisbol? La forma geométrica más estable es una pelota. Si chocan no hay forma de que se traben entre ellas; colisionan y siguen su camino sin problema. Así que los marcianos, de existir, son como pelotas de goma, chocan todo el tiempo, se ríen y siguen moviéndose. No tienen boca, no hablan, no hay necesidad de palabras. Lo sé, estoy diciendo estupideces. Los humanos chocamos y nos quedamos hechos nudo. Uno no se acerca a los otros con intención de chocar, pero sucede y luego ya no sabe cómo zafarse y seguir su camino...

A rascar la libreta con el lápiz.

—¿Le puedo preguntar cómo va su relación con la señorita Edén?

—No va, doctor.

Le conté que acababa de verla y lo que había sucedido.

—¿Se da cuenta? Muy quitada de la pena me mandó al infierno, después de cuidarla.

—¿Cómo qué lo mandó al infierno?

—Acabo de decírselo.

—Solo le oí decir que ella le dijo... espere, lo anoté: «Ya no tienes que cuidarme. Pero estoy muy agradecida».

—Al buen entendedor pocas palabras, doctor.

—Si a usted le parece suficiente, me da gusto.

—Pues no, no me parece suficiente. Ella debió decirme las cosas con claridad; debió decir: «Ya me serví de ti, ya no corro peligro, así que no te necesito más». Debió tener las pelotas... bueno, no las pelotas, el valor de decirlo. ¿Por qué no lo hizo?

—Tal vez porque usted no se lo preguntó tan directamente.

Entendí el punto de Pardillos y no pude esgrimir nada en mi favor. Salí de ahí un poco menos hundido. Lo suficiente para concentrarme en mis obligaciones. Fui a casa a ponerme ropa limpia. El segundo interrogatorio sería en el despacho de Quintana. A las diez de la noche, de tal modo que Villalobos llevara al edificio a Infante Cruz sin llamar la atención.

Encontré a Maya en un mar de lágrimas. Miré en todas direcciones, temiendo que alguien hubiera entrado a robar, pues nunca la había visto llorar de ese modo; es decir solo en el cine, por cosas de amor, de amor en la pantalla.

—Está muerta.

—¿Quién?

—La señora Virtudes, la mató el marido.

38

Me aposté afuera de la carnicería, mirando los escasos clientes que aún entraban y salían de ahí, mientras seguía pensando en lo que Maya me había contado. Virtudes, tuerta, había dejado el Hospital General de la colonia Doctores; nadie había ido a buscarla. Ni siquiera tenía para volver a su casa en el trolebús. Caminó hasta nuestro edificio; Maya le abrió la puerta. Virtudes le dijo apenada que si le podría prestar quince pesos para el transporte y comprar sopa de pasta, huevos y unas tortillas. Su marido llegaría con hambre a las tres, estaría un par de horas antes de volver a la carnicería, para cerrar a las siete. Maya no pudo dejar de mirar ese parche blanco de gasas, donde ya no había ojo, y la ropa deslucida, y el suéter rojo medio incoloro, con las mangas estiradas. La hizo pasar, la sentó, le preparó un té. Pero Virtudes no estaba tranquila. Su marido sabía que ya había salido del hospital; así que esperaba llegar y que la comida estuviera en la mesa.

Maya no la dejó ir, la hizo hablar hasta que la mujer soltó lo que traía por dentro. Lloró con ese solo ojo; se dolió de su suerte, pero más que nada se culpó a sí misma. Algo había hecho mal, seguro que sí, porque Claudio era un hombre alegre, cariñoso. Ella había hecho algo para que dejara de serlo. «¿Pero qué, señorita? ¿Qué hice mal?» Agradeció los quince pesos y, sobre todo, haber sido escuchada. Las dos mujeres se abrazaron. Maya la acompañó a la puerta. Era la última vez que la vería con vida. Dos horas después, sonó el teléfono. Una vecina le dijo que Virtudes estaba a medio patio, muerta, con una sábana blanca encima. Había una ambulancia y policías. El marido había dicho que la mujer subió a recoger la ropa de los tendederos mientras él se lavaba las manos para sentarse a comer. La vecina aseguraba haber escuchado voces en la azotea: la voz de él, la de Virtudes, luego golpes y al final el ruido seco a mitad del patio. «Todo esto aquí entre nos», pues la vecina solo quiso avisarle a Maya, no meterse en líos ajenos, ya bastante tenía con los suyos. Y Maya pensaba que quizá había hecho mal en darle un té a Virtudes y dejar que se marchara enseguida.

Claudio Sigüenza salió junto con el grandote a la puerta del local; este se fue y paró un taxi estilo cocodrilo en la esquina. Claudio se prendió un cigarrillo. No parecía un hombre que aún tuviera el cadáver tibio de su esposa en una plancha. Supuse que le habían explicado que, dadas las circunstancias, se lo entregarían el día siguiente. Muy oportuna la burocracia para, ¿por qué no? Así podría cerrar la carnicería a las siete, como siempre. Se fumó el cigarrillo y se llevó atrás la mano para rascarse el centro de la espalda. Tiró la colilla; la aplastó con el pie en círculos y volvió adentro, tranquilamente.

Crucé la calle y entré. Lo haría rápido: un disparo en la frente. Nada de insultarlo. Llevé la mano al saco, palpé la cacha de la .45, pero no vi a Sigüenza detrás del mostrador. Mejor todavía, lo mataría en la trastienda, un sitio más privado. Tal vez ahí sí me daría el lujo de decirle un par de cosas. Por lo menos le vería el miedo dibujado en los ojos. Era lo justo, lo quería Maya, lo quería yo. Virtudes, no lo sé. Pero igual y también lo querían los buenos espíritus. Sí, ellos desde luego. Ellos existían, y a la vez no. Existían para Maya y no existían para Maya. No existían porque los usaba de pretexto para sacar dinero, pero existían porque en el fondo de su corazón deseaba que arreglaran los entuertos del mundo. A mí me daban igual. De existir, no eran muy eficientes que digamos. Nunca los vi hacer algo en este y aquel caso. Echándole un ojo a los archivos policiales uno podía ver las fotos de aquellos individuos de marras, hombres, mujeres de miradas violentas, y podía leer lo que habían hecho, e imaginar la saña con que lo habían hecho, y no encontrar una parte donde dijera que los buenos espíritus habían llegado a tiempo. Los niños estaban sanos y salvos. Los abuelos estaban sanos y salvos. Las mujeres estaban sanas y salvas.

Miré de izquierda a derecha en la trastienda; descubrí aquellas reses colgadas y un par de botas de plástico, negras, altas, sobre una mesa. Entonces vino el golpe en la nuca...

El ruido de la cortina de hierro de la entrada, al bajar, se mezcló con un zumbido en mi cabeza. Intenté aferrarme al suelo, mientras me cogían de los tobillos y me arrastraban uno, dos metros al fondo de la trastienda. «Aún puedo alcanzarla», pensé mirando el arma a cincuenta centímetros; estiré una mano. Nadie se ocupó de detenerme sino de enredar mis pies, por el ruido, con cinta plástica, una y otra vuelta. Después sí, tranquilamente, aquel pie apartó la pistola de mí con una leve patada. Una mano entró frente a mis ojos, diestramente me enredó la cinta canela en ambas manos y le dio dos vueltas. No la cortó, la dejó colgando. Después, la mano desapareció por unos segundos, pero regresó con una cajetilla de cigarros Raleigh; la sacudió frente a mis ojos, dejó caer uno, me lo puso en la boca, le acercó un encendedor, lo prendió. Mecánicamente, aspiré, saqué el humo y me relajé un poco. Las manos me cogieron por debajo del vientre, me giraron bocarriba, me arrastraron y me sentaron contra el ángulo de la pared. Sigüenza fue a sentarse en la mesa, donde se prendió un cigarro y me miró con curiosidad.

—Ya me queda claro que sí se andaba cogiendo a mi mujer. Me preocupó aquel líquido frío que corría por mi cuello. Ese tipo de golpes nunca tienen remedio. El que lo recibe sigue un rato, como si no le hubiera pasado nada, y de pronto queda muerto. ¡Carajo!, es tan pequeñito, tan menudo y pequeñito el tipo, le doblo peso y tamaño, y soy de la Policía de la Secreta y todo eso; ese carnicero de poca monta acabó conmigo.

Bajó de la mesa, cogió un trozó de res y lo empezó a partir con un machete corto.

—De niño trabajaba en una pollería, agente. Me daba asco eso de sentir la piel y lo frío y a veces lo baboso. Pero luego me gustó lo de los tendones. Eso es lo bonito, agente, los tendones. Cuando entiendes los tendones entiendes todo. No hay que trabajar el doble para partir bien un pollo y limpiarlo y entregarlo bien empaquetadito. Un cortecito con las puntas de las tijeras por aquí, otro por allá. Con las reses es más difícil. Los tendones son más ligosos y fuertes, igual que los de una persona. Pero sabiendo cortar, también se puede…

Abrió un cajón, sacó unas tijeras largas y las hizo sonar un par de veces en el aire, abriéndolas y cerrándolas con ambas manos, mientras sostenía el cigarro entre los labios y achicaba un poco los ojos para que no lo cegara el humo. Vino hasta mí, me levantó las manos amarradas, acercó las tijeras, encogí los dedos. Me hizo cortes entre cada uno, veloces, instantáneos, contundentes. Más que dolor sentí un peculiar ardor.

—A ver, muévalas, agente.

Lo intenté, pero los dedos no me respondieron. El tipo sonrió sabiamente. Le dio un tirón a mi saco hasta que lo apartó lo suficiente de un hombro. Metió las tijeras debajo de la axila y cortó con fuerza. Entonces sí grité. Se detuvo. Alzó mis manos y con los dientes cortó el rollo de cinta canela que seguía colgando y me tapó la boca. Intenté levantar el brazo y

darle un golpe, pero había cortado algo en mi axila que lo in-
utilizó. Esta vez repitió la tarea en la otra axila, le costó más
trabajo hundir las tijeras y cortar. Tenía el mismo semblante
de siempre, serio, reflexivo, sabihondo. El sudor, mi sudor, me
picaba la cara. Tenía en mente rascarme, pero la orden no llegaba hasta mis manos.

Fue y abrió otro cajón; sacó un punzón y lo clavó en la
mesa. Se prendió otro cigarro. Comencé a verlo borroso, iba a
desmayarme; no supe si eso sería peor o mejor. ¿Qué diría el
Reader's Digest de todo esto? Un hombre nace, vive y muere
sin que importe; quizá a los suyos, pero estos tampoco importan demasiado. Hombrecitos verdes, pelotas alegres. Hubiera
sido mejor volar desde la Torre Latinoamericana.

Escuché un ruido de jugos gástricos. No era mío.

—Ya hace hambre, agente. Voy a chingarme una birria
aquí cerca, no me tardo.

Se acercó de nuevo, me alzó la cabeza por los pelos y me
examinó la cara. Luego colocó una de mis manos abierta contra la pared, Le puso al centro el punzón y lo golpeó fuerte en
la base con una pala de hierro de aplanar carne. Lancé un grito, que esta vez se escuchó, pese a la cinta adhesiva en mi boca.
Sigüenza me puso el sombrero en la cabeza, se quitó el delantal de plástico y lo colgó de un gancho; se pasó un trapo hú-
medo por las manos, se metió un suéter y se fue. Luego lo
escuché alzar y bajar la cortina de hierro.

A eso se resumía mi situación; tenía las manos inútiles, una
mano atravesada contra la pared, las piernas atadas con cinta
canela. «Cuando regrese suplícale que te mate pronto. No, no
supliques. Si vas a morir, hazlo con valor. Insúltalo, dile que la
tiene chica y que por eso odia a las mujeres, a su mujer. Dile
que es un pobre diablo, que toda su vida ha apestado a res, que
no sabe hacer otra cosa que matar. Insúltalo, pero no le supliques. ¿O a qué le temes? ¿Al más allá? Te da igual el más allá. Si

existe, qué bien. Dios sería un cabronazo si te manda al Infierno después de que pasas por esto. Y si no existe un más allá, nunca lo sabrás. Ya no tienes miedo, solo dolor. ¿Lo ves? Tenías razón. La vida es una mierda. Afanarse no sirve de nada. ¿Para qué tanto querer arreglar la mente? ¿Qué te diría Pardillos ahora? No diría nada. Te haría preguntas».

Debí desmayarme por un buen rato. Aquí vuelve, pensé al oír la cortina de hierro. Entró con un palillo de dientes jugándole en la boca. Se quitó el suéter, se puso de nuevo el delantal. Vino y me arrancó la cinta de la boca.

—¿Sigue ahí?

—La tienes chica...

—¿Cómo?

—¡Qué la tienes chica, hijo de puta!

Se talló la cara y se acercó.

—Ah, sí, mi pito es pequeño, pero me funciona bien. —Sacó de un tirón el punzón de la pared y mi mano cayó muerta. Entonces, me giró de lado, palpó detrás de una de mis rodillas, como buscando algo. Lo sentí poner ahí el punzón y luego vino el golpe.

—¡Acaba pronto, hijo de puta! —aullé.

Quitó la cinta de las piernas con las tijeras. Se apartó y me examinó detenidamente.

—Intente ponerse de pie, agente. Si lo consigue y sale caminando por esa puerta, le prometo que le perdono la vida. Lo digo en serio.

Lo único que me funcionaba era la pierna derecha; la otra, al igual que los brazos, había quedado descoyuntada. Aun así, luché como una lagartija hasta que, de algún modo, conseguí obligar a esa sola pierna a levantar todo mi cuerpo y sostenerme en pie. Sigüenza me miró sorprendido, casi con admiración. Recargué todo el cuerpo en la pared, dándole un poco de alivio a esa pierna que me sostenía.

—Ahora vaya a saltitos; ándele, agente, quiero ver...

Giré mi cara aplastada sobre la pared y miré la puerta; me separaban unos cinco metros. Tomé aire y di un salto corto; los brazos y la otra pierna se sacudieron como si alguien hubiera agitado un títere. Sigüenza se echó a reír. Di otro saltito y volvió a reír. Otro más y rompió a reír más fuerte. A cada salto que yo daba sobre una sola pierna, él reía sin control, doblándose, sujetándose el estómago. «¡No puedo, no puedo más! ¡Ji, ji, ji!», decía. «¡Me recuerda a las putas! ¡Me recuerda mucho a las putas que maté!»

Terminé por desplomarme.

Sigüenza se acercó con el punzón en una mano y la pala de hierro en la otra. Se paró en medio de mí con una pierna a cada lado de mi cuerpo.

—Me saluda a la coscolina de Virtudes cuando la vea en el Infierno...

Dobló las rodillas en el suelo, me colocó el punzón en la frente, respiró hondo. Levantó la pala de hierro. Es el fin. No hay más allá. Y si lo hay, bienvenido sea. Mi voz seguirá existiendo. Mi voz será un fantasma que parlotee mis pensamientos, mi voz, mi voz, mi voz...

Dibujó el gesto previo a bajar con fuerza la pala contra el punzón.

Una detonación precedió instantánea al hoyo que se le abrió en la frente, del cual brotó un borbotón de sangre. Se quedó quieto unos segundos, puso los ojos en blanco y dejó caer primero la pala, luego el punzón, y, de rodillas, se fue hacia atrás. Atrás de él miré al sujeto con la pistola humeante. Era Cantarel.

39

Pese a lo aparatoso de las heridas, solo estuve una semana en el nuevo y flamante hospital La Raza, gracias a pertenecer a la Secreta y haberme jugado el pellejo por ayudar a resolver el caso de los fumaderos de opio. Tal cual se oye. Comencé a dar crédito a los buenos espíritus. A su magia incomprensible. A su casualidad milagrosa. El final del viaje para Cantarel fue esa carnicería. Llegó con una orden de aprehensión contra Claudio Sigüenza, no por lo de Virtudes —la pobre mujer había parado en una fosa común—, sino por el caso de las prostitutas. Mei había descrito a su agresor, y no solo eso sino que había dado indicios del lugar adonde la había llevado para violarla, indicios que, unidos a otras pistas, condujeron a Cantarel a una sola persona: Sigüenza. Nunca pude explicarle del todo a Cantarel qué hacía yo en aquella carnicería de la colonia Guerrero. Le bastó la satisfacción de haber resuelto el caso, un bono extra de 500 pesos y las felicitaciones del inspector Quintana. «Qué más puedo pedir, hermano, si no soy un hombre estudiado.»

Una vez que me cosieron los tendones como muñeco de trapo, me dieron el alta un 3 de junio. En esos días solo recibí dos visitas en el hospital: Cantarel y Maya. Él no me supo decir qué había sucedido con Pedro Infante; se había quedado en que aquella noche le harían un segundo interrogatorio para decidir su destino, el cual pintaba más negro que el de mamá Dolores. Cantarel mismo le había preguntado al inspector y éste solo le había dicho que se lo haría saber de ser necesario. Fuera lo que fuese, ninguno de los periódicos que hojeé decían nada de Infante. La vida nacional transcurría con normalidad. Por doquier aplicaban la vacuna contra la polio. En el norte del país se avecinaban tiempos calurosos, y en el sur, inundaciones. La cartelera anunciaba matinés de Walt Disney y, por la noche, *Una mujer de la calle*, con Marga López. Tongolele actuaba en el Follies Bergere, y mi novia, Lilia Prado, daba función de *La prostituta respetable*.

—Hombres —dijo Maya al verme con los ojos puestos en la Prado, cuerpo entero en el periódico—. Cierra la boca o vas a babear...

Terminó de poner mis cosas en una maleta pequeña, dije que podía cargarla y, cuando insistí en hacerlo, me hizo entender que sería peor si mis manos vendadas comenzaban a mancharse de sangre.

–Habrá que pedir un taxi —dije cuando cruzamos la puerta del hospital.

—No hace falta —sonrió y agitó una mano.

Un auto giró en círculo. El tipo abrió la portezuela y mostró su estudiada sonrisa; era Diógenes, el empleado del Palacio de Hierro. Quiso echar la maleta en la cajuela; pero por pura dignidad yo mismo me ocupé de eso.

Poco después íbamos sobre Reforma; ellos adelante, riendo de cosas que decían, todo a medias tintas. No les hacía falta hablar completo, tenían ese tipo de complicidad. El tipo quiso ser amable conmigo; pero no le salía bien, y de pronto hacía preguntas fuera de lugar; quería detalles de la paliza que me habían dado. Le di un par de cortones que incomodaron a Maya. Terminé de odiarlo más —y a ella otro poco— cuando me dio las gracias por «haberle prestado mi habitación un par de días». Miré a Maya y se puso de todos los colores.

—Aquí me bajo —dije cerca de la glorieta Colón.

Descontrolado, Diógenes se orilló y abrió la puerta.

—¿Adónde vas, Leonardo?

—Tengo trabajo.

—Estás convaleciente, vamos a casa. Necesitas descansar.

—Llévate mi maleta al cuarto de tu amigo, digo, a mi cuarto —ironicé corroído hasta las tripas—. Llego más tarde. Gracias por el viaje. —Azoté la portezuela y eché a andar.

Eso también tiene la vida, que cuando un loco te corta los tendones como a un pollo, la gente cree que es buen momento de quedarse con tus cosas, con tu habitación y con tu chica… Poco después, me planté en la puerta de Edén. El loquero tenía razón: había esperado que con un simple comentario ella se me echara a los brazos y me pidiera que me quedara en su vida. Esta vez quería explicaciones.

Libró el cerrojo, tomé aire y dibujé una sonrisa, no había por qué empezar con la espada desenvainada. Un tipo calvo abrió la puerta.

—Dígame.

Miré arriba, confirmando el número de apartamento.

—Leonardo —dijo, detrás del sujeto, Edén. Pasó a su lado, me cogió de un brazo y me hizo entrar—. Ven, pasa, te presento… ¿Cómo estás? Supe que estuviste un par de días en el hospital…

—Una semana completa.

—Miren, él es Leonardo Fontana, el policía del que les hable; ellos son… ellos. Gente del cine, ja, ja, ja.

—Hola, Leonardo —dijeron casi simultáneamente, con un dejo de burla amistosa.

—Siéntate, siéntate; estamos en medio de algo, pero no te preocupes, tú siéntate…

—Puedo venir más tarde…

—Que te sientes. —Edén me quitó el sombrero y lo lanzó al sillón, como un platillo volante, lo cual causó sonrisas.

—¿Un café?

—Sí, un café estaría bien.

—En la cocina hay, sírvete.

Fui y desde ahí los escuché susurrar. «Policía, eh?» «Qué raro tipo.» «Habrá matado gente.» Luego volvieron a lo suyo:

—¿Dónde nos quedamos?

—En el parlamento siete: pasta de dientes.

—Ah, ya, sí…

—¿Por qué nunca tapas la pasta? —Me asomé un poco y la vi leer un papel a una mujer.

—¡No, no, no, señora mía! ¡La que no la tapa es usted! —respondió el calvo, leyendo lo suyo—. Ni la tapa de la pasta, ni la cerradura de la puerta, ni, ni, ¡ni nada de nada!

Todos sonrieron como si se tratara de algo divertido. Un sujeto con lentes de culo de botella dio unos golpecitos en la mesita.

—¿Quién? —preguntó la mujer.

—¡Yo! —dijo Edén.

—¿Y quién es yo?

—¡La chica que viene por el empleo!

—Chirrín chin chin —el de los lentes hizo como que abría una cerradura.

—Buenos días —dijo Edén, leyendo su papel—. Soy Carmina; leí el anuncio de que necesitan a alguien que cuide al niño… Me encantan los niños, sobre todo los más chiqui…

—Edén, Edén —la interrumpió lentes culo de botella—. No tan de corrido; más picardía, coqueteándole al señor… «Buenos días, soy Carmina» —repitió el dialogo, pero a lo maricón.

Edén le sonrió nerviosa; asintió y trató de imitar lo más posible las instrucciones. Iba a darle un sorbo a mi café, pero una mosca pataleaba adentro. Me hice la pregunta inevitable. «¿Qué carajos hago aquí?» Lavé la taza, abrí el grifo y vi desaparecer la mosca en la rejilla; aún se resistió un poco. Consideré, no sé la razón, rescatarla y quizá hasta pedirle perdón. ¿Cuántos no abren el grifo y uno es el que se va por el caño?

Edén entró a la cocina con una sonrisa de oreja a oreja; me guiñó un ojo mientras se apresuraba a montar una charola con vasos y una jarra de agua de limón.

—Pensé que querías renunciar...

—¿Cómo, cariño?

—Al cine.

—No sé dónde tenía la cabeza. La vida siempre nos regresa al lugar donde pertenecemos. Ya sé que te dije cosas, pero tú me viste, agente, estaba loca, loquísima, en completo estado de pánico; entonces respiré, respiré profundo. El mundo es más grande de lo que pensamos. Dejé la película de Pedro, eso sí. Esa película ya tiene salazón. Todo mundo se pelea ahí, ¿y qué crees?

La interrogué con los ojos.

—*La nana de Panchito*, título provisional. No lo divulgues, ¿de acuerdo? Panchito se llama el niño, pero también el papá. He ahí la picardía. Yo no soy la protagonista, pero ¿qué crees? Soy la nana, así que discretamente vengo siendo la estelar.

Guardé silencio, seguía pensando en la mosca.

—Di algo, no me mires así.

—Me gustaba lo otro, lo de casarte y tener niños.

—Pues a mí no —espetó molesta—. Esa no era yo. Yo soy esta, la actriz. ¿Por qué quieres estropear mis sueños? ¿Qué esperas? ¿Qué me case contigo y te dé tres mocosos y me ponga gorda y guanga y un día vea cómo les miras el trasero a otras y que yo también lo haga y suspire y diga: «así lo tenía yo

267

de lindo»? ¿Por qué ustedes los hombres siempre le quieren arruinar la vida a una? ¿Por qué no se arruinan la suya? ¿Por qué ustedes sí persiguen metas y tienen derecho a ser importantes? ¿Por qué una tiene que ser la muñequita de sus reuniones y la criada que luego lava los platos? ¿Sabes quién es esa gente que está ahí en la sala? ¿Lo sabes? ¡Rita Macedo! ¡Sí, sí, Rita Macedo, y Eduardo Alcaraz y Lilia Michel y Roberto Gavaldón!

—¿Quién es Roberto Gavaldón?

—¿Cómo quién es Roberto Gavaldón? *La diosa arrodillada*, *La rebelión de los esclavos*, *Han matado a Tongolele*. ¿No me digas que no te suenan esos nombres?

—Sí, son películas.

—No, no son películas, Leonardo; son sueños, sueños hechos realidad…

Era jueves, y esta vez sí fui a jugar dominó en lugar de ir a llorarle a mi loquero. El dominó tiene algo que tranquiliza y encandila; todo ese lenguaje es cosa de hombres, de machos, como debe ser, donde los ridiculizas pero con respeto, y reconoces sus virtudes, pero sin lamer pelotas. Estando en el Salón Bach, pensé que tal vez había hecho mal al cambiar el dominó por las sesiones de terapia. ¿No sería que guardaba mi lado maricón? ¿No tenía algo de repugnante irle a decir a otro hombre tus debilidades? En cambio, una copa de Fundador que quema la garganta, el ruido de las fichas al hacer la sopa, el ponerlas una a una y ver de pronto aquel cuatro, aquel cinco, como la posibilidad de colocar otro número igual y bloquear el paso a los adversarios, y todo esto con el humo del tabaco flotando en el aire, y viendo a Jarochito servir los tragos, y a Filomeno vender Biblias y novelas viejas; eso, eso sí reconfortaba, eso hacía olvidar, o al menos menguar, que no somos marcianitos en forma de pelotas que chocan sin problema, sino hombres que se enamoran de actrices que aman más la fantasía que la vida real, hombres que en realidad no sabemos lo que sentimos por alguien como Maya, que la celamos y a la vez la mantenemos a distancia; que orinamos de pie, que sentimos las heridas frescas debajo de los sobacos y en el corazón.

Jarochito me hizo una seña en la barra de que me hablaban por teléfono. Fui a atenderlo; poco después dejé la partida y me presenté en el despacho de Quintana.

—¿Cómo la pasaste en el hospital, Fontana?

—Bien, inspector, de vacaciones.

—Qué bueno que lo veas así. Te preguntarás qué paso con el caso del Foro 8.

—Ya Cantarel me dijo que usted nos lo haría saber cuando fuera oportuno.

—Y llegó ese momento. Las cosas dieron un vuelco esta semana; de momento te va a costar entender, pero el caso no está cerrado. Sigues en él y tienes un nuevo compañero. Está por llegar.

Dieron unos golpecitos en la puerta.

—Ah, ya está aquí —dijo el inspector—. Pase...

El hombre entró. Lo miré sorprendido. Era Pedro Infante.

40

Estábamos viviendo un siglo de asombro: dos guerras mundiales, una revolución comunista, una bomba atómica y la posibilidad de que el hombre llegara cualquier día a la Luna, de donde tal vez provenían los hombres pelota. Dentro de mi pequeño mundo, mi país con sus pirámides y sus trajineras en Xochimilco, era de asombrar lo que el inspector acababa de decirme. Debió notar mi perplejidad, porque abundó en explicaciones.

—El señor Infante sigue acusado, pero hemos convenido que colabore activamente en demostrar su inocencia.

—Eso no tiene sentido —hablé con franqueza—. Hasta donde sé, somos nosotros los que tenemos que demostrar su culpabilidad, la cual, según yo, es prácticamente un hecho. No tengo que enumerar las pruebas en su contra, ¿o sí?

—Has estado fuera de circulación, Fontana; te pondré al tanto. Infante argumenta que en el caso de la agente Rendón omitió decirnos algo —Quintana lo miró. Aquel dibujó una mueca de culpabilidad.

—La verdad es que ese día lo que hice fue correr para saltar la barda y huir lejos del borlote. Después no quise aclararlo porque vi que mis compañeros se habían quedado a proteger a las mujeres y a defenderlas, a balazos si fuera necesario. Cuando trepé la barda me caí y me di de arañazos con una bola de nopales. Todavía me quedé un rato sin saber qué hacer, casi me hago en los calzones, y cuando dejé de oír las explosiones y disparos, regresé; entonces encontré a la agente muerta. Para acabar pronto, mentí con lo de verla en diez segundos, pasaron como quince minutos antes de encontrarla, los mismos que me tomó ser un cobarde.

—¿Y las huellas en el rifle, la pistola de clavos y la sangre en el desarmador?

—Esas cosas no estaban en mi casa; alguien las puso ahí.

—Ya empezamos conque a Chuchita la bolsearon… Inspector, todo esto es ridículo. ¿De qué privilegios goza este hombre para que lleguemos a esto? No me lo diga; sé de quién se trata, es Pedro Infante, pero no es justo, nada justo.

—Hubo otra víctima, Fontana, mientras Infante era vigilado por Villalobos: Corina Beltrán.

—¿No estaba ella en Los Ángeles?

—Vino a visitar a su familia; ya estaba por irse, y le pidieron que por favor hiciera tres minutos de escena en la película, solo tres, y eso es todo. Apareció muerta en el jardín de la casa Risco… con el cuello roto.

—Bueno —cedí—, eso cambia las cosas, porque Pedro estaba en su departamento, vigilado por los agentes.

—No, no estaba ahí —confesó Infante bajando la cabeza, como niño regañado.

—Le permitimos ir a la casa —reveló el inspector—, habíamos firmado con los de la producción ciertas cláusulas, no tuvimos más remedio.

—Pero yo no la mate —dijo Pedro.

—¡Esto es el colmo! —estallé—. No quiero participar de este teatro… Inspector, le pido que me releve del caso.

Miré a Infante; parecía entre molesto y avergonzado.

Dieron unos golpecitos en la puerta, Villalobos asomó la cara.

—Señor, tenemos problemas, alguien vio a Pedro entrar al edificio…

Fuimos a la ventana, movimos un poco las cortinas; abajo estaba un grupo de mujeres y hombres, mirando hacia lo alto del edificio.

—Sácalo por la azotea, como la otra vez, Villalobos…

Villalobos le pegó un golpecito a Infante.

—Ya oíste, manito, vámonos…

Salieron enseguida. Miré con reclamo al inspector.

—¿Qué sigue, que confiese y de todos modos le digamos: «no hay problema, manito»? No entiendo cómo un hombre como usted ha terminado creyendo en cuentos de hadas…

—No me regañes, Fontana. Estoy recibiendo muchas presiones…

—¿Presiones de quién? Dígalo ya.

El inspector se prendió un cigarro y fue a asomarse por el rabillo de la cortina.

—El director Mena y el general Pantaleón Santoyo.

Recordé haberlos visto en la oficina. El inspector dio un par de fumadas en silencio, como si pusiera en orden sus ideas, o el cómo decirlas.

—El segundo interrogatorio ya no fue tan privado. Aparte de Infante y su abogado tuvimos aquí al general Santoyo, inventando excusas para cada acusación en contra de Pedro. Quedó claro que todo esto no se trata de demostrar que Pedro Infante es culpable sino inocente… Igual que tú, le pedí a Mena que me relevara del caso. Al día siguiente, cuando venía para acá, dos hombres me hicieron entrar en un coche; me llevaron al Campo Militar Marte. El general Santoyo me dijo en su oficina lo siguiente: «Hay cosas que no se tocan, señor Quintana, a la virgen de Guadalupe, al gobierno y al ídolo de Guamúchil».

273

—Pues entonces dejemos que siga con su vida, y cuando maté a otra mujer, hagamos como que trabajamos en eso. Total, qué bonito canta.

—Infante quiere limpiar su nombre.

—¿Limpiarlo de qué? Solo nosotros sabemos que está sucio.

—Parece que eso no le basta a Santoyo.

—Qué considerado. Dígame una cosa, inspector, ¿qué va a pasar si en el intento de limpiarlo lo que va apareciendo es cada vez más mierda? ¿Qué va a decir el general si ponemos frente a sus ojos, de manera fehaciente, que su ídolo de Guamúchil es un asesino de mujeres?

—Te diré cuáles fueron las últimas palabras de Santoyo, antes de despedirme de su despacho: «Pedrito no es culpable ni siendo culpable, porque, entonces, lo que pasaría es que tendríamos que subirlo a un avión para que se mate y quedé vivo en el corazón de todos los mexicanos…»

Esta vez fui yo quien tuve que encender un cigarrillo.

El inspector dejó caer la cortina y regresó detrás del escritorio.

—Tenemos un problema más…

—¿Cuál?

—Luis Spota.

—¿Quién?

—Un periodista. La noche que intentaron robar la casa de Infante en Cuajimalpa estuvo ahí husmeando, haciendo preguntas a los vecinos; vino a preguntarme qué hacíamos los de la Secreta en esa casa, cuando lo del robo era algo de la policía local. Le dije que, tratándose de Infante, quisimos ayudar, pero no lo noté muy convencido de mi explicación.

—Mándelo al carajo, solo es un periodista.

—Ojalá fuera así de simple. ¿Conoces a B. Traven?

Negué.

—Era un escritor misterioso; todo mundo quería saber su verdadera identidad. Su verdadero nombre era Otto Feige, alemán. Spota resolvió el misterio. No es de los que se quedan sin respuesta. Ya se las ingenió para ir a Lecumberri y hablar con el ratero que sobrevivió en el robo de la casa de Infante; éste le contó de que la Secreta no entró a la casa por los rateros, sino que antes golpearon la puerta y dijeron alto y fuerte que tenían una orden de cateo.

Más tarde, crucé la puerta de mi departamento, aflojándome la corbata; quería una píldora para el dolor del cuerpo, que Sigüenza me había dejado en retazos, tirarme en la cama y no saber más nada hasta que saliera el sol. Apenas conseguí llegar al sofá, me dieron ganas de que, como aquella noche, Maya viniera y me sacara los zapatos y me preparara una taza de café. Esta vez no fue así. De cualquier forma, fui a asomarme, quizá la encontraría despierta y podríamos charlar un rato. La cama estaba tendida y, sobre ella, una carta. En resumen, se disculpaba por haberle prestado mi habitación a Diógenes, diciéndome que solo había sido por un par de días, ya que el departamento del tipo se había inundado; lo segundo era que se había dado cuenta de que yo ya había hecho lo suficiente por ella.

Yo mismo me preparé la taza de café. Tocaba vivir solo.

41

Una inesperada situación se me atravesó en el camino. María, la mujer de mi malogrado colega Ramiro Jiménez, estaba en el hospital; la encontré esposada a la cama y con magullones en el rostro. Las cosas habían sucedido de la siguiente forma: Jiménez había adquirido un seguro de vida por treinta mil pesos, María se había enredado con el hermano de Jiménez; no se les ocurrió algo mejor que despacharlo, coger el dinero e irse a Veracruz en cuanto se calmaran las olas. El caso se había empantanado por otras urgencias (Pedro Infante); no esperaron más, cogieron carretera y se les atravesó eso que llaman destino, en forma de una curva cerrada; el accidente fue aparatoso, el hermano quiso despedirse de este mundo y confesarlo todo antes de morir...

—¿Sabes algo, Leo?

—Qué, María.

—Cuando ibas a la casa me gustabas, me gustabas mucho, demasiado, y me hacía fantasías contigo y pensaba que las cosas fueran al revés, que Ramiro fuera la visita, que se fuera y tú y yo irnos a la cama... En realidad, su hermano no es que me gustara tanto, es que sonaba bien lo de los treinta mil pesos, Veracruz y quitarme a Ramiro de encima... Me pregunto cómo habrían salido las cosas si tú te hubieras fijado en mí. Mejores. Porque tú eres un buen hombre...

Saliendo del área de cuidados intensivos me encontré a Edén. Procuré saludarla como si la conociera tanto como al lechero que deja las botellas afuera de la puerta y solo una vez a la quincena toca para que le pague. Ella en cambio me trató bien, lo cual me hizo repudiarla, pues sus palabras me sonaron compasivas. Dijo que la disculpara porque cuando nos habíamos visto no me había preguntado sobre mi estancia en el hospital, ni si lo de mis manos vendadas era de cuidado. Le dije que todo marchaba bien y que luego, meditándolo, me sentí feliz por ella. Yo también la imaginaba toda una estrella a la Dolores del Río, y no una simple esposa con tres hermosos niños y un marido que la cuidara y tuviera como la reina del hogar. No resintió mi sarcasmo, sonrió con altivez. Le pregunté qué hacía en el hospital; no me dijo, pero la vi entrar al consultorio del cirujano plástico.

Luego me pasé por la oficina de correos en 5 de Mayo, para revisar mi apartado postal. El buzón tenía varias cartas del doctor Pardillos, preguntándome si me encontraba bien; en la última lo daba por hecho y lamentaba informarme que había dispuesto de mi espacio de sesiones para un nuevo paciente. De pronto, me cayó de golpe que por una u otra razón las personas cercanas se habían alejado de mí como de la peste misma: Edén, Maya y mi loquero. Me sentí huérfano pero libre. Solo me quedaba el trabajo, aunque fuera un absurdo total. Con ese ánimo llegué al secreto departamento de Infante, donde encontré también a Villalobos. Estaban en torno a la mesa, tenían una lista de nombres, todos ellos de mujeres. Me pusieron al tanto; cada una había tenido algo que ver con Pedro. La hipótesis seguía siendo la del despecho femenino.

—Llevamos cincuenta y nueve —contó Villalobos, casi celebrándolo—. ¿Alguna más, Pedrito?

—Creo que ya son todas —respondió aquel, rascándose dudoso la barbilla—. Ah, espera, ya me acordé de Sarita...

—¿Sarita García?

—No friegues, Sarita Avendaño; la conocí en Silao. Dieciocho añitos, bonita y muy risueña, pero brava la chamaca.

Villalobos sonrió y anotó el nombre.

—¿Punto rojo?

—Sí, punto rojo.

Villalobos tomó un lápiz de ese color y puso un punto al lado del nombre.

—Las que tienen punto rojo son las despechadas —me informó—. Llevamos siete. Cuéntanos de Sarita, Pedro...

—Fui con el mariachi Vargas a Silao. Me la presentaron en mi camerino. Platicamos mucho rato y ahí se dio lo que se tenía que dar. Di por entendido que ella no esperaba otra cosa de mí; pero sí lo esperaba...

—Todas lo esperan, manito, aunque digan que no. Quería casorio, ¿cierto?

—Pos para empezar quería que conociera a su papá, que porque me admiraba y era un hombre muy enfermo el pobre. Le dije que sí, y se lo iba a cumplir, pero nos tuvimos que ir de Silao. Luego di una presentación en Morelia, y que se presenta la chamaca y me dice que aquella vez organizaron toda una fiesta esperando que llegara, y no llegué. El pobre señor murió esa noche, me dijo que sus hermanos me iban a buscar para matarme.

—¿Hay forma de encontrar a Sara? ¿Alguna dirección?

—La voy a buscar en mi libreta.

—¿Llevas libreta y toda la cosa de tus conquistas? ¡Eres un bribón, mi Pedro!

—«¡Mi Pedro», la puta mierda! —Barrí con lo que había en la mesa.— ¡Basta de juegos, Infante! ¡Hay varias mujeres muertas! ¡Si no las mató no es pretexto! ¡Lo que veo es mucha insensibilidad de su parte!

—Tranquilo, Fontana —dijo Villalobos—. ¿Comiste gallo?

—¡Ningún tranquilo! ¿Qué pasa contigo, Villalobos? ¿Te volviste joto?

—No te pases. —Se puso de pie dispuesto a la pelea.

—Tranquilos, muchachos. —Se levantó Infante.

—¡Usted se calla!

—Está bueno. —Volvió a sentarse.

Villalobos y yo nos desinflamos por nuestra propia cuenta. Miré a Infante Cruz, lo odiaba con su lista de mujeres mientras a mí dos me habían abandonado. Quizá ese era todo mi problema. Mendigar junto al que le sobraba amor, fama y fortuna; mejor dicho, solo lo primero, las otras dos cosas me importaban una mierda.

—Voy a ser claro con usted, Pedro. Entiendo que hay gente influyente que le da el espaldarazo, quizá por eso se ve menos preocupado; pero no se fíe, a veces esa gente de arriba lo que hace es tirarlo a uno debajo del camión... o de un avión...

—¿Qué me quiere decir con eso? —preguntó receloso.

No iba a entrar en detalles sobre el general Santoyo. Cambié de tema.

—Me dijo que su esposa le tenía rencor, pero hablé con ella...

—¿Con María Luisa? —Volvió al recelo.

—Sí, con ella. Me parece que lo ayudó bastante a salir de la pobreza, a creer en sus sueños de cantante, y que usted no fue precisamente agradecido...

—No solo eran mis sueños, también eran los de ella.

—Ah, vaya, entonces que se dé por bien servida.

—¡Óigame, ya se está pasando!

—Lo que le quiero decir es que es ruin pensar que la señora pudo matar a alguien.

—Yo nunca dije eso, solo que me tenía rencor; ustedes solitos se dieron cuerda.

—Mire, Infante, no vamos a llegar a ningún lado si no se pone a pensar quién quiere inculparlo. Medítelo. Entiendo que siendo un donjuán, pensemos que se trata de una mujer, pero pudiera ser otro el motivo. Tómeselo en serio y piénselo, le va la vida en ello, quiero decir la libertad. Lo puede perder todo: la fama, el dinero. Entiendo que su madre vive. ¿Le quiere dar ese dolor?

Di justo en el blanco; bajó la cabeza y negó con gesto de niño regañado.

—Entonces, rómpase la cabeza y busque algo por donde podamos ayudarle.

—Lo voy a hacer, pues…

Villalobos le dio una palmada de consuelo. Nos quedamos pensativos. Entonces sonó el teléfono, e Infante tuvo que atender varias llamadas, la mayoría de sus familiares. Por lo que escuché, le pedían dinero o le planteaban cosas que requerían solución urgente. Largo rato se enfrascó en eso; a unos los mandaba a que fueran por el dinero con Matouk, su apoderado; a otros les aconsejaba o les daba instrucciones de cómo resolver tal o cual asunto doméstico. Entre esas llamadas hubo una de alguien de la película; le pedían que no se fuera a comprometer con otra cosa mientras acababan de hacer el nuevo plan de trabajo. Esas llamadas debieron de durar más de hora y media, terminaba una y entraba otra, como en nado sincronizado. No le daban tregua, y a todas Infante respondía por igual, como si aquellos problemas fueran suyos y no ajenos, poco a poco se le notaba más tenso y fatigado. Nosotros seguíamos en la mesa. Supuse, o quise suponer, que Villalobos, igual que yo, le daba vueltas al caso, tratando de encontrar una revelación.

—Necesito acostarme un rato, quedan en su casa —dijo Infante cuando el teléfono por fin dejó de sonar…

—Fuiste duro con él, Fontana; sé tus razones; pero yo, que ya conviví con Pedro varios días, estoy convencido de que no mató a nadie.

—Lo que pasa es que lo idolatras.

—Te equivocas; aquí entre nos me gusta más cómo cantaba Negrete; no se lo digas. Pero míralo, tiene algo de niño travieso. Y esas llamadas; así todos los días: «dame para esto, dame para aquello, paga tal, paga cual, y que si ya se cayó el chamaco, y que si la abuela tiene asma y que si la tía de las muchachas». No quisiera estar en sus zapatos; si algo valoro es que a mí nadie me está chingando. La fama debe de ser horrible. Eso de que no puedas tragarte unos tacos en la calle porque ya te están metiendo una pluma y un papel entre los ojos para que les des un autógrafo debe de ser jodido. ¿Qué puede ser lo bonito? ¿Las admiradoras? Modestamente, tengo algunas. ¿Cantar? Canto en la regadera, ¿cuál es el pedo?

—¿Sabes lo del general Santoyo? —le pregunté en voz baja.

—Vaya que lo sé, me tocó estar presente en una de las visitas de Santoyo al inspector; prácticamente lo regañó. Claro, el inspector no se dejó. Ni yo tampoco. Le dije en su jeta al general que una cosa somos los agentes y otra ellos, los soldados. No le gustó nada… Es truculento… Los alzados de Torreón.

—¿Cómo?

—Varios pelados acabaron colgados de los pies en el monte; así los fusilaron, colgados… ¿Quién crees que dio la orden?

—¿Santoyo?

—El mero, el cabrón no se anda por las ramas…

Tocaron a la puerta. Villalobos se desplazó y abrió. Era un chico con dos bolsas en las manos. Villalobos lo trató familiarmente, le dio unos pesos, una propina y recogió los paquetes, que vino a poner en la mesa.

—Era Juancho, el de la tortería. Vamos a empujarnos unas tortas, ya hace hambre. Voy por Pedrito…

—¿Para qué tantas?

—Él se come siete…

Villalobos fue al pasillo; casi enseguida le escuché gritar un «¡Carajo!» Fui de prisa. Infante estaba en el suelo, recargado contra el pie de la cama, pálido y sudoroso; al lado de él había una jeringuilla y un frasco. Pero no sé si eso fue lo que más me sorprendió, sino el ver que tenía en la cabeza el pelo desacomodado: un bisoñé. El ídolo de Guamúchil era medio calvo…

—¡Lo que faltaba, el cabrón se droga! —exclamé, recogiendo la jeringa.

42

El galeno guardó el estetoscopio, el tensiómetro, un frasco de sales y una tira de tabletas Bayer en el maletín cuadrado. Según entendí, trataba a Infante desde hacía tiempo. Lo regañó por malpasarse con los azúcares. De nada le valía hacer tanto ejercicio y luego atragantarse de comida y no estarse quieto un segundo. «Como si te fueras a morir mañana», le dijo. Infante aceptó los regaños con un «Sí, señor, no, señor», acostado en la cama, mientras recuperaba el color. El médico tomó el maletín, dio las buenas tardes y se marchó.

Miramos la jeringuilla que seguía en el suelo.

—Insulina; soy diabético.

—Nunca lo hubiera pensado, manito —se apenó Villalobos.

—No lo digan por ahí, ¿sí?

No íbamos a decirlo, como tampoco a estancarnos en su salud. Le pedí que elaborara un diagrama de gente cercana: familia, amigos, tipo de relaciones, si tenía deudas morales o económicas; ningún listado de conquistas ni más payasadas, que o bien me importaban un carajo o me daban envidia.

—No hay prisa, Pedrito —Villalobos suavizó mi exigencia.

—Sí la hay —refuté—. Regreso en una hora.

—Espere, agente; no le voy a estar hablando mal de mi familia…

—Solo sea sincero.

—¡Pos por eso!

Sonreí pensando que se trataba de otro de sus chistes. Fui a la puerta.

—¿Y las tortas? —dijo Villalobos.

—Coman ustedes, regreso en una hora. —Me detuve.— Que no se coma las siete —ordené, recordando las recomendaciones del médico.

—Pero si ya me siento bien —se quejó Infante.

La realidad es que me parecía repugnante comer con el posible asesino de mujeres; me parecía una falta de respeto para cada una de ellas. Me fui a cualquier fonda, pedí comida corrida y repasé mentalmente las piezas del caso, sin poder evitar que me asaltaran temas personales. «Teresa escribió en su diario que ella y las otras le iban a armar un escándalo por mujeriego.» «Edén jugó conmigo.» «¿Por qué, por qué un desarmador en el oído? ¿Por qué la saña?» «Sí, hubo saña cuando Edén insistió en que la protegiera, cuando con su vocecita de desamparo dijo que iba a dejar el cine atrás.» «Lo que menos encaja de todo es el desperfecto en el avión; eso no tuvo que ver con matar a las mujeres.» «¿Qué hubiera pasado si no llega Cantarel? Estaría muerto. Edén indiferente. ¿Y Maya? Maya, llorando en mi velorio, pero acompañada por el vendedor del Palacio de Hierro. Se instalaría definitivamente en mi habitación.» «Un detalle, siempre se trata de un maldito detalle en el que no se reparó, y resulta ser la clave para desmadejar el caso.» «¿Renunciará Maya a vender a los buenos espíritus? Quizá el tipo Palacio de Hierro le prohíba seguir con eso. ¿Y si no? Que conmigo ya no cuente.» «¿Qué pasa con Villalobos? No está siendo profesional. Cantarel resultó mejor con todo y sus vulgaridades.» «A ver, a ver, a todo esto, ¿qué sacaste de ir al loquero? Tiraste el dinero a la basura. Un charlatán con gatos meones te birló la plata.» «Lo mejor es que nos quiten del caso; apesta. No confío

286

en los influyentes. No confió en Pantaleón Santoyo.» «Bueno, tampoco hay que ser estrictos. Sirvió de algo ese Pardillos. Acuérdate de que ahora sabes que aborreces a media humanidad; además te hizo ver que la gente no tiene por qué adivinar lo que piensas. Debes plantear tus expectativas, aunque nadie quiera cumplirlas.» «Lo más inquietante es que se lo llevaron al Campo Mmilitar; no fue un ¿cuándo puede venir, inspector? El general hizo sentir su poder.» «Sigues sin llorar, Leonardo Fontana, sigues sin poder llorar...»

Hablé por teléfono desde la fonda para pedirle al inspector que me diera detalles sobre la última mujer asesinada, Corina Beltrán. Me dijo que tenía en su poder la filmación de la escena, la veríamos después.

Por la noche le pedí a Villalobos que a su vez le pidiera a Cantarel relevarlo por unas horas, para que nosotros pudiéramos ir al despacho del inspector a desmenuzar la lista de Infante. A golpe de vista era muy distinta a la del galán conquistador; en esta había toda una parentela que dependía de él, un par de situaciones cuando menos ríspidas. Infante y María Luisa habían adoptado una hija de la hermana de Pedro, ya que María Luisa no podía tener bebés; se habían encariñado con la niña y no querían devolverla a su madre, que, naturalmente, estaba furiosa; pero esa no era razón para los asesinatos, como tampoco bastaba descubrir que la carrera de Infante y hasta sus propiedades estaban a nombre de su apoderado, Antonio Matouk, lo cual no pintaba a Infante como un asesino, sino como a un incauto. En fin, que poniendo en la balanza sus pequeños egoísmos e infidelidades de un lado, y del otro a las sanguijuelas que vivían a sus costillas, Infante no estaba para matar a nadie sino para pegarse un tiro, o cuando menos fingir su muerte y largarse de ermitaño.

Especulamos sobre diferentes hipótesis, siempre llegando a callejones sin salida. Ninguna de esas personas hubiera tenido forma de estar en las filmaciones, ni relaciones con gente de los bajos fondos: malandros, violadores, asesinos a los que se les habría pagado para cometer los crímenes. Terminamos en mangas de camisa, con el humo del tabaco flotando en el despacho y hartos de tazas de café.

—Investiguen mañana a ese Matouk —dijo el inspector, ya por ponerle fin a la larga y estéril sesión. Eran las dos de la madrugada.

Encendimos una última tercia de cigarros y el inspector, que se había hecho de un proyector, nos puso la breve escena de Corina. Estaba sola, bebiéndose un coctel en un reclinable junto a la alberca. Quintana nos dijo que ese tiempo en el que la muchacha estuvo sola duró exactos dos minutos y medio, estaban contabilizados por la claqueta. No había nadie por ahí, ella estaba esperando a que se acabara de montar la escena y todos se fueran a un receso, dejando la cámara prendida. El problema es que ella salió de cuadro unos segundos, así que no quedó filmada su muerte. Pasados los dos minutos y medio la gente de la producción llegó y la encontró; se la llevaron enseguida a la casa porque les pareció que respiraba. La recostaron en el sofá. No hubo nada que hacer.

—Y justo Pedro Infante estaba en esa casa —me quejé.

Pero mis quejas ya eran por demás inútiles.

—Me resisto a creer que un tipo tan simpático haya cometido esos crímenes —opinó Villalobos.

—Hay criminales muy simpáticos, diría Quiroz Cuarón…

—Pero no todos cantan como Pedro Infante. ¿No es irónico, inspector? Queremos que cante pero no canta. ¿Entienden la broma?

—Sí, y es mala. Ya solo estamos diciendo disparates; vámonos de aquí, señores.

Alcancé la última función. Fue desconcertante entrar al cine sin Maya, sentarme junto a un desconocido, no sentir la mano femenina en el brazo de la butaca, no verla de reojo con los ojos fijos en la película. Daban, para colmo, otra de Pedro Infante: *También de dolor se canta*. Villalobos tenía razón, resultaba increíble que un tipo tan simpático fuera un criminal. La película me dejó con una sonrisa en los labios, así que volví a casa y me dije que lo mejor sería dormir y dejar que todo se fuera al carajo hasta el día siguiente, pero entonces sonó el teléfono. Era tarde y era el inspector, así que se trataba de malas noticias.

Esta vez no hubo quién me dijera dónde había puesto mi traje negro. Lo busqué por mí mismo y fui a la morgue, ya estaba ahí Quintana, solo faltaba esperar al doctor Gámez.

—¿Dónde andabas, Fontana?

—En el cine.

El doctor Gámez entró, tiró de la manija de una de los cajones, como hacía siempre que estábamos ahí. Esta vez el muerto no era una mujer más, otra figurante. Aquel rostro pálido y varonil era más bien como una imitación mal hecha de cuando tuvo vida.

—¿Cómo fue? —le preguntó a Quintana.

—Un vecino de su edificio dice que lo vio llegar en un taxi, cuando bajó se le acercó un sujeto y le disparó a bocajarro detrás de la nunca.

Miré de nuevo el cadáver, se le veía la cara hinchada, cerosa. De alguna forma quien lo preparó logró atenuarle un poco el gesto de una muerte violenta.

—¿A qué hora sucedió?

—A lo mucho veinte minutos después de que tú y él dejaron el despacho.

—¿Qué toca, inspector?

—Nada, no hay prisa, Villalobos no tenía familia, así que tampoco urge entregarle a nadie su cadáver…

En eso estábamos cuando apareció Cantarel.

—Carajo, inspector, acabo de enterarme…

—¿Tú qué haces aquí? —le reproché a Cantarel—. ¿Por qué dejaste solo a Pedro Infante?

—¿Solo? ¿Cómo solo?

—Le pedí a Villalobos que tomaras su lugar, para que él y yo habláramos con el inspector en el despacho…

Cantarel miró a Villalobos con asombro, como si este pudiera venir del más allá, abrir los ojos y dar alguna explicación.

—Nunca me pidió nada.

—¡La puta que los parió a los tres! —aulló Quintana sin importarle que Villalobos estuviera ahí muerto.

43

Golpeé una vez más la puerta.

—¡Infante, abra ya! ¡Déjese de juegos!

Diez minutos después, consideré que no lo haría, así que saqué la ganzúa del bolsillo, la metí en el cerrojo, lo sacudí unos segundos y giré la perilla. No había nadie en el salón, solo rastros de tortas en un par de platos y dos botellas de Pepsi-Cola vacías. Fui a la habitación de Pedro. La cama seguía con las cobijas destendidas, de cuando se recostó a que lo examinara el médico, pero el armario estaba abierto. Fui a la otra habitación, donde Villalobos se había quedado esos días; aún estaba parte de su ropa, un libro sobre los faraones egipcios, una cajetilla de Faros y un disco de Pedro Infante, autografiado. «Para mi hermano, el agente Villalobos, por las hartas risas y la amistad.»

Levanté el teléfono.

—Perdone que le marque a su casa, inspector, pero creo que debemos girar una orden de aprehensión. Pedro Infante se dio a la fuga…

No conseguí más que silencio, y después el ruido de su respiración desgastada. Me dijo que me fuera a mi casa y nos viéramos al día siguiente. Apagué la luz; ya al salir, me detuve y me pregunté «¿para qué irme?» Mi casa no me reclamaría por no llegar el resto de la noche, ni tampoco alguien me echaría de ese departamento. Cerré la puerta y volví a encender la luz. Fui a la habitación y me apropié de la cajetilla de Faros, miré el disco, lo llevé al aparato que estaba en la sala y le dejé caer la aguja encima. Pedro Infante comenzó a cantar su *Fallaste, corazón...* Fui a la cocina, encontré otra Pepsi-Cola, la abrí y fui a tomarla y a fumar de cara a la ventana. Me sorprendió ver luz en un local de la esquina, a esas horas de la madrugada.

Salí del edificio.

—Buenas noches —dije mirando al mofletudo sujeto en medio de repisas de zapatos viejos; se ocupaba de reparar un par de bostonianos. Sus manos sucias de betún apretaban con los pulgares un tacón con pegamento. Levantó la cara.

—Perdone la pregunta, ¿no es un poco tarde para trabajar? Son casi las tres.

—Estoy adelantando cosas. ¿Se le ofrece algo?

Le mostré mi credencial, y en vez de que eso lo tranquilizara y le hiciera pensar que al menos no era un asaltante, dibujó un gesto de recelo.

—¿Qué se le ofrece? —repitió.

—No sé si sepa quién vive en aquel edificio...

—No, la verdad no.

—Es difícil que no lo sepa.

—Pues no sé; inquilinos, supongo. Mire, yo nomás estoy trabajando.

—Ahí vive alguien famoso. No creo que no lo haya visto alguna vez entrar y salir.

—¿Qué quiere que le diga? No ando de mirón.

—Esa persona de la que le estoy hablando, ¿la vio salir del edificio hace un rato?

—Es que no sé de quién me habla.

—Entiendo, quizá es tarde para hacer preguntas. Mejor vengo mañana y lo llevo a la jefatura de Victoria y ahí hablamos tranquilamente el tiempo que sea necesario.

—Hace rato vi llegar un coche negro, de esos lujosos que usa la gente del gobierno. Los reconozco porque luego ni placas tienen. Una dama bajó de él, muy de abrigo de plumas. Se fumó un cigarro. Luego, esa persona famosa que usted dice salió del edificio, entraron al coche y se fueron. Eso es todo.

—¿Él llevaba maleta?

—Sí, una pequeña.

—¿Cómo era la mujer?

—No le vi la cara, no veo bien de noche.

—Yo veo que sí, que mira bien cuando trabaja.

—Bueno, de cerca sí, pero de lejos, mal.

—¿Suele cerrar tan tarde su negocio?

—Algunas veces, cuando se me junta el trabajo…

—Entonces, me podrá decir si es la primera vez que ve ese coche, a la mujer y al caballero famoso yéndose con ella.

Dudó en responder.

—No, no es la primera vez, pero no es cosa mía. El señor puede hacer con su vida lo que quiera, como yo hago con la mía. Trabajo para comer, él se pasea con damas de categoría, cada quien su vida.

—¿Alguna vez usted y él han hablado?

—No, ¿para qué?

—No lo sé, para pedirle un autógrafo.

—¿Y para qué iba a pedirme un autógrafo ese señor?

Sonreí.

—Mire, agente, no hay que idolatrar a nadie. «No os volváis a los ídolos, ni hagáis para vosotros dioses de fundición; yo soy el Señor vuestro Dios», Levítico, 19:4…

—Comprendo…

Comprendía una mierda. Volví al departamento. Especulé sobre la mujer y el coche del gobierno. No era difícil deducir que Infante tenía tratos con todo tipo de damas, las del espectáculo, las desconocidas y ¿por qué no?, las de la política; lo cual a mi juicio podían ser las más peligrosas. Estaba por dormirme cuando sonó el teléfono. Era extraño a esas horas, los únicos que tenían el número eran los cercanos a Infante y ahora el inspector y yo. (Villalobos ya no contaba). Alcé la bocina.

—Agente —dijo la voz ronca del otro lado—, la alberca, busqué ahí. Esas chicas no debieron morir así, deténgalo ya…

—¿Quién habla?

Colgaron.

Por inquietante que fuera la llamada, pensé no hacer caso, ya no daba una. El día había sido largo, entonces se me vino a la cabeza la última vez que supe de una alberca: la de la casa de Risco donde mataron a Corina Beltrán.

Al portero le desconcertó verme en la reja mostrándole mi placa de la Secreta. No tuvo más remedio que dejarme entrar. Cuando fuimos junto a la alberca, le dije que si lo necesitaba se lo haría saber; no dejaba de mirarme. Lo observé largarse hasta que él también dejó de ponerme los ojos encima. Entonces, me puse de cuclillas y apunté la lámpara de mano al agua, peinándola en diferentes direcciones. Un destello brilló al fondo. Lo absurdo de la situación es que tocaba sumergirse y ver de qué se trataba. No era cosa de pedirle al portero un bañador, me saqué los zapatos, la ropa y hasta los calzoncillos para no traerlos mojados cuando me fuera. El agua estaba fría como era de esperarse a las cuatro de la mañana. Fui al fondo, tomé aquella cosa y emergí a la superficie, donde me encontré con la mirada del portero.

—Quería ver qué se siente vivir como los ricos.

Mi broma debió de parecerle tan absurda como a mí las del inspector. No estuvo en paz hasta que me vio salir de la propiedad y volvió a echarle el candado a la reja.

Cuando volví a la ciudad, amanecía, ni un alma en esas calles desiertas, esas que por las mañanas se atestaban de coches y gente, ruidosa gente, vendedores de periódicos, comerciantes, oficinistas que peleaban por su cacho de cemento y existencia. Gente que de seguro amaba a Pedro Infante, que aderezaba sus míseras vidas con sus películas y canciones. En cierta forma, el general Santoyo tenía razón, qué sería de ellos si les quitabas un ídolo, una virgen, una bandera.

Aún había unas cuantas mujeres trasnochadas en San Juan de Letrán, no a todas les bastaban las noches de cabaret para juntar suficiente plata y volver a su casa en las orillas de la ciudad en el pueblo de Netzahualcóyotl o más allá en Ecatepec, sobre todo a las menos agraciadas. En Meave me detuve al ver que una de ellas salía de uno de los hoteluchos de mala pinta acompañada de un tipo alto y flaco; no quería pasar entre ellos e incomodar. Fingí inclinarme a abrochar los zapatos. Levanté un poco la cabeza, mirándolos separarse, con el apremio de no saber más el uno del otro. Ella fue a pararse en la esquina; volví a agachar la cabeza, pues él venía hacia mí. Clavé la mirada en sus pies, congelado un poco más, entonces me erguí y lo miré alejarse. Iba a marcharme pero no pude. Caminé detrás de él levantándome las solapas del abrigo y con el sombrero rozándome los ojos. Mantuve diez metros de distancia hasta que él se detuvo en el edificio y entró. Me di por satisfecho; giré y seguí mi camino, riendo en mis adentros, celebrando y repitiéndome esa frase de no hacer ídolos de barro, o algo por el estilo. Así que Pardillos se iba de putas.

Más tarde crucé la puerta del apartamento y arrojé el sombrero al perchero, como era mi costumbre. Me dejé caer en el sofá, cerré los ojos y me pregunté si alguna vez Pardillos había usado mi dinero para pagarle a una de esas damas de la noche; es decir, los mismos billetes, de mis manos a las suyas, de las suyas a las de la mujer. Billetes que Pardillos entregaría con apremio; lo imaginé sentándose en el camastro del cuartucho; vi a la callejera contando los billetes, guardándolos en una bolsa o en su liguero, y ahora sí, «toma tu terapia, papi». Quizá él escupiría su risita de siempre.

A las doce del día ya estaba en el panteón. Vi a los ajenos panteoneros en lo suyo, bajando el féretro con cuerdas, depositándolo en el agujero irremediable. Quintana y yo nos mantuvimos alejados de todo aquello.

—No quiero saber nada de un coche del gobierno ni de una dama rica, Fontana...

—Yo tampoco, inspector, solo se lo comento porque eso fue lo que me dijo el zapatero y porque para usted primero es el trabajo y luego los velorios.

Me miró con reclamo.

—Yo diría que se trata de alguien que en todo momento sabe dónde va a estar Pedro Infante y hace que parezca que él hizo las cosas. Creo que más que una lista de gente con la que puede tener problemas, necesitamos que nos diga quién lo tiene bien checado.

—Buena idea, ¿por qué no vas y se lo preguntas? Ah, no, que Pedro Infante se te escapó...

No dejaría de joderme.

—La bala que mató a Villalobos fue de un arma de uso exclusivo del ejército...

Como las avestruces, preferimos no especular al respecto.

44

Quintana no quiso darme más instrucciones. Cada paso que diera sería de mi absoluta responsabilidad. Y si de plano no podía resolver el caso en setenta y dos horas era bueno que se lo dijera. Tenía esa libertad. No lo dijo con esas palabras, pero podía aceptar que yo era un completo inepto. Lo que sí dijo fue: «Siempre hay casos más sencillos, alguien tiene que ocuparse de estar parado en la esquina del tranvía, vigilando a los carteristas...»

Decidí ir a ver a Matouk, fui a parar un taxi; pero un coche negro se apresuró a tomar la banqueta, se detuvo y se abrió la portezuela trasera.

—Suba.

El del asiento trasero vestía de soldado y el del volante de civil. Obedecí porque lo de Matouk me pareció hacerle al idiota y porque solo un estúpido le discute a un miembro del ejército. Me senté junto al soldado. Nos pusimos en marcha. No hice preguntas ni ellos abrieron la boca en el trayecto. No me equivoqué al presentir adonde nos dirigíamos. Media hora después cruzamos la verja del Campo Militar Marte, y paramos en un estacionamiento vacío y amplio. Bajé y fui con el soldado hasta un edificio de oficinas. Subimos una escalera, cruzándonos con civiles y militares. El soldado se detuvo frente a una puerta amplia, con ventanas de vidrios biselados; llamó.

—Adelante.

El soldado abrió la puerta; me cedió el paso. Intercambió un saludo militar con el general Santoyo y se retiró. Santoyo estaba detrás de un escritorio grande al alto brillo, flanqueado por la bandera de México y una foto del presidente con su perpetua sonrisa de gigoló y la banda presidencial cruzándole su fino traje oscuro.

—Siéntese, por favor, Fontana.

Obedecí.

—Estuve mirando su expediente. —Movió una carpeta en el escritorio—. Lo del Banco de Londres... Fidel Velázquez quedó muy agradecido con usted.

—Y yo con él.

—Eso sí.

—General, no le quiero quitar su tiempo, ¿por qué estoy aquí?

—Me imagino que el inspector le contó que tuvimos una plática... El hecho es que algo no acabó de fluir en esa conversación. No sé si le ha pasado con algunas personas, agente, todo muy respetuoso y sin inconvenientes, pero uno siente que a las palabras se las va a llevar el viento en cuanto se dé la vuelta. El inspector es un hombre cabal, eso no lo pongo en duda, pero esto de Pedro Infante lo tiene rebasado. Estudié el caso, demasiadas muchachas muertas, ningún avance y el riesgo de arruinar la reputación de un hombre muy querido. No sé si sabe que el año pasado fue a cantar a Los Pinos para el presidente. ¡Qué bonito estuvo! Igual y se repite...

—El caso ha sido complicado.

—Eso dígaselo a las familias de las muertas. O dígame qué se necesita para reaccionar, ¿qué les maten otro agente? Me enteré de lo de su colega, Villalobos, creo que se apellida; es una pena...

Lo miré con precavida sorpresa.

—Supongo que usted nunca ha estado en combate, agente Fontana; déjeme que le diga lo que pasa cuando el equipo está compuesto por una bola de pendejos. Que cae uno, dos, tres, y los que sobran se miran entre sí preguntándose cómo reaccionar; pero mientras más se miran más pendejos caen. Aunque de pronto alguno se toma las cosas en serio, es como si algunas personas necesitaran una buena sacudida para tomar el toro por los cuernos. Como usted en lo del banco; reaccionó cuando se vio de cara con la muerte. Por eso quise hablarle, porque sabe reaccionar...

—¿Quiere que le diga algo, general?

—Claro, hable.

—El perito dice que al agente Villalobos lo mataron con un arma exclusiva del ejército.

—¿Y? ¿A poco está pensando que el que mató al agente Villalobos fue un soldado?

—¿Usted qué pensaría?

—Yo no pienso, agente Fontana; yo obedezco y ejecuto. Y espero de ustedes lo mismo... Pero si el que yo espere le parece fuera de lugar, entonces déjeme decirle algo, el señor presidente espera lo mismo. A eso me refiero con «yo obedezco». ¿He sido más claro ahora?

Lancé una fugaz mirada al retrato del presidente.

—Tienen setenta y dos horas para dejar en paz a Pedro Infante o revelar algo en su contra. Aprovechen ese tiempo, no se estén mirando unos a otros mientras los matan. Ya no le quito más su tiempo. Alguien afuera lo llevará adonde usted le indique.

Me puse de pie y fui hacia la puerta.

—Una cosa más. No me vea como enemigo; si necesita ayuda, hágamelo saber. Tenemos… armas de uso exclusivo del ejército, espero entienda la metáfora…

Decidí no contarle de esa entrevista al inspector. Llevarle más problemas en vez de soluciones era lo único que le faltaba. Por el momento el general y el inspector solo tenían algo en común, las setenta y dos horas de plazo pendiendo sobre mí.

Esta vez fui al departamento de Infante para revisarlo a fondo. Metí la ganzúa, pero en cuanto sacudí un poco la puerta esta se abrió. Dejé los formalismos, empujé con fuerza a Infante hasta que chocó con la mesa.

—¡Oiga, no son modos!

Lo sujeté por el cuello, me pegó un pisotón, le lancé un puñetazo, lo atajó con el antebrazo, vino hacia mí y lo detuve en seco apuntándole con la .45.

—Se acabó su juego, Infante —dije sacando del bolsillo aquella esclava de oro y arrojándola en sus pies.

Se inclinó y la levantó.

—En el fondo de la alberca, ahí la perdió. No me diga que no es suya porque tiene sus iniciales, y no me diga que no la ha echado de menos. ¿Sabe algo?, me preguntaba cómo rayos el que mató a Corina logró esfumarse del jardín sin que los de la producción lo vieran, pero no se esfumó, se metió en la alberca mientras se llevaban a Corina a la sala. Más de dos minutos sumergido; para eso se necesita condición, ¿quién puede estar dos minutos bajo el agua? La respuesta me la dio esa película que hizo, *También de dolor se canta*… Esa parte donde usted entona ese falsete en la canción de *El jacalito*, ¿cuánto logra sostener esa nota? Parece interminable. ¿Cómo le hace para manejar el aire tanto tiempo?

No dijo nada, me miraba frunciendo el ceño.

—¿Por qué no mejor suelta ya el aire, Pedro? Me refiero al que lo mantiene jugando a ser el guapo, el mil amores, el que está harto de complacer a todos? ¿Cuál es su bronca con las mujeres? ¿Demasiado asedio? ¿Incapacidad para satisfacerlas a todas? ¿En qué momento lo hicieron reventar? Dígalo ya y descanse. ¿Una madre sobreexigente? Mi papel no es juzgarlo, es encerrarlo pero sin señalarlo, así que lo escucho. Hable.

Arqueó las cejas y rompió a reír con fuerza, tanto como cuando sostiene al bebé muerto en *Nosotros los pobres* y grita desgarrado: «¡Torito, torito, torito!» Yo le miraba todavía apuntándole, por si se le iba la olla y se me venía encima. Pero lo que hizo fue ponerse la esclava en una muñeca e ir a sentarse a la mesa.

—¿Sabe para quién nunca voy a hacer una película, Fontana? Para el señor Buñuel, no las entiendo; saca cosas muy disparatadas como las que usted acaba de decirme. ¿Bronca con las mujeres? ¡Qué bronca, hombre! ¡Si son rechulas! ¿A poco no? Mejor dígame cómo encontró mi esclava; yo la dejé en la casa de Cuajimalpa, hasta donde me acuerdo. Pero no me mire así y apunte pa' otro lado porque se le puede salir un canicazo, y como la gente me quiere mucho, se lo van a comer vivo... Ay, agente —suspiró—, es más fácil cantar que ser policía, eso me queda clarito... Ahora, si ya no tiene más preguntas, le pido una disculpa por haberme desaparecido, tuve un compromiso... Pero ¿dónde está el amigo Villalobos?

—¿No lo sabe? Anoche lo mataron.

La sonrisa se le desdibujó por completo.

—De un disparo afuera de su casa.

No dijo nada, se puso de pie y fue a encerrarse a su recámara.

45

Eran mis setenta y dos horas; dispondría de ellas como me viniera en gana, asumiendo mis propios errores y triunfos; si es que estos últimos aparecían alguna vez, aunque fuera a cuentagotas. Fui a casa a cambiarme de camisa y corbata; los días estaban siendo calurosos y sudaba como un cerdo. Mi plan era volver al Foro 8 e interrogar a Crisantes, quien a fin de cuentas —junto con Keaton— había sido uno de los más cooperativos. Le pediría que repasáramos meticulosamente los crímenes. La gran verdad siempre está escondida en los pequeños detalles, era una de las máximas de Valente Quintana.

Entré y miré un abrigo colgado de una silla y una bolsa de mujer en la mesa. Maya se asomó desde la cocina. Me miró como si estuviera a punto de revelarme algo terrible, pero solo corrió a mis brazos; se refugió en ellos y rompió a llorar. Francamente sonreí en su hombro. Las cosas no habían funcionado con el vendedor del Palacio de Hierro. O más bien con la madre del vendedor del Palacio de Hierro. Maya cedió lo posible. La señora era paralítica, de acuerdo. Entonces había que levantarla de la cama, sentarla en la silla de ruedas, llevarla al baño, levantarla de la silla, sentarla en el retrete, levantarla del retrete, sentarla en la silla, acercarla a la mesa para que desayunara, comiera y merendara, llevarla a la sala, levantarla de la silla, sentarla en la mecedora a escuchar el programa de Cri-Cri, el Grillo Cantor, y también a Pedro Vargas; levantarla de la mecedora, llevarla a su cuarto, levantarla de la silla, acostarla en la cama, ponerle el ungüento para que no se le llagaran las nalgas, rezar con ella siete Padres Nuestros y tres Aves Marías, y esperar a que se durmiera. Todo eso, según Maya, con esmero y devoción, pues al fin podía tener una madrecita, aunque fuera prestada. Pero esa energía, ausente en las piernas, se le había ido a la lengua a doña Caridad; no dejaba de criticar a todo mundo, especialmente a Maya, por su aspecto, por su ropa ceñida, por su forma de reír y de lavar un plato, porque no le ponía almidón a las camisas de su bello hijo cuando las planchaba, ni le cocinaba bien: a las albóndigas no las rellenaba de huevo y a los chilaquiles no les ponía su epazote. ¿Y qué era eso de leer el Tarot? Cosa del diablo. De las críticas pasó a la acción. «Mira, hijo, tu mujer me tiró de la silla.» «Mira, hijo, a mí ya no me baja, así que ese trapo sucio es de ella.» «Mira, hijo, qué mujer más sucia te buscaste.» «Mira, hijo, llevo día soñando con muertos, alguien me está haciendo brujería…»

Apreté la boca para no reír; miré en otra dirección para que no viera en mis ojos la algarabía, la fiesta del alma, la ruin maldad del goce por el fracaso ajeno.

—Solo te pido que me dejes estar unos días aquí, Leo, mientras encuentro trabajo y alquilo un cuarto de azotea en la colonia Obrera.

—Claro, Maya, los que quieras. ¿Vamos por la noche al cine?

—¿Cómo?

—Al cine, dan una de Cantinflas.

—¿No me oíste? Estoy desolada.

—Lo digo para distraerte.

—Pues no, gracias.

—Reír es sano.

—No quiero reír, quiero llorar.

—Entonces vamos a ver *Arrabalera*, con Marga López.

—¿Te estás burlando de mí, Leonardo?

—Nada de eso. Oye, te han venido a buscar, quieren la ayuda de los buenos espíritus.

—Eso se acabó, es satánico.

—Bien, como tú quieras. Entiendo tu pena. Ese tipo no te merecía, mucho menos su madre.

Sonó el teléfono. Respondí. Mi alegría se apagó por completo. Una figurante más en la lista, no cualquier figurante, al menos no para mí.

Junto al cadáver había un frasco de píldoras, vacío, y un telegrama arrugado: «Señorita Edén Salamanca, no insista más, el papel ya fue dado a otra actriz, ya firmó el contrato. Le respondemos meramente por cordialidad. Atte., la Producción».

—Agente —me advirtió uno de los policías al ver que me sentaba en una esquina de la cama, rompiendo el protocolo. Pero no me dijo más, tal vez porque yo era de la Secreta, o por lo demudado de mi semblante.

Estiré una mano y toqué la de Edén, fría como el hielo, suave como la nieve. Sus ojos proyectaban tristeza, lejanía, pero sus labios tenían la sonrisa de siempre, la de la chica que cada día estaba dispuesta a ganarse el amor de la cámara. «No te quiere la cámara» o «La cámara te quiere», ya antes había escuchado esa expresión referente a los artistas. Patrañas, mirando a Edén Salamanca descubrí que se trataba de patrañas para hacer más mítico el glamur, el espectáculo. Quien te quería o no eran los cerdos lujuriosos, depredadores de sueños, ingeniosos aduladores, farsantes pomposos.

Fui a la puerta, dejando atrás al fotógrafo, al perito y a los policías. Me crucé con Sansón. Lo levanté y me lo llevé, seguido por las miradas de sorpresa y desconcierto. Volví a casa, Maya dormía, aunque apenas daban las tres de la tarde. Puse al perro en la cama, le olisqueó una mano.

—Tienes la nariz muy fría…. —Giró y descubrió al perro—. ¿Y esto?

—Es Sansón.

—¿De dónde lo sacaste?

—Me lo mandaron los buenos espíritus.

—¿Adónde vas? —me preguntó cuando fui hacia la puerta.

—A mi cita de las cuatro.

—¡Oye! ¿Qué hago con él?

—Ponle agua y comida.

—¿Qué come un perro? Nunca he tenido uno.

—No lo sé, averígualo.

—¿Morderá?

—No creo que tanto como la mamá de Diógenes.

Fui dispuesto a bajar la guardia y pedirle a Pardillos que me atendiera aunque fuera una vez más; el agujero en el alma había renacido. Más bien seguía ahí, pero por alguna razón había dejado de sentirlo por unos cuantos días. Me topé con él en la puerta del edificio, hablaba con un hombre, quizá médico, pues usaba bata. Le decía cosas a un Pardillos encogido, receloso, mientras aquel tipo movía las manos de una forma que parecía poseer una verdad, incómoda, a juzgar por el semblante de Pardillos, que no lo miraba directamente, solo de pronto, cuando aquel sentenciaba algo casi a su oído, entonces sí, mi loquero le prestaba atención unos segundos, para luego volver los ojos a la nada.

Entraron al edificio y preferí dejar mi visita para otro día.

Cuando volví a ver a Pedro Infante este ya estaba enterado de la muerte de Edén. Fuimos a la mesa, bebí una copa de

Cinzano, él una Coca-Cola. Comenzó a llover a cántaros pero no cerramos la ventana, dejamos que la lluvia entrara a raudales y mojara el piso. Nos dio risa, una risa nerviosa.

—Me dejó solo, agente, así que tuve tiempo de matarla…

—Eso es cierto.

—Pero no lo hice…

—Eso también es cierto…

—¿Y por qué ahora sí me cree?

—Porque eres un idiota, Pedro Infante.

Achicó los ojos.

—No me lo tomes a mal, toda la gente buena como tú lo es.

—Entonces tú también eres idiota.

—De bueno tengo poco, y ya que nos estamos tuteando, dime de quién sospechas. No creo que no tengas una versión de las cosas.

—En serio, no lo sé…

Me serví otro Cinzano.

—¿Qué hubieras hecho si no llegas?

—¿A dónde?

—Si no hubieras pasado de perico perro. ¿Nunca te has preguntado cómo sería tu vida si fueras un don nadie, como lo somos la mayoría de la gente?

—Habría seguido cantando; eso sí, donde se pudiera, un teatro del pueblo, una cantina, un camión, ganándome unos centavos. No habría pensado que me perdí de nada, porque nada habría pasado… ¿Tú no cantas? ¿Tocas algún instrumento?

—¿Qué? ¿Me vas a invitar a tus giras?

Sonrió.

—Voy a casa. —Me puse de pie.— Gracias por el trago.

—Oye, Fontana… Llévate ese periódico para que te cubras la cabeza, está lloviendo recio. Si no llevas prisa, en la esquina se pone una señora con su bote de tamales, están re buenos…

Cuando entré a casa tiré por ahí el periódico hecho harapos, Maya ya había sacado mi traje negro del armario.

—¿Cómo lo supiste?

—Porque acaban de hablar por teléfono...

Fui a cambiarme, Maya vino detrás de mí y me ayudó a ajustarme la corbata.

—Oye, Sansón no come, está triste...

—Es natural, se le murió su dueña; ya se le pasará. No hay mal que duré cien años...

—Ni pendejo que lo aguante.

Terminé de vestirme, fui a la puerta.

—Lamento lo de tu colega. —Me dio un abrazo repentino.

—¿Qué colega?

—¿Cómo qué colega? El que acaba de morir. ¿No vas a ese velorio?

46

En el segundo piso de la funeraria velaban a Edén Salamanca, ahora de nuevo Lucrecia Martínez, de Tulancingo, Hidalgo, y en el tercero, al agente Pelayo, apodado cariñosamente el Negrito. Tuve que partirme en dos. Fue más difícil ausentarme de la sala de Edén, pues apenas había tres personas: dos figurantes y la señora que le ayudaba con la limpieza, cada martes. En cambio, la sala de Pelayo estaba repleta de sus familiares y de gente de la policía. Quintana llegó cerca de la medianoche; me acerqué a hacerle preguntas, pero alzó la mano, para que me las guardara, y siguió de largo hacia la familia. Fue Cantarel quien me reveló lo sucedido. Simplemente lo habían baleado saliendo de comer del Casino Español, dos sujetos en una motocicleta.

—Lo más raro fue lo de la pañoleta...

—¿Qué pañoleta?

—Una de camuflaje, de las que usan los soldados; se la arrojaron al cadáver y se fueron. Oye, Fontana, ¿qué está pasando? ¿Cómo va lo de Infante?

No tuve respuestas.

—Ahora regreso —dije, y bajé al segundo piso.

—Agente Fontana —me llamó una de las figurantes.

Le presté atención.

—Edén me contó de usted, que la cuido unos días, que tuvieron un romance…

No supe qué decir a su franqueza.

—Me dijo que usted le pidió matrimonio, pero que al mismo tiempo comprendió que no podía arrebatársela al cine, y mire…

Eso hicimos, mirar el ataúd.

—¿Señor Fontana? —me dijo un empleado de la funeraria—, tiene una llamada. Abajo en la recepción.

Bajé al primer piso, tomé la bocina y respondí.

—Buenas noches, agente. En realidad, sé que no tienen nada de buenas, pero ya sabe, es una forma de hablar…

—Buenas noches, general…

—Solo le hablo para decirle lo mucho que lamento la pérdida de otro de sus colegas. Es triste, no sé si recuerda lo que le conté, lo que pasa en una batalla cuando la gente no toma el toro por los cuernos…

—Déjeme decirle algo, la actriz que murió hoy, Edén Salamanca, se suicidó. No tuvo nada que ver con los casos anteriores. Así que creo que fue innecesario que muriera el agente Pelayo…

—No comprendo lo que dice, tal vez está aturdido. Reitero el pésame y, por favor, tome el toro por los cuernos, esclarezca ya las cosas, saque a ese hombre de temple que lleva por dentro, al del Banco de Londres. Buenas noches, agente Fontana.

47

Solo fui al velorio, el entierro iba a ahorrármelo, ¿para qué? Edén ya no necesitaba que la cuidara más, tampoco el cine la necesitaba. Había tenido su último llamado y el telón había caído para ella. Me desplomé en la oscuridad, cansado, al lado de Maya.

—Se fue.

—¿Se fue quién?

—Sansón.

Alcé un poco el cuerpo, entonces ella giró en la cama.

—Fue culpa mía, en un descuido se salió.

—Está bien, mañana lo busco.

—No estés triste.

—No lo estoy.

—Sí lo estás, se te ve en la cara.

La miré sorprendido y argüí que no podía ver mi cara en la oscuridad, así que tampoco podía asegurar que estuviera triste, pero me gustaba que lo pensara, porque tal vez eso quería decir que sí, un poquito, tenía yo emociones. De cualquier forma insistí en que no lo estaba, tratando de que me diera más razones. Entonces tomó mi cara con ambas manos, muy cerca de la suya.

—Ahora sí te veo bien, y puedo asegurar que estás triste.

—¿Mucho o poco?

—Mucho, demasiado, a punto de venirte abajo, lleno de dolor…

—Gracias, Maya —le dije conmovido, y la besé.

Entreabrió los ojos sorprendida. Afuera lo de siempre, la noche y sus interrogantes no resueltos, los muertos acumulados, los trúhanes y asesinos, las muchachas que se preparaban para la inútil audición de cine o de la radio al día siguiente, los borrachines que salían del Bombay, del Patria y del California Dancing Club, los cinturitas castigadores, los que merodeaban las esquinas, ávidos de mujerzuelas, buscando algún guiño, un algo que pudiera significar que las caricias serían de verdad. Y las moribundas canciones de los tríos en Garibaldi: la última y nos vamos, y Pedro Infante en el corazón de la noche. Todo más allá de la ventana, de la cama que Maya y yo convertimos en campo de guerra, cuerpo a cuerpo, sin tregua, sin pausas, atacando el campo del enemigo, no para liquidarlo, sino para fundirse con él. No sé si en realidad ambos lo habíamos pospuesto con miles de pretextos, pero por fin conocíamos cada rincón del otro, su forma, olor, humedad, intenciones; su geografía. A quién diablos le importaba el día siguiente. Incluso si había uno.

Al abrir los ojos, seguía a contrarreloj entre Valente Quintana y Pantaleón Santoyo y aquel calendario de Cigarrera La Moderna, dando por hecho que habría una muerta más y caería otro agente bajo misteriosas circunstancias. No acababa de aceptar del todo el origen de las muertes de Pelayo y Villalobos; me parecía demencial pensar en el nombre del responsable. Pero tampoco podía decir que antes no había sabido de gente con extraños recursos para cumplir su voluntad.

Maya ya había salido de casa, lo cual facilitó no tener que darnos explicaciones en medio de incómodos silencios y amabilidades exageradas, para hacer sentir al otro que no es que se le hubiera utilizado como el mero deshago de una noche.

Al poner un pie fuera del departamento, aquel tipo se quedó con la mano al aire, antes de tocar la puerta.

—Buenos días, agente Fontana... Perdone que me presente sin previo aviso. Soy Luis Spota, periodista...

—Voy de salida.

—Solo unas preguntas...

—Hágalas —dije, mientras echaba llave a la puerta.

—¿Qué hace un agente de la Secreta conviviendo con Pedro Infante?

Lo miré con discreto asombro.

—Averigüé los detalles del robo; usted fue uno de los agentes que detuvieron a los rateros esa noche en la casa de Pedro.

—Mire, ya ató cabos, por eso nos hicimos amigos.

—Le voy a ser sincero...

Ya cuando decía esas palabras, las cosas estaban por joderse.

—Hablé con la señora Amelia...

—¿Quién?

—La esposa del agente... aguarde; lo anoté. —Sacó del bolsillo una libreta pequeña y abultada y le echó un ojo.— Del agente Benito Cantarel. Me contó que este mantiene una relación poco decorosa con una de las víctimas del Chacal de los fumaderos de opio, como se le bautizó en los periódicos...

—Ya entiendo, usted escribe para la nota roja; háblelo con Cantarel, pero cuidado, es de pocas pulgas.

—No, agente —sonrió Spota—, no me interesa la nota roja. Lo que quiero decirle es que la señora me contó que su marido investiga crímenes que han estado pasando en el Foro 8 de los Estudios San Ángel. Puse la misma cara de sorpresa que usted. Fui a los Estudios, nadie quiso decirme algo al respecto, pero lo que sí encontré fue una bitácora de gente que estuvo ahí entre el 5 de junio y el 2 de mayo; aparece el nombre del agente Cantarel, y el suyo también, agente Fontana...

—No tengo nada que decir —espeté, y lo dejé ahí parado.

Fui a buscar a Infante para repasar su lista de personas que pudieran estar vigilando sus movimientos; seguía teniendo presente aquella llamada misteriosa que me dijo que buscara en la alberca; terminó por alertarme ya no en contra de Infante, sino de alguien que decididamente lo quería perjudicar.

Abrió la puerta mientras iba de aquí para allá, hablando por teléfono y poniendo ropa en una maleta. Movió un dedo señalando, insistentemente, la mesa, adonde había una pila de quesadillas, café, jugos de naranja y pan dulce. Tomé una concha y me quedé a media mordida al ver cruzar la estancia a una muchacha en bata, que cogió de la mesa un encendedor y una caja de cigarros; me guiñó un ojo y se fue por donde vino.

—Sí, mano, créeme que te entiendo —decía Infante al teléfono—, pero es que ahí ya no puedo hacer mucho por ti, no tengo vela en el entierro, no es mi película. Déjame ver, al rato hablo con el productor... No, no, yo te marco; primero tengo que localizarlo a él. Sí, Keaton, cuídate; yo te marco. Adiós.

—¿Keaton?

—Un cuate, es actor, lo conocí en un rodaje, ya no me lo puedo quitar de encima... ¿Puedo? —Señaló las quesadillas. Fue a la mesa y se sentó a comer.— No se ayuda mucho a sí mismo —siguió hablando con la boca llena—, llega tarde a los llamados, trata mal a la gente, que ve por debajo del hombro, pero es lambiscón con el director o el productor, hasta que caen de su gracia, entonces los odia a más no poder. Un día que trabajaba en una película de Ismael Rodríguez, y que lo sacó de escena, el coche de Ismael apareció con pintura roja en el toldo; de aceite, para acabarla de fregar. Todos sospechábamos de Keaton. Qué te digo, luego agarra por semanas la botella y anda por los foros, importunando a medio mundo, hasta agarra una escoba y se pone a barrer, como si quisiera rebajarse y hacer sentir mal a los demás. Un día, Antonio Badú le dijo que se dejara de chingaderas. Keaton lo escupió. Badú lo golpeó y aquel se dejó pegar sin meter las manos, como si le hiciera feliz que todo mundo viera eso...

—¿Por qué lo sigues ayudando?

—Siento feo de verlo en la calle.

—Ni tan en la calle, le dan gratis la cabaña en los Estudios.

—Oye, qué bien enterado estás. No encuentran cómo echarlo. Metió un juicio; se hizo de un chico perrote, si te acercas te arranca la garganta...

—¿Qué hay de la película *Canasta de cuentos*?

—Otra bronca. Le conseguí un papel ahí, uno bueno. Yo con la idea de que si tenía éxito le cambiaría la vida.

—¿Cómo es que le quisieron dar un papel importante a alguien como él?

—Al principio no pensaban que sería una película taquillera ni que el papel fuera gran cosa, pero conforme fue creciendo el proyecto el director me dijo que el papel se lo daría a Pedro Armendáriz. Le dije que no le podía hacer eso al pobre Keaton, ya bastantes fracasos tenían encima. «Es un pobre diablo, nunca va a dar el salto del cine mudo al sonoro, todo lo quiere resolver con muecas y movimientos que no son graciosos sino grotescos.» Esto me lo dijo en el foro, no vio que Keaton estaba arreglando una planta de luz a unos pasos, no se dio cuenta por más que yo le hacía caras.

—Guarda esa maleta, tenemos cita en los Estudios.

—No, manito, yo me voy a Cozumel.

—Cozumel queda cancelado.

—No friegues; mira, vente con la chatita y conmigo a Cozumel, allá me cuentas que traes entre manos. La chatita tiene una hermana muy bonita...

—Te nombraron mi ayudante, por si no lo recuerdas.

Torció la boca y siguió comiendo.

48

Nos sentamos a hablar con Erasmo Crisantes en su oficina. Reiteró muchas cosas dichas por Pedro, pero con menos tacto.

—Ese Keaton es un tipo despreciable y borrachín. La cabaña estaba a nombre de Conchita Madrid, a quien el dueño de toda esta propiedad, cuando la vendió a los Estudios, puso como condición que no echaran a Conchita, su nana, y escrituró una parcela a su nombre. Keaton hizo su labor, supo enamorarla. Una relación grotesca, Conchita de 77 y él de no más de 35, entonces...

—El día en que Betina Velázquez cayó colgada a media escena, usted me dijo que vio escapar a alguien por la parte alta del foro y que casi pierde el equilibrio...

—Así fue, tropezó y quedó colgado por dos segundos, era muy ágil, como cirquero; dio un giro y volvió a trepar. Hay varios clavos en la viga, al menos debió lastimarse las manos...

—¿Qué tanto acceso tiene Keaton como para hacerse presente en los rodajes?

—Imagínese, de por sí vive aquí.

—¿En algún momento deja sola su cabaña?

—Una vez al mes baja por provisiones al pueblito de Coyoacán. Espere, tal vez hoy no esté. —Descolgó el teléfono y habló con alguien. Entonces llegó el guardia; lo reconocí de la primera vez, él nos había dado el paso a Jiménez y a mí. Miró a Pedro con simpatía.

—El señor quiere saber de Keaton —le aclaró Crisantes.

—Ah, sí, hoy en la noche tiene una fiesta.

—¿De qué hablas, Paco? No veo a Keaton haciendo ninguna fiesta en su cabaña de porquería, ni a nadie que lo aguante.

—¡Ah! —sonrió el guardia—. Creí que hablaban de Buster Keaton, no de nuestro pobre diablo Keaton.

Crisantes hizo un par de llamadas y entonces pudo explicarnos que el real Buster Keaton estaba de visita en México. Había hecho una película nueve años atrás, *El moderno Barba Azul*, por raro que parezca, en tierras aztecas. Venía a cobrar regalías; no andaba bien de dinero. Esa película fue la última que haría en muchos años. La fiesta sería en casa de un actor del que Keaton se hizo amigo durante la filmación: Ángel Garasa. Me pareció una buena oportunidad de escuchar de viva voz de Keaton qué recuerdos y opinión guardaba de su discípulo.

Por la noche, Maya me ajustaba el corbatín, yo le rebatía que era ridículo usarlo, pero ella insistía en que en las fiestas del medio artístico los hombres se vestían de esa forma elegante y las mujeres otro tanto. Ella se hizo de un vestido verde esmeralda que los buenos espíritus le pusieron en las manos a buen precio en una tienda de la Lagunilla.

Cruzamos la vereda zigzagueante, Maya tomada de mi brazo, como toda una dama, para que sus tacones altos esquivaran el empedrado; se dejaba conducir del caballero, pero en realidad ninguno de los dos éramos del *jet set*. Maya pretendía hablar con los muertos y yo le había disparado a la cabeza a un hombre en el Banco de Londres, entre otras cosas, además de que la noche anterior habíamos hecho el amor como Dios no manda. Pero luego de varias semanas del caso del Foro 8, ya me podía dar una idea de que esa gente famosa que empezamos a encontrar por aquí y por allá tampoco era muy decente que digamos. Algunos conversaban en el frío jardín, animadamente, bebiendo cocteles que los meseros les acercaban en charolas, y a otros se les podía ver en el recibidor de la casa que más bien tenía pinta de hacienda.

—Me siento como mosca en leche.

Maya me sonrió y me apretó una mano para que me relajara. Doblamos cerca de una pared colmada de bugambilias y fuimos al amplio salón. Más allá de los muebles rústicos descubrimos una larga barra; detrás, a un entusiasta Pedro Infante, sirviendo los tragos. Su «Ratona» le pasaba los hielos y ponía las cerezas a los tragos.

—¡Hermano, viniste acompañado! —celebró él.

Las mujeres conectaron enseguida, y eso facilitó que pasáramos por unos invitados más; yo le seguía las bromas a Infante, que Maya le animaba a decir, e Irma le reprochaba con falsos regaños, mientras miraba discretamente a los invitados, buscando a uno con cara de gringo y de verdadero Buster Keaton. Regresé la mirada y miré los ojos de Maya atentos a la mano de Infante.

—Esta es la línea del amor… Muy larga…

Dorantes le pegó un golpecito.

—Esta de la suerte; excelente…

—¿Y la de la vida? —preguntó Dorantes.

—¡Invitados! —gritó un bigotón a la mitad de las anchas escaleras—. ¡Bienvenidos a mi humilde casa! —Levantó una pistola y disparó un plomazo.

Por un segundo solo se escuchó el viento silbando en el jardín. Luego del susto, risotadas. Lo dicho, no eran gente decente.

49

Después de muchos tragos y chistes de farándula, de los cuales yo entendía un carajo, logramos estar en una sala privada y en un sillón en U, Keaton, una americana que venía con él, Garasa, Infante, Dorantes, Maya y yo. Al centro había una mesa con botellas, vasos y una hielera. Ese ruido, el de los hielos, ya no era divertido. Keaton recurría a ellos junto con la botella de whisky, cada cinco minutos. Hablaba en inglés, por supuesto, colando tres palabras en español, que tenía que pronunciar despacio para que se le entendiera, quizá no tanto por la pronunciación como por la papalina que se cargaba. La americana lo hablaba fluidamente y le componía la página.

—Ya llegó Diego —dijo una mujer, asomándose al salón.

—¿Ciego? ¿Qué ciego? —interrogó Keaton.

—Oh, no, señor, Diego Rivera, ¿quiere venir a conocerle?

Keaton interrogó con sus ojos a la americana.

—A mexican painter, an important painter… Do you want to meet him?

—Fuck him. I am comfortable here with «mis amigos».

La americana le sonrió forzadamente a la mujer que esperaba una respuesta y le dijo que iríamos un poco después a saludar a Rivera.

—Cuéntenos de la película que hizo en México —le pidió Maya.

Keaton miró a su compañera y esta repitió la pregunta en inglés.

Entonces Keaton miró a Garasa como si fuera cosa de ambos contar las peripecias de *El moderno Barba Azul*. La cosa iba de que a Keaton lo confunden en México con un asesino de mujeres (mera coincidencia lo del Foro 8); lo acusan de haber matado a sus seis esposas. Lo ponen en la cárcel con otro preso, Ángel Garasa.

En este punto, Keaton se puso de pie y fue a juntar unas mesas de distintos tamaños, luego comenzó a treparlas como un cirquero y a caer cómicamente.

—Sí, eso pasa en la película —señaló Garasa.

Keaton lo llamó, Garasa fue y se sentaron en las sillas, enredándose de una forma divertida. Fue inevitable que Infante, Irma, Maya y yo nos partiéramos de risa. Por último, Keaton se puso de pie encima de la silla y comenzó a hacer como si fuera a lanzarse a una piscina. Nos pidió con señas que despejáramos el sillón donde estábamos sentados. Cuando así lo hicimos él se lanzó, pero cayó en los brazos de Infante, quien mecánicamente lo sostuvo. Keatón le pellizcó una mejilla y, con un movimiento repentino, saltó de sus brazos y cayó sobre Maya, y junto con ella cayeron ambos de espaldas en el sofá.

Les aplaudimos. Keaton dio las gracias con ademanes y volvió a llenarse el vaso de whisky.

—He is insane… —dijo la mujer, ruborizada.

Un mozo se asomó y preguntó por mí, diciendo que tenía una llamada. Me disculpé un momento y salí. Crucé el salón principal; el tipo que había pegado los disparos al aire hablaba con Diego Rivera y otras caras conocidas; de algún sitio comenzaron a llegar muchachas en diminutas prendas y a distribuirse entre los invitados, especialmente entre los caballeros.

—Por aquí, señor —me indicó el mozo, conduciéndome a un despacho.

La bocina estaba en el escritorio, la tomé y respondí sin dejar de mirar, de forma trasversal, el salón, atraído por sus especímenes.

—¿Divirtiéndose, agente Fontana?

—General Santoyo…

—Qué bueno que mi voz ya se le haga familiar. Escuché, no tengo nada en contra de las fiestas, pero sí cuando hay una misión que cumplir…

—Escuche, general…

—No, escuche usted, Fontana, hay gente tan ingeniosa que trabaja aún en medio de sus momentos de descanso. Imagínese, por ejemplo, al agente Cantarel, comiendo mientras anota en una libreta. No digo que eso esté pasando, solo que se lo imagine…

Una risa estruendosa me hizo mirar hacia el salón. Ese cómico, Resortes, le acababa de hacer caer unos hielos a una muchacha en el sostén. Un camarero le ofrecía una servilleta y el cómico jugaba a que los quería sacar él mismo con las manos.

—Imagíneselo comiendo, mecánicamente, porque lo que le importa es su trabajo, su obligación. Aunque ni siquiera la gente valiosa tiene la vida comprada, vive expuesta a un accidente inesperado…

—Ahora escúcheme usted, general; no estoy en esta fiesta por diversión, sino como parte del caso. Así que le ruego no sea tan imaginativo.

—Sesenta horas, agente, son más o menos las que restan. Colgó.

Salí de ahí y descubrí a Keaton, dando tumbos hacia un pasillo, afianzándose de la pared. Corrí a auxiliarlo.

—Are you okey, mister Keaton?

Me miró ebrio.

—Baño.

Era curioso que ese hombre, capaz de tantos malabares, no pudiera sostenerse en pie. Di con el baño, hice entrar a Keaton y lo esperé afuera. Tuve unos minutos para pensar en la conversación con el general. No supe si intentar hablar por teléfono con Cantarel y prevenirlo. Pero, ¿prevenirlo de qué?

Keaton regresó con la cara mojada y algo refrescado. Lamenté que Maya no estuviera ahí para ser mi interlocutora, pues su inglés era mejor que el mío. Como pude, le expliqué a Keaton quien era y comencé a hacerle preguntas sobre el falso Keaton. Entre mi mal inglés y su borrachera y las mimosas que pasaban por ahí y llamaban su atención, tuve que repetirle varias veces las preguntas.

—I am Keaton.

—No, not you. Mi hablar de otro Keaton, ¿entiende? Understand?

—Not me?

—No, not you, otro, other Keaton, León Keaton.

—Please, help me!

—¿Cómo?

—Ayuda para mí.

—¿Usted necesita ayuda?

—Sí, ayuda para mí.

—¿Qué sucede, Keaton? What´s going on?

—Margot wants poison me...

—¿Margot? ¿La mujer que viene con usted? ¿Qué pasa con ella?

—She wants poison me...

—¿*Poison* significa pasión?

Estaba por dejarlo por la paz.

—No, no pasión, poison. Venano.

—¿Venano?

—Yes!

—Oye, muchacho —tiré de un mozo—. ¿Hablas inglés?

—Sí, señor.

Le explique lo del falso Keaton, entonces el verdadero Keaton pudo soltar varias palabras juntas que el muchacho me resumió:

—El señor dice que sí, que conoce a ese bastardo. Le enseñó a actuar, a hacer cosas de circo, y aquel intentó sacarlo del camino y tomar su sitio. Ese tipo lo perjudicó, lo metió en chismes y problemas en Hollywood.

—Yes, Hollywood, problema. Fucking Hollywood.

El mozo me explicó que el falso Keaton había intentado estrangular a Buster Keaton, lo metieron preso por unos meses.

—Y el señor me dice que, por favor, usted lo ayude, que Margot lo quiere envenenar. Perdón, tengo que trabajar —dijo el mozo y se escurrió de ahí.

—Mister Keaton, yo, me, Margot, she, ella me parece okey. I like her, I like Margot.

—Do you like Margot?

—Sí, I like Margot.

—I give you Margot.

—No, no, no la quiero para mí.

—Margot wants poison me!

—Tal vez se equivoca, señor Keaton.

— She is a bitch!

—¿Bitch? ¿La playa?

—No, not beach, ¡bitch! Are you stupid?

—Sorry, mister Keaton, no lo comprendo. Mejor volvamos a la mesa…

Lo tomé de un brazo y cruzamos el salón, evitando que con la papalina que Keaton se cargaba chocara con la gente, aunque muchos ya estaban igual de ebrios que él, y las risotadas y voces se mezclaban con la música de danzón. De pronto, alguien, con rapidez de mago, me arrebató a Keaton de los brazos.

—¡Keaton! ¡Buster Keaton! —gritaba esa actriz a la que apodan Vitola, llevándose a Keaton hacia el centro de varios invitados.

De cualquier forma, ya había escuchado lo que necesitaba oír. Decidí buscar a Maya e irnos de aquel manicomio. Las risas me hicieron mirar de nuevo a Keaton en medio de aquella gente, que parecía devorar al viejo actor del cine mudo, exigiéndole esta y aquella gracejada.

—¡Chaplin chupa mis bolas! —respondía él.

Risas.

—¿Y Lloyd, Harold Lloyd? —le preguntaban.

—¡También chupa bolas!

Más risas.

—¿Y él? ¿Y él? —Tin-Tan señaló a Cantinflas.

—¡Me chupa las bolas!

—¿Y yo? ¿Y yo? —preguntó Tongolele.

—Yo chupo bolas suyas —Keaton le miró las tetas.

50

Caímos en la cama medio borrachines. Maya empezó a mover piernas y brazos y a sonreír gozosamente, parecía nadar en aquellas sábanas de satín. Habíamos salido de la fiesta ya de madrugada.

Acabé de comprobar que esa gente del espectáculo eran todos unos zafados. Las mimosas terminaron en pelotas, algún actor vomitaba sin pudor en una jardinera, al lado de un grupo que no le prestaba atención y hablaba acaloradamente del futuro de la industria. Vitola decía que en el año 2000 el espectador podría entrar a la pantalla e interpretar un pequeño papel o besar a la protagonista. Fernando Soler, menos optimista, aseguraba que el cine terminaría por desaparecer víctima de una nueva forma de espectáculo. «O por la bomba atómica», terciaba Tun Tun.

Antes de irnos, me aseguré de que Buster Keaton quedara en buenas manos, las de Margot. «Siéntase tranquilo, a todo el mundo le dice que lo quiero envenenar.» Con los años un policía termina por desarrollar cierta intuición de quién puede ser un asesino, Margot no me lo parecía. Lo cierto es que la intuición me había fallado con el falso Keaton. Ese mismo día en el que alguien escapó por la viga en el Foro 8, hablé con Keaton y me enseñó una de sus manos vendada; según él lo había mordido el perro. Probablemente el tipo había sido capaz de matarlo para reforzar su coartada.

Nos había guiado a Rendón y a mí al supuesto lugar donde vio al sospechoso con el rifle; lo describió con pasamontañas, lo cual hizo que, convenientemente, no pudiera verle la cara. Según el perito, el rifle en el árbol no había sido disparado. Supuse que tanto ese como el otro los había robado Keaton de casa de Infante, y que redondeó las sospechas poniendo el rifle con el que mató a Rendón, junto con la pistola de clavos y los desarmadores en el cuarto de carpintería. Por último, era posible que él me hiciera la llamada para dirigirme a la alberca en la casa de Risco. Todo esto podían ser solo un cúmulo de suposiciones. Quedaban dos caminos para saberlo, llevar a Keaton a la jefatura y pedirle a Cantarel que lo interrogara a su manera o tenderle una trampa.

—Déjalo ya, ¿quieres, Leo? Lo que traigas en la cabeza —me pidió Maya—. No lo estropees, alquilaste una habitación muy linda, me encantan las cortinas color uva y los espejos, deberíamos vivir aquí…

Le pregunté qué opinaba de la gente del medio artístico, de su modo de celebrar. Me confesó que al principio le entusiasmó ver caras conocidas del cine, pero que fueron perdiendo encanto; algunos le resultaron odiosos, otros huraños, no como los imaginaba antes. Sin duda su preferido había sido Keaton, aunque para muchos estuviera liquidado solo porque el cine ya no era silente.

—¿Y qué te pareció la hacienda de López Moctezuma?

—No, tonto —se echó a reír—, era del Indio Fernández.

—¿Entonces por qué López Moctezuma se permitió echar disparos al aire?

—Ese era el Indio…

—Yo le vi cara de López Moctezuma.

—Ven acá y cállate. No tengo sueño, hagamos el amor…

Estaba siendo mala idea abrir las cortinas color uva del hotel Del Prado, ver la avenida Juárez, por donde comenzaban a circular los Ford, y los sombreros de los hombres y mujeres parecían hongos moviéndose de un lado al otro, y un panadero en bici, con la cesta encima de la cabeza, hacía sonar una cómica corneta, y el organillero comenzaba a darle vueltas a la manija, dejando oír una polka. Y voltear y descubrir a Maya abrazada de la almohada, acostumbrándose tal vez a que lo nuestro fuera algo más que la constante pugna amistosa, la relación entre una charlatana y un tipo que la ayudaba a convertir esa charlatanería en algo menos oprobioso. No era buena idea porque la felicidad es un algo que se escapa con la misma rapidez que una carcajada. La felicidad no es para los cobardes. Yo lo era.

—Vuelve aquí, Leonardo Fontana...

—Ya se venció la habitación.

En cuanto se acabó la magia acudí al café La Habana, donde me había citado con Infante y Quiroz Cuarón. No podíamos hablar ni tres minutos seguidos porque la gente se acercaba a pedir autógrafos, así que terminamos de nuevo en el apartamento del actor.

Quiroz citó a Caín y Abel. «Abel no sufre el desdén de cualquier mortal sino del mismísimo Dios. No tiene escapatoria, debe aniquilar el objeto de su envidia.» Keaton era Caín, Infante, Abel. Pero ya antes el falso Keaton envidió a otro Abel: Buster Keaton; lo perjudicó hasta donde pudo, ahora necesitaba destruir a Pedro Infante. «La envidia es hambre espiritual; no hay forma de saciarla, ni siquiera con la muerte del envidiado; eso apenas es un mendrugo, un bocadillo para quien lleva años en la inanición. El envidioso no odia, admira desmedidamente las cualidades ajenas, aquellas que considera que Dios, en su gran injusticia, o el azar, en su cruda simplicidad, lo privó de ellas sin razones justas.»

—Pero si uno le tiende la mano, ¿por qué no aprovecha? —interrogó Infante.

—Lo considera despreciable, limosnas; la prueba fehaciente de que el generoso tiene de sobra.

—Pero ¿por qué Keaton ha matado exclusivamente mujeres, y en particular chicas que no son actrices famosas? —pregunté.

—No quiere que ninguna mujer se acerque a Pedro Infante, en el fondo lo quiere solo para él.

—Ah, carajo —murmuró Pedro, poniéndose rojo.

—Violó a la agente Rendón —refuté.

—La violación no tiene como móvil el goce sino la humillación, ejercer poder sobre la víctima. El violador es un potente impotente.

—Pero, ¿por qué no actrices famosas?

—No soporta la idea de que alguna pueda salir del anonimato y demostrarle que no es Dios quien le cerró las puertas a Keaton, sino su propia mediocridad. A final de cuentas, por mucho que estudiemos la mente criminal, siempre hay un margen de especulación; no vivimos en medio de las tempestades de Keaton, del torbellino en su cabeza.

La cátedra me pareció estupenda, pero yo quería saber si mi plan resultaba viable. Quiroz me ayudó a afinarlo mientras Infante nos miraba no muy conforme. Era comprensible, le tocaba ser parte de ese plan. Quiroz me advirtió que Keaton era envidioso, no imbécil. Se hacía necesario elaborar un escenario verosímil.

51

El punto es que el plan no podía llevarse a cabo en las cuarenta y ocho horas que me habían dado Pantaleón Santoyo y Valente Quintana. A Quintana no sería difícil convencerlo, pero con el general las cosas no serían tan sencillas. Y así fue, bastó una visita en el despacho de Quintana para que me escuchara y dijera que me daba tres días más. Le pareció que iba por buen camino; solo me advirtió que, si no podía atrapar a Keaton a mi manera, Cantarel tendría su oportunidad.

Salí del edificio y me interceptó de nuevo aquel sujeto impertinente.

—Spota, no se preocupe en decir «Lamento abordarlo así de repente».

—Es que sí lo lamento… Por favor, agente, no siga caminando, lo que voy a decir es importante. Tengo la mitad del rompecabezas resuelto. Han matado a varias actrices en los Estudios San Ángel, sé sus nombres, puedo publicarlo en el periódico, lo cual sería más que incómodo para muchas personas…

—Entonces, no lo haga.

—No le pida a un periodista que no haga su trabajo.

—¿Qué es lo que quiere, Spota?

—Un trato; le ofrezco que me diga todo; yo lo publico, pero hago énfasis en que la Secreta está averiguando meticulosa y profesionalmente los crímenes. Pondría su nombre a la cabeza. Leonardo Fontana se encarga del caso...

—No esperaba tal generosidad.

—Entonces, ¿acepta?

—Lo pensaré. —Volví a caminar.

—Le doy veinticuatro horas de plazo, agente Fontana —advirtió ya sin tapujos.

Otro que me daba un plazo. No me quedo más remedio que acelerar el paso. Entré en una caseta telefónica, eché una moneda y marqué. La conversación fue breve. El restó fue salir a esperar, mientras el limpiabotas sacaba lustre a mis zapatos y yo miraba el periódico. «Cristo vence», decía el titular, aludiendo a los panfletos que la fuerza área argentina había elaborado en su golpe de Estado al gobierno de Perón. Veinte minutos después, el coche de la vez anterior se detuvo. Emprendimos el viaje y más tarde estuve de nuevo frente al general Santoyo. Le expuse la situación.

—¿Tres días más? ¿Cree que los aliados tuvieron tiempo de planear demasiado el asalto a Normandía?

—Le hablo de un plazo razonable.

—No sé por qué me lo pide a mí, cuando le di mi ejemplo de lo que pasa en la batalla cuando los soldados no actúan y empiezan a caer como moscas; eso era, un ejemplo.

—Digamos que le quiero tener esa deferencia, general.

—En ese caso, yo se la tendré a usted. Me parece que tiene una buena estrategia. Solo recuerde a Takijirō Ōnishi...

—No tengo el gusto.

—Ni lo tendrá; se suicidó cuando Japón se rindió. Era el vicealmirante creador de los kamikazes. Se hizo harakiri para no morir con deshonor.

—¿Cómo debo interpretar eso?

—Aproveche sus tres días, agente. —Se puso de pie.

—Una cosa más. Usted me ofreció su ayuda... Hay alguien que me quita el tiempo, un periodista. No estoy diciendo que lo quiera muerto.

Se echó a reír.

—¿Por qué usa esa palabra?

No perdí más el tiempo, regresé y fui a tocar la puerta de la cabaña. No había nadie, pero al poco tiempo apareció Keaton con el perro; Keaton traía una liebre muerta cogida por las patas.

—¡Agente Fontana! —me saludó con la cordialidad de siempre.

—¿De cacería?

—¿Esto? —alzó la liebre—. ¡Dios me libre! Soy incapaz de matar una mosca; aquí mi amigo le ladró y le paró el corazón a la pobrecita. Las liebres son muy tímidas. Pero ya que lo veo, quédese a comer, la voy a cocinar con papas.

—Mejor un vaso de agua, hace calor.

—No desconfíe, cocino bien.

Poco después, Keaton decapitaba a la liebre de un hachazo, disponiéndose a quitarle la piel.

—Así que resolvieron el caso...

—Sí, Keaton, quise venir a decírselo en persona, en agradecimiento a que nos ayudó.

—¿Ayudar en qué? No hice nada. ¿Y quién es el individuo?

—Andrés Pachorro, utilero...

—Me suena su nombre, sí.

—Siempre tuvo acceso a las filmaciones. Él mismo colocó el gato de tijera en el coche que aplastó a Maite. Lo investigamos y estuvo preso hace algunos años. Ya confesó.

—¿En serio?

—Sí, en serio. Le digo que lo confesó todo...

—A lo mejor son leyendas, pero por ahí se dice que cuando te interroga la Secreta eres capaz de confesar que tu madre viola tortugas y tu padre se viste de mujer para ganarse la vida.

—Me temo que hasta cierto punto nuestros métodos no son muy suaves.

—De cualquier forma, los felicito.

—Queda incluido en ese logro… Le traje algo. —Saqué el sobre de mi bolsillo y se lo ofrecí.

Keaton se limpió las manos con un trapo, lo abrió, sacó la carta y la leyó en silencio. Fue dibujando una sonrisa.

—Vaya, y está firmada por el propio inspector, Valente Quintana.

—El inspector espera saludarlo de viva voz.

—Me ruboriza, agente, no estoy acostumbrado a que alguien me reconozca.

En eso estuve muy de acuerdo. Y más lo estaría el doctor Quiroz Cuarón.

—Oiga —me señaló una mano—, veo que tiene una herida.

—Sí, en ambas manos. Las tuve vendadas por varios días, pero ya solo quedan estas cicatrices. Veo que usted ya está bien —le señalé la mano que alguna vez tuvo vendada y en la que se dibujaba una sola herida. O Fideo era chimuelo o debió hacérsela con un clavo al huir por la viga aquel día en el foro—. Bueno, Keaton, le agradezco el agua y de nuevo gracias por todo.

—Ya no lo repita o voy a terminar por pedirle que me contraten de agente.

Nos echamos a reír, me acompañó a la puerta y por un segundo se miró la mano y me pasó por la cabeza que me fui de la lengua al haberle mencionado la herida.

52

Tocaba a Infante y a los demás armar el teatro, o mejor dicho, la película. Hablando de películas, por la tarde Maya y yo fuimos al Ópera a ver *Arrabalera*, con Marga López. La mujer embarazada huye del marido maltratador; otro tipo se hace cargo y educa al niño, pero luego este crece y, al descubrir quién es su verdadero padre, lo defiende a capa y espada, despreciando al padrastro. Miré a Maya derramar lágrimas sentidas; no era la única, por doquier en la oscuridad oí sorber el moco. Escondido en mi anonimato, me pasó por la cabeza gritar: «¡No chillen! ¡Solo es una película!»

Después fuimos en taxi hasta la Roxy, donde tomamos un helado y dejé a Maya hablarme de lo despreciable que era el villano de la película y cómo sufría la protagonista; pero no le prestaba atención, repasaba el plan, quería atrapar a Keaton, ya no tanto por justicia sino por ganarle la partida.

—¿Me estás escuchando, Leo?

—Claro, Maya, claro...

Maya terminó de hacer el recuento de los daños de *Arrabalera* hasta que llegamos a la puerta de casa. Esa noche también hicimos el amor, pero esa vez ella quiso saber adónde íbamos con eso. «A ninguna parte», dije. «Lo mismo digo yo.» «Qué bueno que los dos lo tenemos claro.» «Sí, qué bueno...»

Eso no podía quedarse así, Pardillos tendría algo que decirme…Me abrió la puerta sorprendido. Miré el diván esperando su visto bueno para ir a refugiarme en él. Casi no esperé su respuesta. Me recosté. Miró su reloj.

—Esta vez no podré dedicarle mucho tiempo, Leonardo.

—¿Qué es el amor, doctor?

—¿Cómo dice?

—Lo sé, es absurdo que venga a preguntárselo a usted que no muestra emociones; además, cómo un policía de la Secreta hace esas preguntas mariconas…

Se escucharon unos golpes en la puerta.

—Lo escucho, Leonardo….

—Están tocando a la puerta.

—Lo escucho…

—Las cosas con Maya son especiales; la ayudo en su trabajo, si es que se le puede llamar así. Desde luego, yo no le dije: «Hoy un tipo me cortó los tendones y luego me apuntó a la cabeza», esas cosas se quedan fuera de mi casa, esa es mi filosofía.

—¿Qué opina Maya de su filosofía?

—Siguen tocando….

—No se preocupe, lo escucho.

—En realidad, Maya no opina; de alguna forma nos entendemos sin palabras, por ejemplo, cuando cocinamos.

—¿Cómo es eso?

—Doctor, me preocupa que están golpeando cada vez más fuerte; podría ser una emergencia.

—No sé lo que es el amor, Leonardo, pero ha dicho cosas buenas de Maya…

—¡Abra la puerta, Pardillos! ¡Sabemos que está ahí!

—¿No recuerda lo que le dije de la vida, Leonardo? Quizá no fui muy claro, la vida no se piensa, se vive. Eso quise decirle ese día…

La puerta se azotó; dos tipos entraron pistolas en mano.

—¡Policía! ¡Queda arrestado por el asesinato del doctor Gabriel Méndez!

Los tipos fueron sobre Pardillos y lo pusieron de pie.

—Esperen —intervine—, soy de la Secreta... Voy a sacar mi placa.

Se miraron entre ellos.

—Hágalo con cuidado...

Uno abrió las cortinas de un tirón, la luz hizo parpadear a Pardillos; entonces miré su cara. Sí, lo había visto aquella ocasión en la calle, pero no tan de cerca. Era un rostro largo, de ojos pequeños, cabello rizado entre rubio y canoso. Debajo de sus ojos azules había un par de bolsitas redondas, de labios delgadísimos. Alto, flaco. De traje con chaleco. No mostraba ninguna emoción.

—Tenemos que llevárnoslo, agente.

—Yo me haré cargo de él...

—Está bien, Leonardo —dijo Pardillos—, no veo la necesidad de seguirlo atendiendo. Si más adelante lo requiere, busque otro terapeuta. No creo estar disponible... Señores... En efecto, le hice un arregló al elevador para que, cuando el doctor entrara, le cayera desde el cuarto piso y lo hiciera mierda.

Les ofreció las manos y le echaron las esposas.

Tuve que caminar largo rato antes de volver al departamento. ¿Había estado en terapia con un loco? ¿Eso invalidaba su ayuda? Me concentré en respirar, en la gente, en los coches y en los edificios; sin juzgar el afuera, tampoco mis propios actos. La vida no se piensa, se vive.

Cuando crucé la puerta, encontré a Maya con cara de pocos amigos.

—¿Por qué no me dijiste que tienes gonorrea?

—¿Gonorrea?

—Te seguí, necesitaba saber con quién era tu cita de los jueves.

—Juego dominó.

—Deja de mentir, ¡cerdo! ¡Te vi entrar a ese edificio!

—No es lo que piensas…

—¿Sífilis? ¿Es eso? ¡Me voy a morir! ¿Desde cuándo? ¿En qué etapa? ¡Al carajo eso! ¡Lo que quiero saber es si ya estoy igual que tú! ¿Ya te llegó a la cabeza?

Le temblaron los labios y clavó los ojos en el suelo.

—Estás sana, y yo también, o casi…

Poco a poco levantó la cara.

—¿Casi?

—No se trata de algo contagioso.

—¡Tengo miedo! —dijo temblando—. ¡Dime ya qué pasa!

—Pues sí, gonorrea, pero apenas comenzó…

Se quedó como un volcán ahogado; se levantó y se entró rápido a la habitación. La escuché abrir el armario. Yo me quedé en el mismo sitio, tratando de convencerme de que había salvado mi dignidad, mi hombría, hasta que la vi venir maleta en mano. Pero cuando abrió la puerta y sentí el aire frío del pasillo, no pude seguir sosteniendo mi estrategia.

—En ese edificio atiende mi loquero.

Dejó caer la maleta.

—Puedes ir a confirmarlo; bueno, ya no, porque… el doctor tuvo que irse de viaje, no lo veré más. Se apellida Pardillos, su nombre debe seguir en la puerta. Y si aún tienes dudas puedo hacerme exámenes para que veas que tengo la sangre limpia.

—¿Un psiquiatra? ¿Por qué? ¿Para qué?

—Para… ordenar mis ideas.

—¿Qué te llevó ahí?

Era mejor hundir el submarino completo.

—Me quise suicidar. No le encontraba sentido a la vida.

—¿Me estás diciendo que estás loco?

La miré con asombro.

—¡Loco! ¡Los psiquiatras tratan a los locos!

—Todo mundo necesita uno…

—Yo no —se defendió airada—; cualquiera sabe a quién atiende el psiquiatra. No hace falta que yo lo explique.

—Todo mundo —insistí.

—¿Quién te dijo eso?

—El *Reader's Digest*.

—Lo siento, pero no me puedo quedar, no sabría cómo lidiar con la locura.

Cogió la maleta y se marchó.

53

Intenté irme de tragos con Pedro Infante, pero el tipo no tomaba ni una piña colada; además, cancelé la idea porque la gente estaría revoloteándole como abejas a la miel. No podríamos hablar a gusto. Mi idea era contarle mis cuitas entre tequila y tequila. De macho a macho. ¿Quién mejor que él? Pero enseguida comprendí que esa imagen suya de macho y bebedor solo estaba en la pantalla grande. Además, reparé en su diabetes. No era cosa de que se desmayara y todo mundo viera que requería su insulina. Más allá de eso, necesitaba saber lo único importante. Lo mío, como diría Arturo de Córdova, no tenía la menor importancia. El Foro 8. Eso era lo que sí tenía la mayor importancia. Igualmente comprendí que Infante tenía mil ocupaciones y el Foro 8 había sido la única razón para verlo tan a menudo. Todo se resumió a una llamada telefónica.

—Escucha —dijo él, entusiasmado—, la película se va a tratar de que interpreto tres personajes distintos.

—*Los tres García…*, tercera parte; podría ser creíble para Keaton…

Echó una carcajada.

—¡No, manito! ¡Escucha! Benito Juárez, Pancho Villa y Cuauhtémoc. Alcoriza quiere que sean siete personajes, pero yo digo que con tres está bien. ¿Tú qué piensas?

—Lo que sea, pero que se la trague Keaton.

—La película se llamaría *Museo de cera*.

—Al carajo el nombre, ¿se la creería Keaton? ¿Pescará el anzuelo de que le van a ofrecer un papel?

—Hay un personaje jorobado; le pregunté a Keaton si lo quería interpretar; se puso rete contento.

—Y yo más, ¿qué te respondió?

—Que él, encantado.

—¿No sospechó?

—¿Sospechar qué?

—¡Pedro! ¡De que le tendemos una trampa!

—Ah, eso. No creo. Oye, te sigo contando. A Ismael se le ocurrió que busque la forma de cantar como hubieran cantado cada uno. ¿Tú cómo crees que habría cantado Benito Juárez?

Cantó en la bocina.

—¿O Cuauhtémoc?

Cantó otro poco.

—No tienes que pensar cómo, Infante. Nunca harás esa película, es una trampa para Keaton, no lo olvides.

—Ya lo sé —dijo casi con tristeza.

—¿Qué te dijo Keaton? —insistí.

—Ya te lo dije, que encantado.

—¿Pero con qué emoción? ¿Recelo, indiferencia?, ¿de qué forma?

—No presté atención.

—¡Carajo, lo único que me interesa del museo de mis huevos es cómo reaccionó el cabrón de Keaton!

—*Museo de cera*.

—Te repito que nunca harás esa película. ¿Cómo reaccionó? ¿Lo notaste raro?

—Bueno, sí; es que el jorobado delira y se imagina que habla con esos personajes. Ismael dice que no lo puede hacer

Keaton. Pero el doctor Quiroz dice que sí, que Keaton se va a identificar con el jorobado. El asunto es que le dije a Keaton que no era seguro que le dieran el papel porque me lo querían dar a mí.

—¡La gran puta, Infante! ¡Háblale y dile que el jorobado es suyo!

Colgué. Me tallé la cara, el teléfono sonó de nuevo. Levanté la bocina.

—Oye, ¿y si le digo qué puede ser Benito Juárez?

—¡Dale el puto jorobado, mierda!

—Está bueno, no te enojes. La vida es corta, agente…

Le colgué y le marqué a Quiroz Cuarón.

—Doctor, estoy preocupado de que Keaton no se trague el cuento. Acabo de hablar con Infante; parece que no entiende la gravedad de las cosas. ¿Por qué?

—Porque Infante es un niño lúdico, un adolescente sin límites y un adulto perplejo de lo material.

—¿Y eso qué diablos significa?

—Significa que…

—No, no, espere, me importa un bledo; solo dígame que vamos por buen camino. Tengo que atrapar a Keaton. ¡Tengo que joderlo! ¿Puede entender eso?

—Claro, porque usted es un aprehensivo delirante, pero tranquilo, Fontana. Todo marchará bien.

Al diablo con los dos. Lo único que me ponía a delirar es que se me terminara el plazo del general Santoyo y que de pronto apareciera raramente suicidado con un tiro en la espalda. No creí estar paranoico, sobre todo cuando los días comenzaron a irse sin grandes noticias, a no ser cierta tarde que fui a tomar un trago al Salón Bach, y un coche se detuvo por delante —uno que yo conocía— y desde la ventanilla lanzaron un periódico; cuando me acerqué, el coche siguió su camino. Levanté el periódico y mis ojos se fijaron en aquella noticia encerrada en un círculo. «Joven periodista es arrollado en San Cosme El reportero Luis Spota se encuentra grave en un nosocomio de la capital, con fracturas de brazos y piernas.»

No puedo decir que me sintiera culpable.

De esa forma fue que solo quedaron cuarenta y ocho horas de plazo, tiempo finito, drásticamente finito, en el que contemplé la posibilidad de que las cosas no se concretaran. Me descubrí un imbécil por no haber tomado en cuenta que estaba lidiando con la fábrica de sueños, donde todo tenía una gran carga de embuste, donde lo más disparatado era casi seguro que sucediera, como que Sara García disparara una Chicago Typewriter desde lo alto de una torre, o que esa gente del espectáculo se hubiera realmente engolosinado con el *Museo de cera* y hubiera desechado el plan de ir por Keaton.

Comencé a fumar compulsivamente, a tener una botella de whisky en el buró y a dormir con la pistola debajo de la almohada; pero sobre todo a dialogar conmigo mismo. «Es tu culpa.» «¿Por qué, si solo actué de buena voluntad?» «Por eso es tu culpa.» «Entonces, ¿qué se supone que debí hacer?» «Eso es lo de menos, a lo hecho, pecho.» «Pero no quiero morir por algo que no me concierne.» «Entonces levántate, ¡no pierdas el tiempo! Abre el armario, saca la maleta y mete tu ropa; lárgate, pon tierra de por medio.» «¿Y si Maya vuelve?» «¿Por qué la mencionas? Nunca volverá. Tuvo razón al pensar que estás loco de remate, la prueba es que sigues aquí y que hablas solo…»

Me pareció escuchar ruidos en la puerta; apagué el cerebro y afiné los oídos. Alcé la almohada, tomé el arma con la misma delicadeza que cuando se está por acariciar el cuello de una mujer, y la guardé bajo del abrigo. Salí de la habitación, crucé el salón y miré la puerta que se sacudía un poco. Llevé una mano al pomo y abrí de golpe, listo para aprovechar la sorpresa de quien fuera. Pero el sorprendido fui yo; era Keaton, el falso Keaton. El corazón se me heló y no fui capaz de hacer otra cosa que mirarlo.

—Perdóneme, agente; le suplico que me perdone. Averigüe dónde vive, necesito hablarle, le pido solo unos minutos, más bien se los suplico.

Le cedí el paso, prefería verlo de espaldas; entró como si cargara un saco de derrotas y fue a pararse al lado de una silla.

—Dígame qué pasa, Keaton.

—No tengo amigos, amigos de verdad.

Vaya noticia, ¿y quién sí?

—Solo usted, agente, es mi amigo. Al menos así he aprendido a verlo.

—Pues entonces ya tiene dos, el otro es Pedro Infante.

—Le mentí, agente, Pedro no es mi amigo.

«Con suerte aquí viene la confesión, y nos ahorramos lo de la película del jorobado», pensé.

—¿Por qué dice eso?

—Porque, bueno, él es demasiado importante como para ser amigo de alguien como yo. Es un buen hombre que se reparte entre medio mundo. Tengo la suerte de que me ayude en la medida de lo posible. Me consiguió un papel en una película...

—¿De verdad? ¿Qué buena noticia? Me alegro por usted.

—*Museo de cera*.

—¿Cómo? —me hice el occiso.

—No se alegre, agente; las cosas no van bien. Hoy tuve una primera reunión con el director y todo el reparto, digamos una audición. ¿Sabe lo que es una audición?

Negué con la cabeza.

—Querían verme interpretar una escena. La hice fatal, me puse muy nervioso...

Me quedé de piedra; esos idiotas de la película le habían puesto reparos, cuando de lo que se trataba era de darle el puto papel, y eso es todo.

—¿Me puede regalar un vaso de agua, agente? Tengo la garganta seca, agrietada.

Fui a la cocina, precavidamente metí el vaso en el grifo y estiré el cuello, para no perder de vista a Keaton. Él seguía ahí, con el semblante como un calcetín sin forma.

—Tome, y tranquilícese —regresé—; no creo que sea para tanto. Usted es un actor de mucha experiencia. Lo aprecié cuando me enseñó esa cinta donde trabajó con el verdadero Keaton, quiero decir, con Buster. Y su prueba para la película de *Canasta de cuentos*, me pareció muy convincente.

Y así seguí y seguí, ensalzándolo, acariciando su ego maltrecho.

—Estoy pensando seriamente en no aceptar el papel.

—¡Carajo, no haga esa chingadera! —estallé.

Me miró sorprendido.

—Quiero decir que no sería justo que se haga eso a usted mismo.

—¿Hacerme qué, agente? ¿Privar al mundo de mi actuación? No soy idiota, sé bien que nunca pasaré de perico perro.

—No se rinda, Keaton.

—Es usted un buen hombre, agente Fontana. Un amigo de verdad, si me pidiera cualquier cosa para satisfacerlo, lo haría sin dudar…

—Entonces, interprete el papel. ¿De qué personaje se trata?

—Un jorobado.

—¿Cómo? —interrogué, tratando de ser fiel a mi personaje de no saber un carajo.

—Sí, agente, un contrahecho. ¿Quiere verlo?

Keaton dejó el vaso en la mesa; se puso de pie y, en un segundo, le cambió el rostro; dejó caer la quijada de lado, encogió un poco los brazos, dobló la espalda y dio algunos pasos en zigzag; luego dijo algunas cosas con la voz deforme y grotesca. Me dio la impresión de que su jorobado, aparte, era imbécil.

—Excelente. —Le aplaudí.

—Gracias.

—Lo hace de maravilla, no entiendo por qué lo duda. ¿Es que no vio convencido al director?

—No, no; al contrario, me dijo que el personaje es mío.

—¿Entonces, Keaton? ¡Bravo! ¡Deberíamos estarlo celebrando! Mire, cuando todo esto termine y usted quedé atrapado... quedé atrapado en el celuloide, como le llaman, iremos a tomar unos tragos, ¿qué le parece?

Dibujó una tibia sonrisa.

—Me dijeron que pasado mañana haré la primera escena.

—¿Pasado mañana? —pensé en el plazo—. Sí, estupendo. Cambié ya esa cara, Keaton. El director le dijo que el papel es suyo, ¿qué lo hace dudar?

—La forma en la que los que estaban ahí me miraron. No eran caras de admiración, agente. Nada de aplausos, de sonrisas. Al contrario, parecían tensos y me miraron con... con una lástima muy pero que muy profunda.

Bebió el resto del agua.

—Keaton, le voy a decir esto con el corazón en la mano. El mundo no es un lecho de rosas. Hay grandes talentos que han sufrido el rechazo, el escarnio, la burla de la gente; que han pasado grandes miserias antes de alcanzar la ansiada meta. Incluso algunos murieron sin ver el fruto de sus esfuerzos. Como al genial Van Gogh. No me haga caso a mí, léalo en el *Reader's Digest* de esta semana. Van Gogh no vendió un cuadro en vida, y ahora valen millones.

—Van Gogh, ¿eh? No sé por qué me da ese ejemplo, ¿no estaba loco el hombre?

—Bueno, pude decir el nombre de cualquier otro de los grandes. Beethoven, por ejemplo.

—Tengo entendido que era sordo y odioso.

—Keaton, sabe de lo que habló, de grandes genios incomprendidos.

—Tiene razón.

—Así es, y a usted no le queda más que demostrarlo. Y ya para acabar, le digo con mucha sinceridad que el día que me mostró esa cinta pensé una cosa, que sin duda usted es infinitamente superior a Buster Keaton.

Los ojos del sujeto me miraron fijamente, empeñándose despacio; entonces, rompió a llorar y se me echó a los brazos, temblando y sollozando sin control.

—¡Solo usted me quiere, agente! ¡Solo usted! ¡Solo usted! ¡Y yo también le quiero!

54

El día «D» había llegado; sería en el Foro 8, donde todo comenzó. Keaton sostendría una escena con la actriz principal.
El director la haría repetir varias veces, supuestamente por culpa de Keaton, encaminándolo a la frustración. La actriz haría
lo suyo; se desesperaría, lo humillaría, no porque se le hubiera
prevenido que lo hiciera sino porque ella y los demás terminaban siempre fuera de sus casillas de solo tratar con él. Confié
en la hipótesis del doctor Quiroz de que la reacción de Keaton
sería desmesurada, de que lo haríamos estallar, cruzar el límite
de lo soportable. El director le pediría que no regresara más
ese día, pues iba a evaluar recortar sus diálogos, o que solo hiciera gestos, payasadas, pues lo suyo era eso, el jodido cine silente pasado de moda, relegado al olvido o a ciertos entremeses
en las salas de cine. Luego le pedirían a la actriz que saliera al
jardín a tomarse un respiro hasta que la llamaran, lo siguiente
sería cosa de Keaton, si es que estábamos en lo correcto y él
era el asesino.

Me dio tiempo de ir a desayunar a La Blanca, donde tuve
la sensación de que todo estaba por volver a la normalidad, o
casi todo; había pérdidas en el camino, directas como las víctimas, indirectas como mi relación con Edén y Maya, y el final

de ciclo con mi loquero. Nada volvería a la normalidad, para qué engañarse.

Quintana en persona había coordinado a diez agentes, todos rostros nuevos para que Keaton no los reconociera de las veces anteriores. Estos solo sabían lo elemental, que Keaton era el objetivo. Igualmente, esa gente de la película sabía lo estrictamente necesario. De hecho, muchos creían que la película iba en serio, lo cual tampoco era como para cortarse las venas, no sería la primera vez que se les caía un proyecto. Llegué a entender que eso pasaba todo el tiempo, era parte de la industria, tanto como el que un vendedor tuviera merma. Merma aquí, merma allá; aguacates o vidas, qué más daba.

Leí la escena del guion:

INT. CASA JOROBADO / SALA – DÍA 7

Abre imagen sobre Aniceto, sentado a la mesa. Toma un abrecartas y lo usa para cortar el sobre blanco. Saca la carta y lee en voz alta.

ANICETO: Señor Gámez, le informamos que su libro de cuentos está siendo revisado por nuestros lectores; queremos decirle que su prosa nos tiene muy entretenidos. Sus personajes son graciosos y aleccionadores. Pronto le tendremos noticias. Suyo, el consejo editorial.

Aniceto estruja la carta, emocionado, contra su corazón. Se pone de pie y se desplaza a un altar, casi bailando de contento; enciende una veladora a san Amaro, patrono de los cojos, mancos y tullidos.

ANICETO: ¡Gracias, san Amaro, mi bendito protector! ¡Me estás abriendo camino! Ahora te pido que Rosita acepte mi regalo…

Aniceto saca del bolsillo una caja que contiene un anillo, la besa con amor y esperanza, y se la muestra al santo.
Tocan a la puerta. Aniceto reacciona.

ROSA (*fuera de cuadro*): ¡Aniceto! ¿Estás ahí?

Aniceto guarda la cajita en su bolsillo. No cabe de felicidad.

ANICETO: ¡Sí, Rosita! ¡Ya voy!

Aniceto se aplaca los cabellos, descuelga el saco de la silla, se lo pone y abre la puerta. Le sonríe a Rosa con amor contenido. Ella trae una bolsa de pan.

ROSA: Buenos días, Aniceto, te traje pan para tu cafecito, luego no desayunas nada…
ANICETO: Eres muy buena conmigo, Rosita. No te hubieras molestado. Pero qué bien que te veo. Al rato iba a buscarte para darte un regalito. Entra, de una vez te lo doy…

Rosa lo mira intrigada. Entra y pone la bolsa de pan en la mesa.

ROSA: ¿Un regalo para mí? Déjame adivinar. ¡Ya sé! (*mira alrededor*) ¿Dónde están los chocolates?
ANICETO (*nervioso*): No, no son chocolates.
ROSA: ¿Flores?
ANICETO: Tampoco. Cierra los ojos, Rosita…
ROSA: Uy, cuánto misterio…

Rosa cierra los ojos; Aniceto saca la cajita del bolsillo, le quita despacio la tapa.

ANICETO: Ya puedes abrirlos.

Rosa abre los ojos, contempla la caja con el anillo. Se sorprende. Aniceto la mira nervioso y enamorado, esperando que ese anillo de compromiso hable por sí solo.

Y ahí terminaba la escena del jorobado y Rosa. Leí la siguiente, donde ella va triste por la calle, pues le había roto el corazón a Aniceto. (Yo también se lo iba a romper cuando le echara el guante.)

Paré un taxi, fui a los Estudios y entré a la oficina de Crisantes, la cual habíamos escogido como bunker de operaciones.

—¿Por qué no están ya en sus puestos? —pregunté al ver a varios agentes por ahí.

—Todo está listo, agente —dijo un preocupado Crisantes—; el director, la actriz, el *staff*, todos, pero Keaton no aparece por ninguna parte…

Se me cerró el mundo.

55

Pánico escénico, esa fue la definición que me dio Quiroz cuando le conté que Keaton se había esfumado; no estaba en su cabaña ni en ningún maldito rincón de los Estudios, tampoco comprando víveres en Coyoacán, adonde mandé a algunos agentes a ver si lo veían. Nadie sabía de él, ni siquiera Pedro Infante, a quien tal vez hubiera podido recurrir. Se fueron las horas, se canceló el llamado y regresé a casa por la tarde. Abrí la puerta y descubrí aquellos objetos en la mesa; un libro, *La muerte digna,* de Takijirō Ōnishi, y un puñal.

Disqué el teléfono, tres timbrazos después me respondió el propio Santoyo.

—General, entiendo que ya sabe en qué punto están las cosas, necesito más plazo, no será mucho, veinticuatro horas cuando mucho.

Como diría el guion: «Ruido de colgar el teléfono».

Eché llave, fui a la habitación y no pegué ojo en toda la noche, tenía miedo de una visita inesperada, de una pistola que me volara los sesos como a Villalobos y al Negrito, de unas botas militares apareciendo frente a mí cuando volviera del sueño, pero nada de eso sucedió, lo único que me cayó encima fueron un montón de fantasmas, los de las figurantes muertas, exigiéndome que atrapara al asesino, pero no a Keaton o al que les arrancó la existencia sino al que pisoteó sus sueños de fama y glamur. Les dije que a ese criminal nunca podría atraparlo, ni yo ni toda la Policía Secreta, porque se trataba de un criminal escurridizo, facineroso y seductor. Cuando todo terminara ellas conseguirían la fama, pero no la que habían querido sino la de la nota roja. Los lectores querrían saber más de ellas, se dirían: ¿mató a tantas? Pero las víctimas no serían tantas como las que a diario mataba el cine nacional. Muchas más vendrían como las mariposas que vuelan alrededor de un foco, encandiladas por la luz, quemadas y olvidadas sin remedio. Por supuesto todo esto fue una mezcla de sueños, pesadillas y preocupaciones. Al despertar, yo seguía entero; supuse que Santoyo había decidido darme esas veinticuatro horas extras. O quizá solo es que se le había atravesado otra cosa.

«Solo acepta hablar con usted», esas fueron las palabras de Crisantes, que me acompañó hasta la cabaña de Keaton, apurándose con los pormenores. Lo habían visto dando tumbos de borracho. Llamaron a Crisantes, que fue a preguntarle dónde se había metido. Lo mandó al carajo, lo mismo que a los que después fueron a buscarlo. Pensaron que Infante lograría hablar con él, pero Pedro estaba en algún compromiso y no pudieron localizarlo. «Solo hablaré con el agente Fontana», les dijo Keaton cuando insistieron, lo cual me hizo volver a pensar que quizá estaba listo para confesar. Le pregunté a Crisantes si podía hacer que Keaton tuviera una segunda oportunidad en la película. Dijo que lo intentaría; todos andaban por ahí, tendrían las cosas listas para filmar en unos minutos si lograba convencerlos, y yo a Keaton.

Me dejó al pie de la cabaña y empujé despacio la puerta. Keaton estaba sentado sobre la mesa, donde había un arma; eso era lo más inquietante. De una mano le colgaba una botella.

—Fracasé —empinó la botella.

—¿Qué está bebiendo, Keaton?

—Tequila.

—Es temprano, pero le acepto una copa.

Arrastró su humanidad a la alacena; sacó un vaso, lo llenó de tequila, dejando que chorreara un poco más allá del borde, y volvió a sentarse. Bebí hasta el fondo, en realidad yo también lo necesitaba.

Volvió a llenar el vaso y me lo dio.

—¿Qué sucedió, Keaton? Lo estuvieron esperando ayer.

—¿No se lo han contado esos chismosos? No fui capaz.

—Le llaman pánico escénico, todos lo hemos sentido alguna vez...

—Usted no, agente, usted es un hombre seguro de sí mismo. Lo admiro.

—No se crea, me cuesta mucho hablar en público —inventé—. Keaton, si no hace esa película se va a arrepentir el resto de su vida. Le darán su personaje a otra persona.

—Pedro me insinuó que podrían dárselo a él. Eso está bien, lo hará de maravilla, como siempre. Dios le dio todos los dones del mundo. El resto llegamos tarde al reparto. Pero eso a Dios le importa una mierda, y a Pedro Infante, menos.

—Por algo lo llamaron a usted. Vaya y tome lo que es suyo —le dije con el tono imperativo de un vendedor de electrodomésticos.

—¿Por qué insiste tanto, agente?

—Le he tomado simpatía. Y mientras estuve involucrado en lo del Foro 8 valoré el refrán: ni son todos los que están, ni están todos lo que son.

Empinó la botella.

—Keaton, el único que se está limitando ahora es usted mismo. ¿Sabe lo que acaba de decirme ese hombre, Crisantes?

—Tipejo de porquería, odio su sonrisa, aprieta la boca como un marica...

—Escúcheme, me dijo que tienen todo listo para que vaya y haga su escena. Lo necesitan, Keaton, no pueden comenzar sin usted. ¿Quiere que lo acompañé al foro? —añadí, pensando que solo me faltaba decirle, «por favor, Keaton, salga e intenté matar a la jodida actriz para que yo pueda trincarlo».

—Tengo algo que decirle, agente, es como una confesión...

Aquí viene ya, celebré conteniendo la ansiedad.

—¿De verdad cree en mí, Leonardo? ¿En que mis sueños aún no están perdidos?

—Para nada.

Se talló los ojos y giró la pistola en la mesa.

—¿Para qué quiere esa pistola?

—Ratas, las escucho roer. Mi perro no se va a encargar de ellas, alguien tiene que hacerlo.

—Entiendo... Me decía de su confesión...

—No es fácil hablar...

—Lo escucho, confíe en mí.

Le metió otro trago a la botella y volvió a llenar mi vaso.

—Usted me vio llorar en su casa, agente; lloré en sus brazos, le debí parecer repugnante.

Me pregunté que respondería Pardillos y dije lo que pude.

—Todos los hombres flaqueamos alguna vez, Keaton...

—Usted no, usted es un hombre en toda la extensión de la palabra; yo, un malparido. Cuando escuche lo que tengo que decirle me va a odiar.

—Nadie es perfecto, Keaton, dígalo ya.

El tipo no terminaba de sumar el coraje necesario; bebía, pero el trago solo le rompía la garganta y le encendía el color de la piel.

—¿Quiere que le cuente algo, Keaton? Yo he matado a algunas personas; esto no se lo diría a nadie, solo a usted...

—En todo caso, seguro que mató en defensa propia. Me alegra que lo haya hecho y me alegra que no le hubiera pasado nada. Lo mío es muy distinto…

Respiró sofocado, necesitaba un empujón extra.

—Una vez quise suicidarme, Keaton.

Me miró con sorpresa.

—No se lo he dicho a nadie, hasta ahora. Intenté saltar de la Latinoamericana.

—¿Usted? ¿Por qué?

—No le encontré sentido a la vida.

—Su vida no debe ser tan mala como la mía.

—De cualquier forma, no quería vivir más.

—¿Y por qué no saltó?

—Decidí darme una segunda oportunidad. Y mire, valió la pena; ahora tengo un amigo: usted.

Por sus ojos corrieron varios lagrimones sin que le cambiara el semblante.

—Lo escucho, Keaton.

—Está bien, se lo diré, yo…

Tocaron a la puerta; Keaton miró el arma, maldije la interrupción.

—Perdón —dijo Crisantes, asomando la cara—. Pregunta el director si el señor Keaton puede venir a hacer su escena, solo falta él…

A Keaton se le iluminaron los ojos, súbitamente.

—¿Me puede acompañar al foro, agente?

Bajamos por la ladera; Keaton ebrio trataba de recomponerse, me preguntaba si no sería mejor cancelar y pedirles que la escena se hiciera por la tarde, en cuanto se encontrara más sobrio. Yo le respondía una y otra vez que para nada lucía borracho, y que, incluso, un pelín de ebriedad le daría un toque de picardía a la escena. Ya no era el tipo atormentado de la cabaña sino un Keaton vivaz, queriendo lucir bien, listo para arrancar como un caballo de carreras, listo para demostrar que podía correr como el mejor del hipódromo; hacer que el mundo se pusiera de pie en una ovación al verlo cruzar la meta y ganar por medio cuerpo.

Yo aún esperaba que en el trayecto, el tipo mejor hiciera su confesión, pero eso ya no parecía viable. Entramos al foro y, de súbito, me detuvo de un brazo.

—Leonardo —me dijo al oído—, dejé una carta en un cajón de su mesa cuando fui a buscarlo. Ahí está mi confesión.

Lo miré sorprendido. Me dio un abrazo repentino. Dio la vuelta y se dirigió decidido al escenario en el que reconocí el espacio que había leído en el guion, la casa de Aniceto el jorobado.

—¡Rosa, entra a escena! —dijo el director—. ¡Revisa tus marcas!

La puerta lateral se abrió, entonces entró ella, precisamente ella, haciendo que mi quijada se aflojara poco a poco. Lilia Prado. Mi diosa a tamaño real, la diva de la pantalla grande, con ese gesto de mujer fatal, no como algo estudiado, sino como parte de su ser. Se detuvo en cada una de las cruces pegadas con cinta en el suelo, donde adoptó distintas poses sonriendo a cámara, como si esa sonrisa fuera para alguien; para mí, para el que la creyera suya aunque fuera inalcanzable. Keaton, en cambio, se había sentado a la mesa y murmuraba sus parlamentos, como un espíritu errante que intenta meterse en la piel de un ser humano, en este caso de Aniceto, el jorobado.

Dejé el foro atrás y fui a mi puesto entre los arbustos del jardín, donde a poco debería aparecer una Lilia Prado molesta por las torpezas de Keaton; estaría sola, y él lo sabría. Los demás agentes mantenían cubiertos otros flancos, por si la actriz se iba hacia otra parte. Todo estaba listo pero, de cualquier forma, seguíamos dependiendo del caprichoso azar. Si las cosas no salían bien aún quedaba ver si en esa carta Keaton declaraba sus crímenes y, como último recurso, Cantarel y sus métodos.

—¡Fontana!

Uno de los agente vino corriendo, estaba sobreexcitado.

—Tienes que venir, se acabó el problema. ¡Keaton está muerto!

En el Foro 8, Aniceto, el jorobado, permanecía sentado e inmóvil en la silla frente a la mesa, echado hacia atrás, con la cabeza de lado y la herida en el cuello, de donde había brotado la sangre hasta quedar seco. Su mano derecha sostenía el abrecartas. Tenía la mirada clavada en los reflectores, brillando con esa luz potente en sus pupilas, como quemadas por el glamur del espectáculo.

Apagaron los reflectores y el foro quedó a oscuras.

Más tarde hubo una particular sesión de cine con invitados exclusivos: el inspector Quintana, Quiroz Cuarón, Crisantes y yo. Entonces pudimos ver la escena filmada, que de forma irónica consagró al falso Keaton. Aniceto rompe el sobre con el abrecartas, se entera de la noticia de la editorial; sonríe, va feliz frente al altar de san Amaro, le agradece el milagro y le pide que Rosita acepte su regalo: el anillo de bodas. Tocan a la puerta. «Es ella», lo dice Aniceto con su gesto rebosante de felicidad; se desplaza, toma el saco de la silla, lucha por ponérselo rápido, pero no lo consigue a la primera, la joroba se lo impide. Lo mete por aquí y por allá y se enreda con él. Quintana, Quiroz y yo reímos, a pesar de nosotros mismos, Crisantes, no.

ANICETO: ¡Ya voy, Rosita! ¡Me estoy vistiendo!

Deja por la paz el saco, lo hace bolas y lo arroja lejos, pero cae en el altar y comienza a prenderse con el fuego de la veladora. Corre a apagarlo.

—No es gracioso —dice Crisantes, cuando nos escucha reír.

Aniceto: ¡Ya voy, Rosita! ¡No desesperes!

Coge el saco y lo agita para quitarle el fuego; lo termina apagando a pisotones. Se desplaza, abre la puerta. Vemos a Rosa (Lilia Prado), con una bolsa de pan.

Rosa: Buenos días, Aniceto, te traje pan para tu ca...

Aniceto mete la mano en la bolsa y saca un bolillo. Lilia Prado (Rosa) reacciona, discretamente sorprendida por la improvisación de Keaton.

Aniceto: ¡Gracias, Rosita! ¡Qué bueno que te acordaste, me rugen las tripodias de hambre! O no sé si sea la chica...
Rosa (*improvisando*): ¿La chica?
Aniceto: La chica lombriz que traigo en el estómago.

Escupimos carcajadas, Crisantes nos miró indignado. Aniceto come desmesuradamente. Rosa se queda en ascuas.

Aniceto: En serio, Rosita, gracias; déjame darte un abrazo.

Aniceto la abraza.

Aniceto: No te me recargues mucho en la joroba, porque pierdo el equilibro.

Nos partimos a carcajadas; Crisantes nos miró horrorizado.

—¡Señores, ese hombre está a punto de matarse! ¡Respeto, por favor!

ANICETO: Rosita, qué bueno que viniste, quería darte algo muy especial. Un regalito…

ROSA: ¿Un regalo para mí? ¿Qué es?

ANICETO (*nervioso*): Cierra los ojos, Rosita…

Rosa obedece, Aniceto saca del bolsillo el pequeño estuche y lo abre.

ANICETO: Ya puedes abrirlos.

Rosa abre los ojos, mira el anillo. Aniceto lo saca de la caja, toma una mano de Rosita, con el mismo cuidado que a una paloma.

ANICETO: Te diría que un anillo de diamantes, pero lo compré en la feria, mientras miraba la rueda de la fortuna girar, y pensaba que la suerte es así, a veces estás arriba, a veces abajo… Yo vivo en una rueda que no gira, donde siempre estoy abajo. Quería saber si tú puedes, Rosita, hacer que la rueda empiece a girar…

Aniceto pone el anillo en uno de los dedos de Rosita. Crisantes se limpia discretamente una lágrima.

ROSA: Aniceto… Lo siento…

Rosa se quita el anillo. Lo devuelve a la caja, se desplaza hacia la puerta y sale. El semblante de Aniceto se torna sombrío. Mira el anillo en la cajita, su boca tiembla, sus ojos se llenan de lágrimas abundantes, lanza la cajita con odio.

ANICETO: ¡Hija de la gran puta! ¡Te odio, cabrona, te odio! ¡A ti también te gusta Pedro Infante!

Coge el abrecartas y se lo lleva al cuello.
Oscuridad.

56

¿Arcadia? ¿Apolo? ¿Palacio Chino? Lo único seguro es que sucedió en el cine. Lo recordé, ahora recuerdo que lo recordé cuando le dije a Chalo que me apartara mi sitio en el muelle, pues no regresaría hasta bien entrado el atardecer. «¿Llevará muchos turistas hoy, señor Leo?», me preguntó. «Esta vez voy solo», respondí. «Quiero darme ese gusto.» Fue lo de «darme ese gusto» lo que me hizo recodar que quise darme el gusto de entrar al cine, luego de que habían pasado dos años del caso del Foro 8 y me convertí en un ermitaño que solo salía para comer a La Blanca, o para hacer trabajo de escritorio, como solicité en la jefatura en aquellos últimos días que viví en el Distrito Federal. Por fin daban la película de Pedro Infante, aquella de la que nunca supe el nombre mientras sucedía la investigación. Necesitaba verla, luego de tantos tropiezos que jamás saldrían a la luz. Con razón alguno de los actores llegó a decir en un periódico: «Pasamos las de Caín para filmarla, pero lo conseguimos». Nunca mejor dicho.

No fue sino hasta el día siguiente que me atreví a abrir el cajón de la mesa y ver la carta que me había dejado Keaton, esperando leer en ella la confesión de cada uno de sus crímenes, aunque ya solo fuera por puro corolario. Sí escribió una confesión, pero no la que pensaba: «Agente Fontana, yo lo amo, como hombre…» Por supuesto, preferí no añadir eso a mí informe final y no llevarme las burlas de mis colegas, en especial de Cantarel que, por cierto, se había separado de su esposa para irse a vivir con su chinita, que esperaba un hijo de él.

Quintana había puesto una nueva academia de detectives en el mismo edificio donde tenía el despacho. Enfrente, la ventana del consultorio del doctor Pardillos apareció una mañana con un rótulo: «Enfermedades secretas», así que el edificio entero ya solo tenía consultorios de ese tipo. Conseguí saber dónde se habían llevado a Pardillos: Lecumberri; intenté visitarlo pero no me recibió. No se lo tomé a mal, luego de tantas consultas tuve claro que Pardillos me daba esa última lección, saber cerrar los ciclos.

Presenté mi renuncia. Le entregué las llaves del departamento al casero y le pedí que fuera tan amable de darle a una señorita, de nombre Maya García, mi nueva dirección en Acapulco, si es que se paraba por ahí. Cada atardecer tenía el ritual de ir diez minutos a la playa con la ilusión de verla de pronto apareciendo a lo lejos, por la orilla del mar, como en esas películas que tienen un final feliz.

—¿No puede poner eso en otra parte? —me preguntó el tipo de la butaca a mi lado, refiriéndose a mi maleta.

La moví solo un poco; dibujó una mueca inconforme, pero enseguida lo capturó el comienzo de la función, igual que al resto de los espectadores, igual que a mí, que a lo largo de las escenas recordé de principio a fin el caso del Foro 8, y también que conocí en persona a ese actor al que ahora veía en pantalla: un niño lúdico, un adolescente sin límites y un adulto perplejo de lo material. La última vez que hablé con él fue en el despacho de Quintana; estaba feliz porque habían reparado su avión favorito y viajaría en él a Mérida, donde lo esperaba su «Ratona». Me dijo que cuando regresara del viaje nos iríamos a comer y a hablar de lo que para entonces llamaríamos viejas aventuras. Pedro Infante no pudo cumplir su promesa, ya sabemos la razón. Tal vez fue eso lo que me provocaba a mí —y a todos— un sabor agridulce de verlo en la pantalla tan vivo y tan «real»; si bien ya sabemos que esa es la magia del cine, hacerte creer cosas que no existen. O quizá fue la oscuridad de la sala, siempre amiga del anonimato, o que el nombre de la película ya no era un misterio para mí: *El inocente.* O posar mi mano en el brazo de madera de la silla y no encontrar la mano de Maya. Quizá fue todo eso junto lo que no solo me provocó ese sabor agridulce, sino lo que por fin me rompió en pedazos; lloré agradecido de saberme un hombre roto. Lloré igual que todos cuando la pantalla se fue a negros y se estampó la palabra «Fin», tan triste, tan desgarradora. No quedó otro remedio que salir a la calle y recibir el abrazo de la fría realidad.